FOLIO POLICIER

Alix de Saint-André

L'ange et le réservoir de liquide à freins

Gallimard

© Éditions Gallimard, 1994.

Alix de Saint-André n'est pas un pseudonyme. C'est le nom d'un personnage de sexe féminin, journaliste et écrivain, dont ce premier roman est le seul polar, dit-elle, dont elle ait enfin trouvé l'assassin.

*À Dorothée de Montgolfier, "Petit Crâne",
et à Thérèse Lecomte, "Nanie",
demoiselles des bords de Loire.*

Prologue

NE VARIETUR

Il ne faudrait jamais regarder couler la Loire, c'est une chose fatale ; après on ne sait plus faire que ça, et le reste est sans importance.

Elle dépose son sable dans vos veines, et grippe volonté, ambition, orgueil, tous les moteurs d'une virile agitation.

Dans le pays, la plupart de ceux qui commandent sont des gars venus d'ailleurs ; mais déjà leurs enfants sont en danger : s'ils ne les éloignent pas rapidement des rives, il n'y aura plus grand-chose à en tirer ; ils auront le rêve dans le sang, et rien ne pourra les distraire du lent flux du grand fleuve.

La Loire ne sert à rien ; elle met un point d'honneur à se rendre plus inutile que le moindre petit canal. Ignorant la violence, elle oppose à ceux qui veulent l'utiliser à des fins industrieuses la force inépuisable de son inertie. Ayant vaincu les vieilles gabarres, elle n'accepte sur ses eaux que de petits bateaux de plaisance ou des barques de pêcheurs ; sur ses rives, les plus farouches de nos Rois n'ont pu construire que des châteaux de plaisir, pour aimer, boire et chanter.

La légende veut que René Ier d'Anjou, Roi de Naples, de Sicile et de Jérusalem, peintre et poète, fût en son "doux castel d'amour" de Saumur à peindre une bartavelle quand on vint lui rapporter que Louis XI, ce madré, bataillait encore pour lui piquer son beau duché d'Anjou. Ajoutant une dernière nuance d'ocre à l'aile de sa perdrix rouge, celui qu'on appelle ici le Bon Roi René se souvint alors qu'il était comte de Provence, que c'était aussi là une bien aimable contrée, et qu'elle lui manquait beaucoup. Il acheva son tableau, serra ses pinceaux, et fut s'y installer le reste de son âge avec la dame de son cœur, la délicieuse Jeanne de Laval, sa seconde épouse. Pour les gens des bords de Loire, le Bon Roi René demeure un vrai héros, et ils chérissent sa mémoire ; la terre ne vaut pas qu'on se batte pour elle.

Le derrière sur un banc, le dos contre le mur de leurs petites maisons de tendre tuffeau blanc, sans fin, les yeux plissés par la lumière dans un sourire permanent, ils regardent la Loire qui regarde le ciel, et ils en causent, du ciel et de la Loire, de la Loire et du ciel, benoîtement persuadés, quoi qu'il arrive, que Dieu les aime d'un amour doux et acidulé comme une fillette de vin rosé.

Le ciel qui coule dans la Loire est la seule passion qu'on leur connaisse, avec ses deux versants, la météorologie et la théologie. C'est la seule cause pour laquelle ils acceptent qu'on les égorge de siècle en siècle, la seule patrie qui leur fasse prendre les armes sans renâcler. Dans les temps anciens, ils se sont poursuivis par bandes pour les vraies-fausses reliques de saint Florent à travers la forêt de Bagneux, affaire encore mal élucidée ; une autre fois, ils ont fracturé les vitraux de l'église de Candes pour s'entre-voler le corps à peine froid de saint Martin ; plus tard encore, le fleuve a charroyé par centaines cadavres de huguenots, cadavres de catholiques, cadavres de Blancs massacrés par les Bleus... Et certains soirs, quand la Loire se maquille très rouge, plus rouge que le soleil lui-même, les gens si paisibles qui peuplent ses rives se taisent un moment pour la regarder présenter aux cieux le sang de leurs aïeux martyrs dans l'ostensoir de son sable d'or blanc.

Mais ils ne vous en parleront jamais, quoiqu'ils soient fort diserts ; ils n'ont aucun goût pour la mort. Bien au contraire, le savoir-vivre est la grande spécialité locale, la seule que revendiquent ces hommes sans prétention, sans désir de gloire ou de fortune, sans folklore à plumes ni à sabots, sans tambour ni trompette, sans gastronomie épicée ni indigeste, sans accent agressif, sans xénophobie aucune, d'une curiosité volubile, au contraire, à l'égard de l'étranger trop pressé, toujours. Ils laissent au paysage le soin du pittoresque.

Souvent ils énervent, justement, le visiteur, parce qu'ils semblent, eux, ne pas avoir de nerfs. Émules de la Loire, ils ont tout leur temps, et tout le vôtre aussi. Peu portés sur la vitesse ni sur la compétition, ils ont inventé le seul sport qui se pratique obligatoirement en charentaises, une sorte de pétanque très ralentie qui se joue à l'abri, sur un terrain incurvé, avec des boules non sphériques dont une face est convexe et l'autre concave... Ça s'appelle la boule de fort, et ça ne demande que de la finesse.

Énervez-vous, engueulez-les, ils souriront, vous tendront une chaise pour amener votre nez à hauteur de l'horizon devant le spectacle du grand fleuve, vous offriront un verre de leur vigne, vous poseront quantité de questions, vous écouteront en hochant la tête, les mains sur les genoux, et à la fin, de toute façon, vous plaindront avec une sincère compassion de vivre comme vous le faites, de votre "vivature" comme ils disent, puisque le français est leur seul patois. Et si jamais vous en tombez d'accord, ce ne sera ni à cause de leurs arguments, ni à cause de leur vin, ni à cause de leur sourire, mais simplement parce qu'ils vous auront amené à regarder couler la Loire un peu trop longtemps. Quand vous vous en rendrez compte, il sera trop tard, vous aurez attrapé le virus du fleuve, vous serez déjà devenu l'un d'entre nous ; et c'est bien là le seul mal qu'on puisse vous souhaiter.

Chapitre I
ET IN PULVEREM REVERTERIS...

Peut-être avant longtemps, votre tête de mort
Servira de jouet aux enfants par la ville !...
PETRUS BOREL
Rêveries

Le soir où cette histoire a commencé, on avait vraiment bien entendu le couinement de la micheline au passage du Nantes-Lyon vers Les Rosiers. Le temps se mettait au doux. Parti comme c'était, ça devait déjà s'être levé en mer, et ces sapristi de mouettes ne tarderaient point à s'en retourner chez elles. Ce ne sont pas des oiseaux bien intéressants, ça, les mouettes...

Il devait être dans les cinq heures — cinq heures et demie au croisement de la route nationale qui longe la Loire avec la côte de La Croix, entre Gennes et Saumur, ou, pour mieux dire, entre Saint-Hilaire-Saint-Florent et Chênehutte-les-Tuffeaux, juste avant La Mimerolle.

Là, il y a d'abord eu comme un grand crac assez mou. Un fracas de tôle. Et puis juste après, le long gargouillis de Périgault Marcel, comme un siphon moitié bouché :

— Nom de Dieu de Bon Dieu de Nom de Dieu de Bon Dieu ! clapotait la gorge en lavabo de Périgault ; et il se mit à dévaler le coteau, les épaules en arrière et les bottes en avant, comme un ours dans un cerceau.

Par ici, voir un gars courir, c'est déjà un événement.

— Nom de Dieu de Bon Dieu de Nom de Dieu de Bon Dieu ! Enfin c'est une traduction ; comme il était de Mayenne, Périgault, ça donnait plutôt : "Nom gue ts'ieu dje Bon Gu'hieu !" (bis). Là-bas, ce n'est pas leur faute, le gosier leur pousse bossu dans le fond de la gorge, et les bébés naissent la langue roulée comme un gâteau à la confiture ; après, s'ils ne sont pas opérés, les mots ne leur sortent que par le nez ou le côté des babines, un peu comme s'ils avaient avalé une cornemuse et qu'elle leur gonflerait les joues. Périgault Marcel, lui, le pauvre, il était né bien avant les opérations.

— Nom de Dieu de Bon Dieu de Nom de Dieu de Bon Dieu ! Jamais un gars de par chez nous n'aurait juré comme ça non plus, sauf à se mettre un coup de marteau sur les doigts, mais Périgault Marcel, lui, il faut bien avouer qu'on lui avait rarement entendu dire autre chose. C'était son chant à lui. Le reste, ça ne lui sortait pas ; son pauvre moignon de langue dure et sèche comme celle d'un perroquet se vrillait, et il manquait s'étouffer.

De Nom de Dieu de Bon Dieu en Nom de Dieu de Bon Dieu, il avait dévalé la côte de La Croix en un rien de temps ; il s'arrêta net en bas, immobile, et se mit à crier "Égou ! Égou !" pour alerter le vieux brigadier Marchand derrière le mur de son potager.

— Oh là, Marcel ! répondit Marchand avant même de lever le nez de ses salades : il n'y avait que Périgault, pour l'appeler Égou. Les surnoms, passe encore, mais les diminutifs, comme c'est fait pour aller vite, on n'en a guère l'usage.

— Égou, Égou ! répétait Périgault comme un perdu.

À force de ne pas se presser, trottinant les yeux fixés sur ses manches qu'il déroulait méthodiquement, Grégoire Marchand finit par rejoindre Périgault Marcel, figé comme la femme de Loth, au croisement. Il n'avait pas osé traverser la route nationale et fixait la borne Michelin, de l'autre côté, tête nue, patassant son chapeau de toile qu'il tournait d'un bord à l'autre. La sueur faisait briller les rayures de son cou de tortue, écailleux de bonne crasse agricole. Marchand regarda lui aussi.

Seulement lui, il traversa. Même à la retraite, un gendarme reste un gendarme. Surtout un brigadier.

La borne, on ne la voyait plus. Il y avait une deux-chevaux, une nouvelle, une Diane, empalée dessus. Dedans, on distinguait un emberlificotis de voiles noirs, jupes noires, crucifix et chapelets noirs, tout sens dessus dessous ; à l'avant, du côté du conducteur, un visage émergeait du pare-brise comme un monstrueux bubon qui sanguinolait sur le capot blanc.

Au-delà, la Loire rosissait avec son sourire agaçant de vieille chatte sur un poêle. La borne Michelin, moderne rempart de vertu, l'avait préservée de ces religieux cadavres. Sans elle, tout ce petit monde aurait plongé tout droit.

Le mélange d'affûtiaux de bonnes sœurs et de sang aqueux comme le fond d'un saladier de tomates avait laissé Périgault de l'autre côté de la route frappé d'une terreur sacrée qui avait arrêté net son dégorgement de Nom de Dieu de Bon Dieu. Marchand avait bien pensé un instant l'envoyer téléphoner, c'était idiot. Ça l'aurait même été en temps normal, d'ailleurs.

Marchand regardait la tête qui avait traversé le pare-brise comme un poussin sort de sa coque. Le visage, rose, était plutôt rond. Une jolie peau de femme au teint épanoui, méchamment griffée par le verre épais. Le voile était resté accroché à l'intérieur et une toute petite boucle brune, incongrue, rebiquait sur le haut du front ensanglanté. Marchand sortit son mouchoir pour essuyer doucement le sang qui coulait sur les yeux ensourcillés de noir, et sur des lèvres, belles et charnues, qui n'avaient dû se poser que sur les pieds de marbre froid des saints, idée révoltante pour tout homme en bonne santé, fût-il gendarme.

Il arrêta soudain : au milieu du front, il y avait un trou entouré de poudre grise...

Pour être morte, elle était morte, c'était sûr.

Autour, ça commençait à être foule, et Périgault Marcel, toujours muet, avait quand même le réflexe de tendre l'avant-bras à ceux des arrivants qu'il connaissait. La main, il ne la présentait que quand elle était lavée de frais, juste avant manger, ou les matins de fêtes carillonnées quand sa femme réussissait à le traîner à la grand-messe ; en Mayenne, c'est tout superstition et compagnie, mais pour ce qui est de la religion...

Les gens qui allaient de Gennes à Saumur et de Saumur à Gennes s'étaient arrêtés ; il y en avait même un qui avait dû penser à prévenir : une 4 L avec un serpent de docteur se garait au beau milieu du tournant. Les ouvriers des caves, qui venaient de débaucher, posaient leurs mobylettes bleues avec précaution sur le talus ; ils sortaient des grandes poches de leurs bleus des gauloises bleues qu'ils allumaient au creux de leurs grosses mains grises, un peu à distance, en parlant à voix basse de la mollesse des carrosseries Citroën. La deux-chevaux, tout le monde l'avait reconnue, c'était la fameuse de Guillaume, ce pauvre Guillaume, qui avait fini pendu à une branche d'arbre, comme un Normand, tout près de là, en montant la côte de La Croix, il y avait juste un mois. Et tout ça à cause de sa femme qui avait le diable au corps, misère de misère...

Soudain les conversations s'arrêtèrent, on entendait un bruit, ça cognait dans la portière gauche. Des petits coups, assez fermes quand même, nerveux. C'est qu'il y avait deux bonnes sœurs là-dedans ! L'autre, celle qui tapait, était prise en étau par la morte, comme des rillettes dans un casse-croûte. Impossible d'ouvrir la porte. Elle était toute berzinguée. Marchand dit qu'il fallait casser le pare-brise. Un qui avait des outils dans ses sacoches apporta son marteau, se cracha dans les mains, et se mit à l'œuvre aux ordres du vieux gendarme qui soutenait le visage de la morte avec ses mains calleuses et sèches de brave homme. Après, ils essayèrent de la sortir par le pare-brise.

On aurait dit un accouchement, seulement le bébé, mort-né, ne venait pas. À un moment, Marchand, essayant d'avoir une prise plus solide, frôla deux seins ronds et tièdes encore, en pomme. Il rougit : « Il n'y a pas moyen », il dit.

C'est que l'autre bonne sœur était quasiment assise sur les genoux de la défunte, ce qui est une drôle d'idée quand on fait de la voiture, et leurs jambes étaient tout emmêlées au-dessus des pédales. Dieu merci, les pompiers arrivèrent avec une scie à métaux et entreprirent d'ouvrir la voiture comme une boîte de conserve.

Grégoire Marchand laissa faire les spécialistes. Un ouvrier des caves lui offrit une cigarette. D'habitude, il se les roulait lui-même, seulement pour rouler, faut être au calme, assis de préférence, et ce n'était pas le cas. Périgault, à l'écart, patassait toujours son chapeau ; ce n'était pas le gars à fumer, pour ça non, ni à boire. Marchand s'éloigna lui poser des questions. À force, il déchiffrait assez bien son langage.

Les petits pères causaient au bord de la route ; à eux, ce n'était pas la peine d'expliquer les causes de l'accident : ils avaient souvent vu des bonnes sœurs rouler... Même étonnant que ça n'arrive pas plus souvent, à croire que le Bon Dieu n'a que ça à faire, de veiller sur ces voiles au volant. De toute façon, le vrai coupable, ils le connaissaient tous, c'était cet animal de Pagien. L'inspecteur des permis de conduire. Meussieur Pagien. Pour meussieur Pagien, ne pas donner son permis à une bonne sœur revenait à dénoncer un prêtre réfractaire, ou à peu près. Pour le reste, quoique le mieux placé pour apprécier leur gigantesque inaptitude à la conduite automobile, monsieur Pagien s'en remettait au Saint-Esprit. C'était un homme qui avait une confiance inouïe dans le Saint-Esprit ; jusqu'à présent, on devait reconnaître qu'il n'avait jamais eu à s'en plaindre.

Si personne ne pouvait distinguer les bonnes sœurs, ils avaient tous identifié la voiture. Guillaume aussi avait eu affaire à Pagien, trois fois qu'il lui avait refait passer le permis, la vache ! Trois fois que Guillaume s'était présenté, les joues raclées au sang par le rasoir, et le cou bien étranglé par une cravate... Trois fois !

Et puis un soir il était rentré chez lui en voiture, assis bien droit sur son siège (l'habitude du tracteur, sans doute), comme un énorme Indien cornaquant un minuscule éléphant blanc. Cette voiture toute neuve, il l'avait achetée pour sa femme, pour l'emmener promener le dimanche. Mais ça n'avait servi à rien, elle était partie avec le facteur, de l'autre côté des ponts... Et Guillaume, qui n'en avait pourtant point le goût, avait sombré dans la chopine pendant toute une semaine, avant de se pendre, en face de chez lui, juste à côté... Il avait laissé une lettre au stylo bic sur du papier à carreaux, de sa belle écriture penchée : il confiait ses bêtes à Favier, de la ferme du haut, sa chienne, Hitlère, à sa petite voisine, Stella, celle qui habitait à la ferme des Toupies, (Guillaume l'avait baptisée Hitlère pour qu'elle fasse le pendant avec lui, qui avait beaucoup souffert, enfant juste après la guerre de 1914, de son propre prénom ; en plus, c'était une bergère allemande, alors), et enfin, généreusement, il léguait la belle voiture neuve à sa femme, puisque le facteur, qui avait son permis, ne possédait qu'une mobylette. Évidemment, l'autre n'avait rien eu de plus pressé que de la vendre... C'était comme ça, sans doute, que les bonnes sœurs avaient pu l'acheter. Pas trop cher, comme tout ce qu'elles achetaient.

Les pompiers avaient dégagé la bonne sœur du dessous. Une maigre, celle-là ; de ses jupes noires soulevées dépassait un os qui avait crevé la peau du mollet. Elle était bien dans le sirop. Soudain, quand on la mit sur le brancard, elle ouvrit un œil aigu, rabattit d'une main ses nippes jusqu'aux genoux et tira de l'autre sur son voile pour cacher la racine de ses cheveux, avant de se réévanouir précipitamment.

C'est à ce moment-là que le car scolaire arriva, en fin de tournée. Il n'y avait plus dedans que madame Marchand, l'épouse du gendarme, redoutable gardienne de cantine, les petits Favier de la ferme du haut, et Stella qui bondit dehors et se faufila au premier rang des curieux juste à temps pour voir disparaître l'os saillant de Mère Adélaïde par la lunette arrière de l'ambulance. Tonnerre de tonnerre, voilà qui était bien réjouissant !

Le cadavre de la sœur aux joues roses et aux seins en pommes était recouvert d'une couverture. À son chevet, accroupi comme un soldat américain, Grégoire Marchand parlait d'un air soucieux avec le docteur sûrement, il avait une cravate, un stéthoscope et le nez pointu. Certes, le trou du front venait d'un éclat de verre, mais la poudre autour...

Et encore, Grégoire n'avait osé rapporter à personne les drôles de choses que lui avait gargouillées Périgault ; que dans la descente, il les avait entendues crier "sabotage" et même des mots d'assassinat... Chez le gendarme, la patience doit être à la hauteur de la discrétion, pas des qualités : de vraies vertus.

La mère Marchand tenta de retenir Stella du bras : ce n'était pas un spectacle pour les enfants, mais elle se débattait : "Puisque je vous dis que je la connais !" Le docteur leva les yeux vers elle, et lui fit signe d'approcher. Il n'avait presque plus de cheveux, et debout, il était vraiment très grand. Quand il sourit de sa bouche sans lèvres, Stella se raidit. Nez pointu, lèvres minces, méfie-toi ma fille : le vieil adage des Toupies lui traversa la tête d'un coup de gong, et elle se hérissa comme un petit chat.

Il lui avait pris la tête entre ses mains sèches, comme s'il allait lui dire "faites ah !". Mais non.

— Alors, mon petit, comment s'appelle cette femme ?

Elle se dégagea d'un coup de menton :

— Je ne suis pas votre petit et ce n'est pas une femme, c'est une religieuse !

Marchand rougit à nouveau jusqu'à la racine des cheveux.

— Ce n'est pas antinomique, pourtant, ricana le docteur d'un air savant. Qui est donc cette religieuse ?

— Sœur Marie-Claire, c'est la sœur cuisinière du collège. Mère Adélaïde voulait lui apprendre à conduire... Elle est morte ? ajouta-t-elle en s'approchant pleine d'une curiosité fort peu émue.

Le médecin la regarda d'un air préoccupé.

— Dis donc, qu'est-ce que tu as sur le front ?

— Des cendres, pourquoi ? On est mercredi des Cendres, aujourd'hui. Vous savez, le premier jour du carême, on nous met des cendres sur la tête pour nous rappeler que nous sommes poussière et que nous retournerons à la poussière. Tout le monde sait ça...

Elle avait pris un air savant pour contrecarrer celui du médecin qui se retourna vers Marchand :

— Voilà votre mystère résolu, brigadier, des cendres ! La bonne sœur a dû confondre l'accélérateur avec le frein, voilà tout ! Il y a beau temps que nul ne songe plus à assassiner les membres du clergé !

Marchand se tut. Il n'en pensait pas moins. Si au moins ce fichu toubib avait pu l'humilier hors de la présence de sa femme, enfin.

Stella non plus n'en pensait pas moins, et elle avait de bonnes raisons pour cela. Mais tous les livres vous le diront, il ne sert à rien de parler de crime avec les autorités, elles ne vous croient jamais. Elle se contenta donc de rabattre discrètement sa frange sur son front. A l'école, le jeu consistait à conserver la trace des cendres le plus longtemps possible, comme une cicatrice héroïque...

Elle remarqua alors que l'ange de Guillaume s'était perché sur la borne Michelin, au-dessus de la voiture bousillée. Qu'est-ce qu'il fichait là ? D'habitude, il ne bougeait jamais de son arbre, sauf les fois où il l'accompagnait au car. Bizarre.

Stella l'avait connu il y avait tout juste un mois. Le jour où, en rentrant du collège comme aujourd'hui, elle avait découvert Guillaume dans les branches, les joues bleu marine avec la langue toute sortie, noire comme une langue de girafe.

Au départ, elle s'était approchée pour caresser Hitlère qui pleurait, couchée au pied du châtaignier, quand son nez avait cogné contre les semelles pleines de boue d'une paire de bottes en caoutchouc. Dans les bottes, il y avait les pieds de Guillaume, au-dessus le corps de Guillaume avec le surplomb baveux de sa langue noire, et au-dessus encore, au sommet de l'arbre, le dos voûté comme un vautour, l'ange.

Stella, comme beaucoup de petites filles de ce temps-là*, il y a plus de vingt ans maintenant, avait passé sa petite enfance dans la crainte d'une apparition soudaine de la Sainte Vierge qui lui aurait demandé de faire construire une basilique dans le jardin. Elle n'était plus une petite fille, mais c'était bien la première fois de sa vie qu'elle voyait un ange pour de vrai. Il avait l'air très embêté, et chantait une chose un peu solennelle mais très douce, pour Hitlère sans doute.

— N'ayez pas peur, Mademoiselle ! lui avait-il dit alors d'une voix de marbre où résonnait un léger écho. De fait elle s'était sentie très calme, et avait regardé le malheureux Guillaume avec plus de curiosité que de crainte — et ne parlons même pas d'apitoiement. C'était pour Hitlère qu'elle avait de la peine. La mort, c'est triste pour ceux qui restent, comme disaient les Toupies, surtout quand ce sont de vieilles animales qui n'ont pas d'entendement. Pauvre Hitlère, elle n'avait plus désormais que la compagnie de ses puces...

Pendant longtemps, au moins une semaine, l'ange n'avait plus rien dit à Stella. Il restait là, en haut du châtaignier de Guillaume, voûté sous la pluie comme sous le soleil, prostré dans une bouderie sans fin.

Pourtant Stella ne s'était pas découragée. Elle avait déployé pour l'apprivoiser plus de patience qu'avec son écureuil Rousset, une patience angélique, comme qui dirait.

---

* En 1970. Malgré des "événements" encore récents, le monde des enfants et celui des adultes demeuraient assez étanches pour autoriser de belles crises d'adolescence.

Elle ne savait pas son nom (il ne répondait jamais à ses questions) et l'avait donc baptisé Nestor, d'autorité, à cause du Nestor de Tintin, sans doute. Tous les matins en partant attendre le car, et tous les soirs en rentrant, elle lui racontait ses journées en parlant tout bas, sûre que l'ouïe des anges était prodigieuse, et tentait de le réconforter ainsi dans sa douleur farouche et muette.

Curieusement, ce fut un jour où Stella ne pensait pas du tout à lui et rentrait en chantant *"À la santé de Noé patriarche di-i-gne, qui le premier a planté, sur terre, une vi-i-gne"* qu'elle entendit pour la deuxième fois le son de sa voix. Il accompagnait sa chanson à boire un peu comme un orgue qui jouerait de plusieurs tuyaux à la fois, mais à l'intérieur de sa tête. C'était assez curieux et plutôt agréable. Arrivée au pied de l'arbre, Stella vit que Nestor souriait dans les feuilles. "Elle vous plaît, ma chanson ?" L'ange ne répondit pas, mais éclata d'un grand rire de clochettes, une sorte de carillon, et se suspendit à une grosse branche par les pieds comme une chauve-souris, dans la position dite, à l'école, "du cochon pendu".

Depuis, même si leurs liens s'étaient resserrés, l'ange n'était jamais familier. Les rares fois où il avait parlé à Stella, c'était toujours très poliment, presque cérémonieusement, comme si le français n'était pas sa langue maternelle et qu'il l'eût appris dans un vieux manuel de conversation pour diplomates.

— Mademoiselle, voudriez-vous avoir l'obligeance de bien vouloir regagner votre logis sans tarder, lâcha-t-il du haut de la borne Michelin.

C'était dit gentiment, mais sans réplique possible. À regret, Stella s'éloigna et commença à grimper la côte vers la ferme des Toupies sans se presser : à trois mètres devant, les deux Marchand aussi rentraient en s'engueulant copieusement.

— Avais-tu donc besoin de te faire remarquer à parler de crime devant des gens qui ont de l'instruction ? houspillait la vieille.

— Parle pas sans savoir ! Les bonnes sœurs, Périgault les a vues du haut de la côte. Elles gueulaient "Sabotage ! Assassinat ! Au secours, au secours !", c'était quelque chose, il m'a dit. Il n'y a qu'à voir dans quelle position on les a retrouvées, tout emmêlées, quatre pieds pour trois pédales, c'est normal ça, peut-être ?

— Mon pauvre vieux ! Tu la veux, la vérité ? Ta femme et ton jardin, ça ne te suffit donc point qu'il faille t'en aller croire aux imaginations d'un bec-de-lièvre et pas aux diagnostications d'un docteur ! Ah, les bonshommes, faut toujours que ça ait raison, et allez donc !

Marchand savait qu'il n'aurait pas le dernier mot. Il ne l'avait jamais eu. Il se tut.

Mais il avait parlé assez fort pour que Stella l'entende : on avait essayé d'assassiner Mère Adélaïde, c'était sûr. À vrai dire, ça faisait un bon moment qu'elle se doutait que ça finirait comme ça.

Elle rentra fermement décidée à ne rien dire aux Toupies, comme pour l'ange, mais ravie que l'enquête véritable dont elle rêvait avec Hélène depuis deux ans, les yeux rivés sur leurs livres, tombât ainsi du ciel juste devant sa porte.

Chapitre II

ASINUS ASINUM FRICAT

> *Avec ses quatre dromadaires*
> *Don Pedro d'Alfaroubeira*
> *Courut le monde et l'admira.*
> *Il fit ce que je voudrais faire*
> *Si j'avais quatre dromadaires.*
>
> GUILLAUME APOLLINAIRE
> *Le Bestiaire*

C'était jeudi, et sœur Trottinette cueillait les jonquilles de la pelouse, bourdonnante de bonheur. A croire que l'Esprit Saint frétillait en elle comme une anguille dans une bourriche. Ça la chatouillait de sous la plante des pieds pour remonter le long de la colonne vertébrale jusqu'à lui gratouiller la nuque.

De son vieux nez s'échappaient de temps en temps les quelques mesures de *La Java bleue,* "celle qui ensorcelle, et que l'on danse les yeux dans les yeux", qui arrivaient à franchir le barrage de ses épaisses lunettes. Ses yeux, collés au bocal de ses gros verres, ressemblaient à ceux d'un crapaud placide. Dieu seul en savait la couleur. Trottinette n'avait pas adopté la nouvelle mode, robe et voiles courts. Pure coquetterie dans son cas : pas question de révéler la calvitie triomphante que dissimulait la providentielle armature de celluloïd blanc de son long voile noir...

Son nom (qui savait le vrai ?) lui venait de sa façon de se déplacer par petits bonds, à toute berzingue, les jupes au ras du bitume, montée sur des ressorts invisibles comme les Chinoises aux pieds bandés. Il y a longtemps d'ailleurs, Trottinette avait été missionnaire en Chine, et certaines fins d'après-midi, elle vous racontait comment les communistes jetaient les petits enfants chrétiens tout vivants dans des puits sans fond... Depuis la Longue Marche, elle n'arrêtait plus de trotter.

Comme elle n'y voyait rien, on l'avait mise vigile. Sœur tourière. C'est elle qui veillait sur les entrées et les sorties. Elle qui vendait des carambars aux pensionnaires (le double de l'épicière : elle envoyait le bénéfice aux Malgaches, depuis la trahison chinoise). Elle aussi qui recevait les appels téléphoniques ; elle enfin donc qui ouvrit au capitaine de gendarmerie chargé d'annoncer la Terrible Nouvelle du Tragique Accident.

En matière de tragédie, rien ne pouvait plus atteindre sœur Trottinette. Et rien ne viendrait non plus altérer sa joie nouvelle : elle était promue chef de la chorale. Il n'y avait pas de chorale, n'importe. Pour l'enterrement de sœur Marie-Claire, vu la famille que c'était (des gens bien) et qu'on l'enterrait là-bas, chez elle (on parlait même d'un château !), il en fallait une, et donc une responsable de la chorale. Dans la confusion, Trottinette avait levé la main. Et voilà, comme une lettre à la poste ! Alléluia ! Java ! Alléluia !

Sœur Trottinette n'avait ni goût ni talent particulier pour la musique (à cause de la Chine, sans doute, elle chantait par le nez) ; ce qui la réjouissait dans sa nouvelle fonction de *Kapelmeister,* c'était le voyage en autocar. Ça faisait des années qu'elle n'était sortie du collège que pour quelques courses d'épicerie dans cette ville mollassonne et blanchâtre. Sans cris joyeux ni grands horizons verts et mauves. Des murs, des murs... Alors que ses rêves, immenses et sauvages, étaient pleins d'arbres poisseux bruissants d'oiseaux safran et de singes au cul rouge. Trottinette avait envie d'ailleurs, de grands galops sous des cieux inconnus.

Trompettant la java de son vieux nez sous ses gros verres, elle cueillait les quelques jonquilles de la petite pelouse pour en fleurir la bonne Vierge à la chapelle. C'était interdit, et on ne lui avait jamais vu auparavant faire des choses interdites. Elle courbait sa taille déjà minuscule pour n'être pas aperçue de ses sœurs réunies en chapitre caquetant dans la salle du bas. Aucun danger : ces dames étaient par trop occupées à organiser l'intérim de Mère Adélaïde pour s'intéresser à elle. Et Dieu merci, c'était jeudi ! Pas d'élèves dans les jambes...

L'émoi passé, la discussion était intense. En vertu de ses diplômes scientifiques, sœur Anita, pâle et longue prof de physique, avait pris les rênes. Grande courtisane d'Adélaïde, elle voyait son heure venue. Sa voix pointue passait la fenêtre :

— Résumons. Si je reprends les heures de maths de Mère Adélaïde et si Mlle Coutault reprend ses heures de français, il nous reste six heures de latin et huit de catéchèse... Ne pourrions-nous pas demander au collège de garçons un professeur de latin, et à monsieur l'archiprêtre, qui est si aimable avec nous, d'assurer la catéchèse ?

Le nom de l'archiprêtre souleva une vague de soupirs extatiques, quel homme délicieux, vraiment ! et les sœurs, après toutes ces émotions, s'octroyèrent les délices d'un café au lait avec des langues-de-chat dans de jolies tasses de pyrex transparent. C'était l'heure du goûter. Sœur Anita et sœur Marie-Josèphe, héroïques, y renoncèrent pour monter à l'assaut, *pedibus,* de la côte de l'hôpital prendre des nouvelles de la directrice.

Si Trottinette était presque aveugle, elle n'était ni sourde ni débile. Serrant ses fleurs contre son giron, elle se dit que, même au plus mal, Mère Adélaïde ne laisserait pas si facilement que ça jouer aux dés son manteau ni davantage sa couronne d'épines. Et son vieux nez laissa échapper quelques bouffées d'un rire malicieux.

Le lendemain la trouva fidèle à son poste, à droite du bénitier, sa pile de bérets bien à plat dans les mains. C'était le premier vendredi du mois, qui plus est le premier vendredi de carême, donc messe à huit heures pour tout le collège. En uniforme. Cette tenue (jupe et pull bleu marine plus béret) n'était normalement obligatoire que pour les pensionnaires. Les autres élèves ne devaient la porter qu'en cas de messe ou kermesse. Évidemment, il y avait toujours des têtes de linotte pour oublier leur béret, et Trottinette leur en collait un (reliquat d'autres têtes de linotte lors de cérémonies précédentes) sur le crâne, mais qu'il fallait impérativement lui rendre à la sortie. Mère Adélaïde, comme saint Paul, était formelle sur ce point : les femmes doivent aller à l'église coiffées*.

Ce matin-là, la roue (avant, heureusement)

---

* En 1970, première année de la célébration obligatoire de la messe de Paul VI en français, cette coutume, aujourd'hui disparue, commençait déjà sérieusement à se perdre.

d'Hélène de Carmandal avait crevé sous une pluie battante dans la côte de Bagneux. Le temps de réparer (fichue râpe à rustines qui ne râpait rien !) et il était le quart passé quand elle arriva en courant, cartable sur la tête, caban à tordre, jupe collée contre les cuisses, et chaussettes tirebouchonnées à la porte de la chapelle. Pas de béret : ingénieusement transformé en vache-à-eau sous une gouttière pour repérer la fuite de la chambre à air, elle l'avait abandonné, serpillière informe et inutile, dans la sacoche de son vélo.

Horreur, juste devant elle, cette petite blondasse de Nelly Marchadeau venait de prendre le dernier béret de Trottinette ; en dessous ne restaient plus que trois mantilles en plastique blanc. La honte. Avec un air de défi ombrageux Hélène s'en noua une sous le menton, tira ses chaussettes, le cartable coincé de traviole sur la hanche gauche, et se colla à un bout de banc près du confessionnal, après la génuflexion réglementaire "-sans-signe-de-croix-surtout-on-n'est-pas-à-Séville-vous-ne-voulez-pas-non-plus-vous-embrasser-le-pouce-pen-dant-que-vous-y-êtes..."

Le plastique ajouré pressait ses boucles noires, et des rigoles de vieille pluie glacée lui dégoulinaient dans le cou. Elle se planqua les yeux dans un carnet de chants pour éviter d'accrocher le regard de Mère Adélaïde qui hantait d'habitude la nef de haut en bas, trousseau de clefs d'un côté, chapelet de l'autre, afin de faire régner l'ordre et la piété dans les rangs. Elle sentit un voile noir fondre sur elle. Ça y était ! Les joues brûlantes, Hélène chanta plus fort.

Pourtant à dix pas, elle sut que ce n'était pas

Adélaïde : les yeux qui la fixaient ne la transperçaient pas, ils étaient mous, faibles, sans flamme... Hélène releva la tête pour démasquer ce regard déguisé par des sourcils faussement vengeurs : sœur Anita, dans une nouvelle tentative d'imitation de son idole !

— Hélène, c'est quoi, cette tenue ? À l'église, et un jour comme aujourd'hui ! Vous lirez l'épître. Filez au premier rang !

Elle avait murmuré de toute sa glotte sèche, avec l'air sournois d'une qui fait une mauvaise blague. Sœur Anita, dite Toutou, trouvait enfin l'occasion de griffer Hélène qu'Adélaïde aimait bien — justement parce qu'elle lui résistait, elle... Sans minauderie, ni artifice.

Hélène était arrivée au collège deux ans plus tôt, dix jours après la rentrée, seule et directement dans le bureau de Mère Adélaïde, qui s'appelait alors sœur Saint-Quelque-Chose. Et comme la tournée d'inspection de la directrice dans les étages semblait interminable, elle avait fini par s'asseoir face au portrait du pape Paul VI.

— N'agitez pas les jambes comme ça, voyons mon petit, ça abîme les chaises !

L'apparition, surgie derrière son dos, avait la tête de Paul VI, grande, maigre, pointue et la peau jaunâtre. Sauf qu'elle était tout en noir.

— Eh bien, debout ! On se lève quand un professeur vous parle ! D'où sortons-nous ?

— Je m'appelle Hélène de Carmandal, je suis la nouvelle.

— Et comment sommes-nous coiffée, Seigneur ! avec un râteau au moins, venez !

Du tiroir de son bureau qui sentait l'encaustique, elle sortit prestement un peigne, et entreprit de racler le crâne d'Hélène avec fermeté, comme s'il s'agissait d'en chasser une armée de poux.

— Voilà, voilà. Et le papa ne vous a pas accompagnée ? C'est vrai, le papa est militaire, il n'a pas le temps, n'est-ce pas ? Les militaires, c'est toujours en manœuvres, bien sûr. Et la maman, qu'est-ce qu'elle fait la maman ? Mon Dieu c'est vrai, j'oubliais, la maman est décédée, mon pauvre petit !

Brusquement, elle serra la tête d'Hélène toujours debout contre sa poitrine plate, lui écrabouillant brutalement le nez contre son crucifix de bronze.

— Est-ce qu'on prie au moins pour sa maman, hein ? C'est très important : il ne faut jamais oublier les âmes du Purgatoire, jamais !

— Maman est au Paradis.

— Comment pouvez-vous en être si sûre ?

— C'est mon père qui me l'a dit.

— Ah, voyez-vous ça ! c'est gentil, mais saint Pierre ne prend pas ses ordres au grand État-Major de l'Armée française ! Allons, on dit ces choses pour consoler les petits enfants, vous êtes une grande maintenant, la sixième...

— Pourquoi dois-je redoubler ? À Berlin...

— À Berlin, à Berlin, vous étiez au lycée... Urbs, urbis, génitif pluriel ?

— Urb...

— Quelle déclinaison ?

— Troisième.

— Quelle particularité ?
— C'est un... imparisyllabique !
— Un vrai ou un faux ? Doit-on le décliner sur consul ou sur civis ? Mmm ?... Vous voyez, vous ne savez pas ! Vous passerez en cinquième quand vous saurez distinguer les vrais imparisyllabiques des faux, l'année prochaine ! Et sachez que je n'admettrai aucune protestation de l'armée française. Le général, ici, c'est moi, n'est-ce pas ?... N'EST-CE PAS ?
— Oui, oui...
— Oui qui ?
— Oui, ma sœur.
— Ah c'est mieux, c'est mieux... Voyons, nous allons faire une petite prière pour la maman.

D'un seul coup, Adélaïde avait volté vers la statue de Notre-Dame de Lourdes dans le coin, et entamé un signe de croix martial. Hélène marqua un point : au Saint-Esprit, elle était à genoux sur le plancher brillant. Adélaïde, qui priait debout comme un homme, dut l'y rejoindre.

C'est dans cette position, mains jointes parmi les fleurs artificielles du bas de la grotte en plastique, le dos bien droit, que les trouva sœur Trottinette.

— Et pardonnez-nous nos offenses, comme... Ah c'est vous, ma sœur ? Avez-vous un tablier, Hélène, mon petit ? Il y a une blouse d'uniforme en nylon, très commode pour le nettoyage. La sœur tourière en a. Ma sœur, apportez-nous une blouse pour cette enfant, je vous prie ! Du 14 ans, que ça nous fasse de l'usage !... Comme nous pardonnons aussi à ceux...

Adélaïde, imperturbable, ne se releva dans un

craquement sec de rotules qu'après l'examen d'une demi-douzaine de litanies auxquelles Hélène, il faut le reconnaître, en bonne Bretonne, avait parfaitement répondu.

— Voilà : vous serez en sixième classique, une excellente classe, avons-nous l'emploi du temps ? Nous l'avons, le voici. Copiez-moi ça, allons, allons, pressons ! On lambine, on lambine... Ah, voilà la blouse, merci ma sœur, enfilez-moi ça. Très bien. N'oubliez pas la ceinture, pas de négligence surtout, commençons du bon pied ! Il faudra me broder votre nom, ici, du côté gauche. Savez-vous faire le point de chaînette ?

— Ma sœur, je n'ai pas vu de latin dans l'emploi du temps...

— En sixième ? Non c'est fini. Adressez vos réclamations au ministère, je n'y suis pour rien, veuillez me croire ! Edgar Faure décrète, sœur Adélaïde applique ! La blouse, c'est trente-sept francs cinquante. Vous n'oublierez pas ?

— Il n'y a pas de grec non plus...

— Du grec, doux Jésus ! C'est très mauvais pour les yeux, croyez-moi, ça donne la migraine. C'est épouvantable, le grec, aucune vertu formatrice ! Une langue où l'exception est la règle ; une langue de poètes, de rêveurs, tous les défauts des jeunes filles, quelle horreur ! Nous y sommes ? En route !

Hélène suivit la longue silhouette noire qui marchait à grands pas, fendant l'air de son nez pointu. On traversa un terrain de volley, on monta quatre à quatre l'escalier d'un bâtiment qui sentait la peinture. Elle frappa, entra, et toute une classe de blouses bleues se leva dans un raclement de chaises.

— Bonjour mes enfants !

— Bonjour ma sœur ! hurlèrent trente bouches d'un coup. La prof était rouge pivoine.

— Voici Hélène, une nouvelle. J'espère que vous l'accueillerez gentiment. Où va-t-on l'asseoir, Hélène mon helléniste ? À côté de Stella, là-bas, très bien. En attendant, nous allons faire une petite prière pour le papa d'une grande de seconde qui est à l'hôpital : "Au nom du Père et du Fils..."

Chez Adélaïde, la prière était une manie, presque un réflexe. Elle en faisait une à chaque nouveau crucifix croisé, comme un chien pisse à chaque nouvel arbre. Au troisième *Ave*, elle partit juste après et à « l'heure de notre mort », laissant la classe pousser le « Ainsi soit-il ! » final dans un soupir de soulagement exagéré, comme si toutes, même la prof, étaient étonnées d'être encore en vie...

Dans la chapelle, Hélène était sans doute la seule à ignorer la Terrible Nouvelle du Tragique Accident. Les autres, étant du pays, avaient des parents abonnés au *Courrier de l'Ouest* qui avait publié un article et même une photo de la deux-chevaux écrabouillée. L'assemblée était tendue et attentive comme au cirque avant le trapèze volant. On attendait que quelque chose arrivât. Ce fut Hélène.

Quand elle surgit derrière le lutrin avec son plastoc blanc sur la tête, les premiers ricanements fusèrent dans le fond (les premiers rangs étaient occupés par ces fayotes du *MEJ** avec leurs insignes brillants et autres jeannettes à pompons), le nom bizarre de Timothée, destinataire de l'épître, amena la houle jusqu'à la moitié de la foule, et quand Hélène, tenant le cap d'une voix ferme, en arriva à "Que le Seigneur répande sa miséricorde sur la maison d'Onésiphore", même les "bons éléments" à ses pieds furent atteintes par le fou rire.

Sœur Anita tenta d'intervenir de sa voix de fausset. Le curé, un gros abbé postillonnant, s'y mit aussi. On n'entendait plus que quelques hoquets épars quand le malheur voulut qu'il s'embrouillât dans les noms "Mes enfants, allons, alors que nous pleurons la mort de sœur Marie-Frère"... Là, Fabienne Guyau hennit comme une jument en chaleur, et tout le monde suivit : même sœur Couture qui se tamponnait les yeux !

Heureusement, le gros abbé n'eut aucun sermon à faire : à la place Mère Antoinette, l'ancienne supérieure, qui ne revenait que pour les opérations spéciales, annonça, de toute sa silhouette massive, les grandes manœuvres de carême :

— Cette année, mes chers enfants, nous allons creuser de nouveaux puits dans le Sahel, à la bordure du grand désert du Sahara. Malgré vos efforts de l'année dernière, le désert continue à s'étendre, et nos malheureux frères africains doivent abandonner des terres qu'ils ne peuvent plus cultiver faute d'eau, et les mamans voient mourir leurs petits bébés dans leurs bras, le ventre tout gonflé.

* Mouvement eucharistique des jeunes.

Mère Antoinette disait tout ça avec un bon sourire. Elle déplia une sorte de jeu de l'oie.

— Chaque fois que vous aurez vendu dix coupons à un franc, nous collerons un timbre dans une case. Quand toutes les cases seront remplies, il y aura assez d'argent pour creuser un puits. Il y aura un puits par classe.

Personne n'écoutait : ces jeunes Angevines creusaient des puits en Afrique depuis l'âge de raison, ça n'avait rien d'original ; et l'on continuait à se repasser le fou rire comme le furet, sans que l'œil vide d'Anita-Toutou n'arrive à l'attraper. Seule l'annonce, en conclusion, de la traditionnelle projection de diapositives (Mère Antoinette disait des "vues") sur la vie des Petits Martyrs de l'Ouganda suscita un "Ah" de bonheur. Elle en fut ravie ; c'était son grand show annuel.

En revenant de la communion, sœur Trottinette faillit s'asseoir sur la mantille blanche encore humide qu'Hélène avait soigneusement pliée sur sa chaise, près du bénitier, avant de prendre le large...

Stella la retrouva en survêtement, occupée à faire sécher sa jupe, pauvre chose informe dont les tubulures molles témoignaient de plis fort anciens, sur le radiateur de la classe. Deux longues chaussettes aux élastiques défunts pendaient, maigres et symétriques, de chaque côté.

— Qu'est-ce qu'elles ont toutes, aujourd'hui ? Où est passée Adélaïde ? Ce n'est quand même pas Toutou qui va faire la loi ! Je vais me défendre, tu vas voir, si elle essaie...

— Arrête ! Tu sais pas ? Adélaïde et sœur Marie-Claire se sont écrabouillées avec la dedeuche juste en bas de chez moi ! Marie-Claire est clamsée et Belphégor à l'hosto...

— La vache ! C'est qui sœur Marie-Claire, une de la cantoche ?

— Oui, Adélaïde lui donnait des leçons de conduite...

— Pince-moi !

— Mais c'est pas un accident, c'est un crime, pour de bon cette fois ! Tu te rappelles ce qu'elle nous avait dit ?

— Tchtt ! Voilà la troupe...

La classe arrivait en effet dans un état d'ébullition bruissante, entraînant dans son flot madame Bureau (dite Mrs Desk, of course), professeur d'anglais timide et fantasque, qui zozotait même en français

— SA-I-LENTZ, PLIZ ! BI QUOI-I-TE !

Les rares mauvaises langues assez fortunées pour avoir traversé la Manche (dont Christine Jacquemin, la fille du boucher de la place Bilange) assuraient que son accent tenait plus de la Loire que de la Tamise... N'arrivant pas à se faire entendre, Mrs Desk reprit sa classe selon la bonne vieille Adélaïde way :

— In ze néme of ze Fazère...

— Of ze Sone and of zi Holygoste, émène !, la machine s'était mise automatiquement en branle d'un signe de croix unanime et gymnastique. En anglais, on ne savait que le *Heil Mary*, Madame Bureau n'étant jamais parvenue ni à trouver une traduction du *Notre Père*, ni à en faire une non plus à cause de la conjugaison complexe des Thy et des Thou qu'elle ne maîtrisait pas bien ; elle cachait cette lacune grammaticale sous le prétexte théologique qu'à partir du moment où l'on tutoyait désormais Dieu en français — ce qui était un signe de familiarité — elle se demandait s'il fallait continuer à Le tutoyer en anglais — où c'était au contraire une marque de respect passablement vieillotte. Bêtement, un jour, elle s'ouvrit à Adélaïde de cette angoisse du contresens, qu'en anglais vous voulait dire tu et tu vous. "Don't you think you are drowning yourself in a fly pee*?" lui répondit l'autre. C'était peu idiomatique, mais bien envoyé. Mrs Desk ne comprit rien du tout, sinon qu'Adélaïde parlait aussi anglais, ce qui acheva de la terroriser.

Cinq minutes plus tard, Mr et Mrs Nilson faisaient tranquillement leur marché avec leur glorieuse progéniture, John et Betty, les seuls êtres au monde à poser des questions aussi niaiseuses que Nelly Marchadeau qui, elle, était occupée pour l'heure à se curer les ongles avec la pointe de son compas en métal tout neuf...

À midi, pour une fois externes comprises, tout le monde déjeunait à la cantine : opération "bol de riz" oblige. On ne se nourrissait que d'un bol de riz (dans une assiette), on payait le prix d'un repas normal, et la différence entre le prix du bol de riz et celui du repas était envoyée en Afrique toujours pour creuser les fameux puits.

— Dis donc, on voit que la sœur cuisinière est morte ! Elles ne sont même pas fichues de faire

---

* Ne pensez-vous pas que vous êtes en train de vous noyer dans du pipi de mouche ?

cuire du riz... Nelly Marchadeau pinçait le nez en regardant la pâtée blanchâtre et aqueuse dans le fond de son assiette transparente. Les externes, forcément bourgeoises de la ville, étaient "les riches" du collège. Des nez pincés à l'estomac délicat.

— Ce n'est pas du riz, c'est des brisures de riz, ce qu'on donne aux chiens, lui ricana Stella dans les oreilles.

— Et c'est moins cher que le riz ! Ce qui permet à nos petites reines des éconocroques de se faire un petit bénéfice au passage pour la plus grande gloire de Dieu ! ajouta Jacqueline Gervais, l'air docte. Et ne va pas te plaindre, ma petite, c'est jour de pénitence, plus c'est mauvais, plus c'est bon ! On a connu pire pendant la guerre de 14 dans les tranchées...

— T'inquiète pas, au moins il n'y a pas de grands vers qui se tortillent dedans comme dans la viande de mardi gras... Encore heureux, remarque : blanc sur blanc, on les verrait même pas ! Au mieux ça coince les boyaux, au pire, ça fait rendre, c'est pas bien méchant ! Des années de cantine avaient rompu Stella à l'absorption de nourritures avariées assaisonnées de discours peu ragoûtants. Pas Nelly, évidemment, qui ficha le camp aux cabinets sous les hurlements des bonnes sœurs et les tintements hystériques de la sonnette parce qu'on "-n'est-pas-des-sauvages-on-demande-la-permission-c'est-pas-des-manières-de-se-lever-de-table-comme-ça-d'abord-vous-pourriez-prendre-vos-précautions-avant-enfin-voyons !"

Jacqueline Gervais, externe elle aussi, vit surgir

contre ses mollets un sac en plastique. Il avait fait le tour de la table par en dessous, entre genoux et contreplaqué, pour recueillir le méchant riz avant d'être escamoté dans un cartable qui le transporterait sans doute, en temps voulu et selon un système visiblement très au point, au même endroit où finissait celui de Nelly Marchadeau. Surprise, Jacqueline fut surtout émue que Stella le lui ait passé, comme si elle était une fille normale, comme si elle n'avait pas un serre-tête en velours et des cahiers tenus comme des jardins à la française.

Elle était si pâle, Jacqueline, qu'on lui voyait les nerfs. Elle avait les yeux bleu baigneur et le teint translucide de ceux que de trop vieux parents se sont extirpés d'un dernier coup de reins hasardeux. À cause sans doute de cette conception antédiluvienne, elle parlait naturellement avec ironie et subjonctifs, comme du fond des âges. Et beaucoup.

Étant née très vieille, la jeunesse l'intriguait, et elle aurait bien aimé avoir des amies. C'était le jour ou jamais : son père était directeur des Pompes funèbres, et Stella qui avait besoin d'informations, lui faisait enfin des avances.

— Faut qu'on te parle !

Il pleuvait comme vache qui pisse, c'était un temps de désespoir. Hélène et Stella emmenèrent Jacqueline, grisée, s'asseoir à l'abri des manteaux sous les patères d'un couloir de classe interdit en dehors des heures de cours. En grignotant (d'abord les bords, ensuite la confiture) les biscuits à la fraise que les Toupies avaient préparés pour Stella sachant ce qui l'attendait (prenez, c'est pas faire le mal, c'est maigre ; a-t-on idée de faire jeûner des enfants en pleine croissance ?) elles lui firent passer un véritable examen : alors, cet accident ?

— Alors, c'est étrange : nos chers sœurs avaient pieds et pattes tellement emmêlés, qu'on a cru qu'on n'arriverait jamais à les extraire de leur carrosse. Au début, tout le monde a pensé que c'était parce que Mère Adélaïde, craignant l'explosion de sa mécanique fatale, avait voulu se dégager en escaladant sa défunte sœur pour sortir par la fenêtre...

— La trouille ? Adélaïde !

— Et puis comment tu veux passer par la fenêtre d'une dedeuche, il y a une barre au milieu !

— Exactement ! C'est d'ailleurs ce que s'est dit mon auguste père, ce grand finaud : Mère Adélaïde est une femme intelligente et cultivée, et même en plein cirage, elle n'aurait jamais oublié la configuration de son module lunaire. Qui plus est, c'est une personne de sang-froid habituée à de lourdes responsabilités... Bref, donc, mon cher père, poursuivant sa mirobolante réflexion, en est arrivé à la conclusion suivante : Mère Adélaïde, dans un sursaut héroïque, a voulu s'installer à la place de Marie-Claire, pour faire croire à la maréchaussée que c'était elle qui conduisait...

— Qu'est-ce que ça peut faire ?

— Réfléchis, péronnelle sans cervelle ! Le couvent a de légers pépins pécuniaires : nos parents sont bien placés pour savoir ce qu'a coûté la chapelle, le tarif cathédrale !

— Et alors ?

— Et alors l'assurance, voyons ! Si Mère Adélaïde ne pouvait ramener feue la pauvre Marie-Claire à ses rutilants fourneaux, du moins pouvait-elle se faire rembourser la deux-chevaux ! C'est toujours ça de pris, comme disait ma grand-mère... Elle avait son permis, elle, Adélaïde, aussi invraisemblable que ça paraisse à ceux qui l'ont aperçue au guidon !

L'hypothèse intrigua les deux juges : elles n'y avaient pas pensé. Mais elle n'éclairait pas le fond de l'affaire. Un timbre électrique interrompit la discussion : les martyrs attendaient au réfectoire.

— C'est où, l'enterrement de Marie-Claire ?
— Vers Nantes, en Bretagne, chez toi, Hélène !
— Nantes, c'est pas en Bretagne, grogna Hélène que le langage ampoulé de Jacqueline exaspérait.

On avait déjà éteint et rallumé trois fois la lumière dans des grands "Oh" de déception à chaque fois que le drap s'était affalé le long du mur, satanées punaises... Les petites étaient devant et les grandes derrière. Ça poussait des petits cris, ça se pinçait, ça faisait des chut. Mère Antoinette ajoutait une dernière grammaire latine sur la pile pour caler sa projectionneuse à la hauteur ad hoc. C'était un peu flou, un peu de travers, mais on pouvait commencer. Elle n'avait pas besoin du fascicule : elle connaissait l'histoire par cœur, comme tout le monde ou presque, et commença de sa longue voix tranquille :

— Sur la carte de l'Afrique, l'Ouganda vous paraît un tout petit pays, en réalité il est aussi grand que la moitié de la France. Ses habitants se nomment les Bagondas, ce sont de magnifiques Noirs qui habitent des cases rondes, faites de tiges d'herbes et de fibres de bananiers tressés. Vers 1880, les Bagondas étaient presque tous païens, sauf quelques-uns qui pratiquaient la religion de Mahomet. Les sorciers, vêtus de peaux de singes ou de chats sauvages, terrorisaient le pays. Ils offraient aux "esprits" des victimes humaines, qu'on égorgeait sans pitié et qu'on jetait aux crocodiles.

— Ha ! faisaient les premiers rangs délicieusement épouvantés par l'image d'un monstrueux crocodile vert broyant dans ses gigantesques mâchoires une jambe noire et sanguinolente. En fait, à force de projections répétées, les couleurs étaient passées, le crocodile était devenu jaune paille et le sang vieux rose, mais ces tons pastels loin d'affadir l'image lui donnaient au contraire la puissance des cauchemars. Et ce n'était que le début.

— Mais oui, mais oui mes enfants, disait Mère Antoinette avec son sourire si grand qu'on pouvait l'entendre dans le noir. À côté des *Petits Martyrs de l'Ouganda*, *Barbe Bleue* était une bluette fadasse.

Quand le Père Siméon Lourdel entra en scène dans sa soutane blanche pour séduire le roi Mtéça et son terrible premier ministre, le Katikkiro, avec de vieux uniformes (ce qui fit bien rire le roi, d'ailleurs), Hélène tira Stella par la manche. Les ennuis sérieux allaient commencer pour les chrétiens, le public était bien accroché, personne ne ferait attention à elles.

L'heure était grave, il fallait qu'elles se parlent seule à seule.

Près du long lavabo de grès, à condition de parler bas, elles seraient tranquilles. C'était un carrefour d'où elles pouvaient surveiller d'un côté le réfectoire et la cuisine, de l'autre la cour de volley et la cour de récréation ; en cas d'alerte, elles avaient pris la précaution de faire couler de l'eau (pour pouvoir prétendre se laver les mains, excuse de haute qualité chez les sœurs pour qui il est inconcevable de se livrer à une activité hygiénique impliquant de l'eau froide par plaisir) mais tout doucement, pour qu'on n'entende pas du réfectoire. L'une guettant par-dessus l'épaule de l'autre, elles eurent une longue conversation chuchotée.

La même angoisse mêlée d'excitation leur raccourcissait la respiration : visiblement, ce qu'Adélaïde avait prévu était en train d'arriver... Stella rapporta à Hélène les propos du gendarme. Un avis de professionnel. Ce n'était pas un accident. Et il visait Adélaïde : qui pouvait savoir qu'elle apprenait à conduire à quelqu'un d'autre ? Elle ne devait pas s'en vanter... Et qui pourrait avoir intérêt à tuer une sœur cuisinière, même si sa cuisine était infecte ?

Pour la première fois, elles reparlèrent du fameux lundi où Mère Adélaïde les avaient convoquées séparément pour leur expliquer à chacune que des temps de persécution se préparaient, qu'elles étaient toutes menacées, et surtout elle, Adélaïde, qu'il n'y avait pas grand monde sur qui elle puisse compter et qu'il faudrait obéir à ses ordres sans discuter parce que le danger était d'autant plus grand qu'on ne le voyait pas. Du moins pas encore. Elle ne voulait pas en dire plus : elle connaissait bien l'histoire du roi Midas et savait qu'un secret n'était jamais gardé très longtemps.

L'une comme l'autre étaient ressorties très impressionnées (Adélaïde était grave, ça n'était pas son genre, non plus que de parler à des élèves comme à de grandes personnes), et elles avaient mis un bon moment à s'entr'avouer le contenu de leurs entretiens respectifs avec la directrice — qui s'était avéré identique presque mot à mot. Adélaïde avait certainement fait ses confidences à d'autres élèves, sans doute très peu et probablement des pensionnaires, mais qui ?

Dans le réfectoire, on commençait à découper les chrétiens noirs en rondelles, la conversation ne pourrait plus durer beaucoup.

Hélène, qui avait l'esprit matheux et organisé, décida que Stella irait le lendemain à l'enterrement de Marie-Claire avec la chorale, pour interroger les pensionnaires, pendant qu'elle essaierait de voir Adélaïde à l'hôpital. Le surlendemain dimanche, elle s'invitait à déjeuner chez Stella pour aller ensuite ensemble interroger les témoins, le brigadier Marchand et Périgault Marcel sous prétexte de leur vendre des coupons pour le Sahel. Stella douta qu'ils en achètent, mais n'importe...

Le réfectoire était en transe, toutes les têtes résonnaient de tam-tams sauvages. Après avoir marché au martyre le sourire aux lèvres, les petits pages chrétiens du méchant roi Mwanga, le fils de Mtéça, venaient d'être brûlés vifs dans des souffrances atroces en chantant joyeusement des cantiques. Même Mbaga, le fils du bourreau Moukajjanda, mis sur le bûcher par son propre père après avoir refusé d'abjurer : "puisque tu y tiens, petit fou, tu seras tué comme les autres !" Même Charles Lwanda qui insista pour préparer lui-même son fagot "aussi tranquillement que s'il avait déroulé une natte dans sa case pour s'y endormir", grillé ! Même André Kaggwa, le capitaine, un Mounyoro pourtant, assassiné ! Même Jean-Marie Mouzeï, l'ancien esclave racheté pour quelques mètres d'étoffe, "si le Roi veut me tuer, c'est ce qui peut m'arriver de plus heureux puisque je serai martyr de ma foi", décapité...

— Le sang des martyrs est une semence de chrétiens, conclut Mère Antoinette en souriant, réjouie par l'état florissant de l'église d'Ouganda. Nos petits martyrs ont été canonisés. Ce sont des saints maintenant. Nous les fêtons le 3 juin, jour de leur mort terrestre et de leur naissance au Ciel.

Dire qu'il y en avait pour préférer "ils se marièrent, vécurent heureux et eurent beaucoup d'enfants", les pauvres.

Dans le fond près de la porte comme toujours, Trottinette était aux anges : aujourd'hui l'Ouganda, demain l'autocar.

Chapitre III

LACRYMARUM VALLE

Ne pleure pas Jeannette
Tralalalalalalalalalala-la-la
Ne pleure pas Jeannette
Nous te marierons (bis)

Avec le fils d'un prince
Tralalalalalalalalala-la-la
Avec le fils d'un prince
Ou celui d'un baron (bis)

Chanson chouanne

La seule qu'on puisse
reprendre en chœur
et en autocar avec des Bleus
sans qu'ils ne se doutent de rien.

La nuit collait encore au jour, gluante et clapotante, quand Stella s'arracha à la ferme, le cœur barbouillé par le café au lait trop sucré des Toupies. Sous sa niche, Hitlère, que les années avaient rendue presque sourde, pédalait dans un rêve derrière une poignée de lapins. Sans ouvrir les yeux, elle battit toc-toc deux fois de sa lourde queue à l'odeur passante de Stella. Et elle sourit, car les chiens sourient même en dormant. Les Toupies s'étaient plantées sur le pas de la porte comme deux bittes d'amarrage. Un torchon à la main, elles scrutaient la nuit de leurs gros sourcils, suivant la danse de la loupiote. Quand la petite aurait passé le coin, elles rentreraient en soupirant se faire une deuxième tasse de café plus amer. C'était leur sort d'être toujours abandonnées.

Stella descendait attendre le car au croisement de la nationale, lieu du Tragique Accident, et sa pile faiblissait, faiblissait, faiblissait. À mi-côte, elle s'éteignit complètement. Morte. C'est fou ce qu'il y a comme bruits la nuit. Surtout quand il n'y a pas beaucoup de lune, pour ainsi dire pas, et que ça glisse. Plus de jus. Trop loin pour faire demi-tour. Et son panier qui s'était renversé... Dans le noir, c'étaient des choses à vous étrangler par en dedans.

— Puis-je me permettre de vous porter secours ?

L'ange de Guillaume était là, phosphorescent comme un ver luisant. Ce qu'il pouvait être énervant par moments, celui-là !

— Vous avez une pile électrique, peut-être !

Il s'alluma tout de suite comme une grosse ampoule. Son halo éclairait tout autour, pas trop loin, deux mètres peut-être ; ils étaient tous les deux dans une bulle de lumière. Stella ramassa son panier et se remit en marche, toujours du mauvais pied. L'ange se couvrit de guirlandes et commença à clignoter, pointu comme un sapin de Noël.

— Faites attention ! On n'y voit plus rien, si ça continue ce cirque je vais me casser la figure ! Évidemment, ça vous est égal, Monsieur a des ailes, Monsieur vole, lui !

Vexé, l'ange se contenta d'éclairer la route en avant de deux ronds de lumière, comme un camion. Codes-phares, codes-phares, il n'arrêtait pas de changer...

— N'importe quoi pour se rendre intéressant !

Au dernier tournant, un jour jaune paille pointait tout au long de la Loire en un métal argenté. À l'horizon, les arbres étaient encore en noir et blanc, comme sur un dessin à l'encre de Chine. Ils étaient tous les deux seuls au monde pour veiller sur la terre. Ça ne durerait pas longtemps. La vie allait bientôt commencer à s'agiter ; déjà l'île aux vaches commençait à prendre des couleurs. Au loin, on entendait un moteur de voiture. Ils traversèrent la grand route en silence.

— On dirait que l'eau a monté, c'est tôt pourtant pour que la neige fonde, et les crues de printemps, de toute façon, c'est très rare... Stella parlait pour dire quelque chose. L'ange, éteint, s'était perché sur ce qu'il restait de la borne Michelin. Indifférent aux crues, il jouait un petit air de trompette bouchée très doux. Stella attendait le car. Dans d'autres pays, les gens prennent le car, ou même ils l'attrapent, comme des pirates à l'abordage. Ici, on l'attend. On lui fait un signe de la main, et s'il arrête on y entre comme dans une maison étrangère, en tâchant de se conformer aux coutumes inconnues de ses hôtes et de son maître. On salue de la tête, polis comme des Chinois, en parlant tout bas, et l'on va s'asseoir avec ses paquets sur les genoux dans un coin isolé, pour ne gêner personne, mais pas trop loin du chauffeur, parce qu'il vaut mieux contrôler quand même. On ne voyage que pour revenir, comme Ulysse dans la poésie de Du Bellay. Ni les autocars ni les trains ne sont à vous, ni ne le seront jamais. Des engins pareils ne s'achètent pas avec des tickets, et les machines qu'on ne sait pas faire fonctionner ne vous appartiennent pas, c'est une chose qu'il faut savoir.

— Les Toupies disent que les petits bébés qui meurent deviennent des anges, vous étiez un petit bébé, vous ? Ne répondez pas, surtout ! Ah, c'est un bonheur de vous faire la conversation, je vous jure ! Je ne sais même pas votre nom, ça vous plaît, Nestor ? Ça vous va bien, je trouve... Vous savez pourquoi je vous vois ? C'est parce que moi j'ai l'œil pour trouver les chats. Quand j'étais petite, il y avait un chat qui me gardait dans mon berceau, Minou Noir. Les Toupies n'aimaient pas ça, évidemment, elles avaient peur qu'il m'étouffe, elles le chassaient en lui criant dessus, il n'en faut pas beaucoup pour qu'un chat s'effraie, alors un noiraud, vous pensez... Lui, il allait se cacher pas loin, mais il laissait toujours dépasser un bout de patte ou de queue ou d'oreille pour que je voie qu'il était bien là. Quand les chats se cachent, c'est leur habitude de laisser toujours dépasser un petit bout, seulement il faut savoir le trouver. Prenez le coteau là, on ne voit rien, que des prés et des arbres, mais il y a au moins une centaine de bouts de chats qui dépassent ! Je peux même vous en montrer, si ça vous intéresse. Eh bien, les anges, ça doit être pareil, il y en a plein, mais il n'y a que très peu de gens qui peuvent voir les petits bouts d'ailes qui dépassent...

Le café au lait passait, et le car arriva dans un grand grincement au milieu de ce babillage ; l'avantage de parler avec un ange, c'est qu'on peut lui dire sans crainte tout ce qui vous passe par la tête. En montant, Stella vit les lanternes de l'autocar attraper deux gros yeux orange et fendus de chartreux. L'ange s'était même fait des moustaches.

— Un matou ! en mandarin, chat se dit "mao", comme l'autre...

La réflexion de Trottinette ne passa pas le rond

baveux de buée qu'elle avait fait contre la vitre à force d'y coller le museau avec ses gros verres. À travers ces doubles loupes, elle regardait le soleil se lever dans le grand fleuve. Ce n'était pas le Yang-Tsé-Kiang, ça tenait plus du vieux rose que du mauve iris, mais ce n'était pas mal quand même. Et encore on n'était pas rendu au Thoureil, le plus joli village de Loire si vous ne le saviez pas. Près d'elle, au premier rang, il y avait une délégation d'esprits terre-à-terre et sans rêves, sœur Couture, sœur Vaisselle, sœur Qui-Pique, menu fretin encombré de nombreux cabas.

Stella s'installa vers le milieu du car, au centre d'un noyau de papotage. L'excitation était intense. Pour beaucoup, sœur Marie-Claire était le premier vrai cadavre de leur existence, le premier cadeau de la vraie vie. C'était comme d'être en haut d'un grand huit, ce petit couic dans le ventre avant de redescendre, on sentait frissonner les ailes des grands anges.

— Vous croyez qu'on pourra la voir ?
— Faut pas trop compter là-dessus, elle sera sûrement dans la boîte...
— Les morts, on leur met un turban pour leur fermer la goule, sans ça ils tirent la langue et elle devient énorme et toute rouge...
— Puis faut aussi des pièces d'or sur les paupières, sinon les yeux leur sautent de la tête, ploff ! Mais si ! Vous vous souvenez du troglodyte, le vieux de la route de Montsoreau, c'était sur le *Courrier*, enfin, les filles ! Celui qu'était mort tout seul, que c'est les gendarmes qui l'ont trouvé au moins quinze jours après... Eh bien il't'ait sur son lit avec un œil collé au plafond et l'autre qui pen-

dait dans le vide, accroché par des grands nerfs tout verts...

— Eh ! c'est même pas vert les nerfs ! Qu'est-ce qui t'a raconté ces faridondaines ?

— Mon cousin qui a sa connaissance là-bas, et fille de gendarme, en plus !

— Ah, on les connaît les racontars de drôlières...

— Les corbeaux l'avaient moitié bouffé, d'abord !

— Moi j'en ai déjà vu un de macchabée, mon oncle de Bressuire, celui qui a été foudroyé tout droit sur son tracteur. L'orage lui est passé à travers le corps, comme ça ! Même qu'après ils pouvaient plus le déplier pour le porter dans le lit, comme une statue, il était...

— Berque ! Il avait la peau toute grillée ?

— Non : juste les cheveux qu'avaient frisé et le bout des doigts de pieds cramé. La foudre ça te brûle pas le dehors, ça brûle le dedans, les os, ça te les transforme en pierre...

Cette intéressante conversation était couverte par des effluves martiaux en provenance du fond du car où les Filles de la Miséricorde chantaient *La Madelon*, œuvre au programme du certificat d'études avec *La Marseillaise*. Les Filles de la Miséricorde étaient toujours, depuis toujours et pour toujours, dans le fond des cars, des classes ou des églises, parce que dès toutes petites elles étaient déjà trop grandes et très en retard. Enfants de misère, elles logeaient à la Miséricorde, institution qui visait, à condition qu'elles n'aient pas attrapé d'enfant avant, à en faire de bonnes bonnes à tout faire, c'est-à-dire à rien disaient les

Toupies qui en savaient quelque chose. Il y avait pas mal de coups de griffes à prendre dans leurs parages. Seulement quand elles décidaient de vous accorder leur confiance, ce qui n'était pas courant, c'était à la vie à la mort. Leur voix allait crescendo avec les kilomètres : *"Nous en rêvons la nuit, nous y pensons le jour, ce n'est que Madelon mais pour nous c'est l'a-mour !"*

Au milieu du car c'était plus possible de s'entendre causer, et Stella fredonnait avec les pensionnaires. Elles, on les reconnaissait à leur odeur. Petites, elles ne se lavaient pas ; grandes, elles se lavaient trop, et fleuraient donc le poisson ou le Rexona, selon l'âge. L'ennui et les raviolis en conserve avaient vermoulu depuis longtemps leurs bonnes joues roses de filles de la campagne. Leurs braves parents, qui n'auraient pour rien au monde voulu les voir finir "au cul des vaches", attribuaient cette mauvaise mine aux études dans lesquelles ils plaçaient un espoir démesuré. Pour les bonnes sœurs, qui lisaient leur courrier et pouvaient à tout moment les coller des dimanches entiers au collège sans craindre d'intempestives réactions familiales, c'était une main-d'œuvre taillable et corvéable à merci. Prisonnières, les pensionnaires étaient les reines de la défense passive, du système D, des codes secrets et des secrets tout court.

Devant elles, juste derrière les bonnes sœurs, il y avait une poignée d'externes, quatre-cinq pas plus, que *La Madelon* du fond n'atteignait pas encore. En uniforme, comme tout le monde, on les reconnaissait pourtant à leurs chaussures bien cirées, à leurs élégantes chaussettes et au semblant de dureté abrutie et supérieure qui commençait à leur poindre au coin de l'œil. Ces demoiselles passaient d'habitude leurs samedis après-midi en cours de danse ou de tennis que leurs mamans ne leur auraient vu manquer sous aucun prétexte, en tout cas pas pour l'enterrement d'une cuisinière, fût-elle bonne sœur. Les bourgeoises de la ville considéraient les religieuses comme des domestiques qu'elles payaient (pas plus cher que leur bonne, l'école était conventionnée) pour faire diplômer leurs filles. Ces dames respectaient infiniment davantage le professeur de tennis (plus cher), car s'il leur arrivait, comme à tout le monde, de rater une volée de revers au court Millocheau, même Klaus Barbie ne serait pas parvenu à leur faire avouer leur misérable passé scolaire. Trahies — mais elles l'ignoraient — par l'orthographe lamentable de leurs mots d'excuse, elles n'en allaient pas moins se plaindre régulièrement de la "baisse de niveau" avec des mines de garagistes inquiets auprès d'une Adélaïde qu'elles trouvaient curieusement goguenarde...

— *MADELON* — *MADELON* — *MADELON* !

Le hurlement des chœurs avait atteint l'avant du car. Sœur Couture n'y tint plus. Elle sauta les deux rangs d'externes pour fondre tout voile dehors sur les pensionnaires. Le tournant de Gennes la fit tanguer. On arrivait au pont suspendu des Américains, et c'était un vrai enchantement de passer la Loire à cet endroit-là où elle a deux bras. Sœur Couture avait à peine repris son équilibre pour lever un doigt vengeur quand Trottinette, ragaillardie, surgit sous son bras :

— C'est très bien, mes enfants, il faut nous exercer la voix. Je propose que nous reprenions du début. Un, deux : *Pour le repos...*

— *Le plaisir du militai-re*, reprit tout le car. La chorale faisait des débuts grandioses.

Le car devait arriver vers Angers quand l'œil de poule de Mlle Ginette par-dessus les aiguilles cliquetantes d'une layette bleu et blanc (encore un neveu Mlle Ginette ?) se fixa sur Hélène qui venait de couler le dernier cuirassé de la petite Soubise avec un cri de corsaire. Normal, la petite Soubise, rouquine maligne et zézayante, était le seul adversaire qu'Hélène considérait de sa force à la bataille navale.

— C'est pas parce que vous êtes une DE que vous avez le droit de faire du bruit en étude !

— C'est pas moi, Mademoiselle, c'est ma gomme, se défendit Hélène en faisant crisser à qui mieux mieux l'innocent objet du délit sur son bureau. Nelly Marchadeau partit de son rire de chasse d'eau.

— Petite insolente, filez chez la Mère directrice ! Silence vous autres !

L'œil de Mlle Ginette, radar circulaire, cherchait les têtes qui disparurent dans les épaules comme sous un coup de lame. La vieille pionne tricoteuse jouait les bouche-trous en l'absence des professeurs. Elle n'avait oublié qu'une chose en virant Hélène ce jour-là, que c'était précisément la directrice qu'elle remplaçait. Côté ciboulot, fallait pas trop lui en demander. Hélène se retrouva bouillonnant les bras ballants dans le couloir sans même un livre.

— Qu'est-ce que tu fais là ?

— À la porte : Ginette ! Et toi ? Je croyais que les pensionnaires étaient de chorale d'enterrement...

Anne-la-Vache mit la main sur son écharpe de crochet :

— Angine diplomatique. Classique : inhalation d'eau glacée après le dîner, un grand coup dans chaque narine, et vous voilà un joli petit trente-huit au réveil. Je ne peux pas supporter le car. Ça me fait rendre.

— Tu trouves pas ça bizarre, cet accident ?

— Bizarre, bizarre, c'est surtout Adélaïde qui était bizarre ces derniers temps... Surmenée, la petite mère. L'autre soir elle est partie comme d'habitude en voiture à la gare poster son courrier à la dernière levée de neuf heures. Elle m'a embarquée avec les sœurs Gaillard, une petite promenade ça vous fera prendre l'air, elle disait. Ça lui arrivait des fois depuis qu'elle avait sa nouvelle deux-chevaux. Nous voilà donc parties à la gare, mais après, au lieu de rentrer tout droit, on a monté la côte du château, et de là elles nous a fait faire tout le tour du lycée à toute blinde : "Démocrates, sans-Dieu, Francs-Maçons, Protestants, vous ne nous aurez pas !" qu'elle criait. Et on repassait de plus en plus vite : "Vous n'avez pas encore gagné !". Et encore un tour, ça y allait, "Tremble Jéricho !", la deux-chevaux était moitié couchée, on crevait de trouille. Elle s'est arrêtée en bas, devant le temple protestant, parce que la petite Gaillard pleurait : "pitié ma mère", qu'elle hurlait. Adélaïde a serré le frein, elle a pris la petite dans ses bras, et elle nous a dit : "il vous faudra du courage, mes enfants, préparez-vous à de grands malheurs"... Tel quel. Elle a parlé du troisième secret de Fatima, du cheval de Troie aussi, je ne sais pas trop quoi encore... Quelle virée ! Rien que d'en parler, j'en ai encore les poils des bras qui rebiquent.

— Elle a des copines, Adélaïde ?
— Des copines ? C'est la chef ! Il y a Toutou qui lui cire les pompes... La nunuche négrillaude, là, la retardée, mais si, tu sais, la costaude toute poilue, la fille au plombier de la grand-rue, Catherine Garraude, qui lui sert de bonniche... En fait, la seule avec qui elle causait, c'était Marie-Claire, celle qui est morte.
— La cuisinière ?
— Halte là ! Avec les bonnes sœurs, faut pas s'y fier. Elle était pas vouée à demeurer derrière les fourneaux (il y a qu'à voir comment elle cuisinait !), c'était une qui avait fait des études, et des grandes. Une vocation tardive, ça s'appelle. Elle m'en avait parlé un soir où j'étais de vaisselle, elle était entrée au couvent après ses diplômes, et elle en avait des rouleaux !
— Pourquoi lui faire faire la tambouille alors ?
— Va-t'en savoir, des histoires de bonnes sœurs, répondit Anne-la-Vache, fataliste.

Comme il pleuvait, la chorale avait, sur la suggestion du chauffeur, pique-niqué dans la salle d'attente d'une gare, endroit abrité, gratuit, pourvu de commodités, et qui préservait l'autocar de toute miette de casse-croûte aux rillettes.

Hélène, elle, libérée de ses obligations scolaires et familiales après avoir fait déjeuner son père et ses quatre frères, monta à l'assaut de l'hôpital. On l'arrêta dès la guérite de l'entrée : la sœur n'avait pas droit aux visites d'élèves. Elle redescendait, son vélo à la main, cherchant une idée quand elle fut klaxonnée par une camionnette "Soubise & fils, Fleurs et jardins". La famille allait visiter le grand-père, victime d'un « infractus », et lui porter, pour le réconforter, un plein cageot de muguet que le père Soubise avait, non par miracle mais par art véritable, réussi à faire venir en ce début mars. Descendant de bagnard, comme presque tous ceux de la Levée, Soubise était sans doute l'un des plus fins maraîchers du pays. Il avait totalement abandonné les légumes (même les asperges qui poussent pourtant comme du chiendent par ici et qui rapportent lourd) au profit des fleurs et des plantes pour lesquelles il avait plus de goût. Accueillie familialement dans la camionnette, Hélène passa la barrière sans contrôle et se retrouva au bas des marches en un clin d'œil, un bouquet de muguet à la main, le père Soubise y avait tenu, mais si mais si, c'est plus poli d'apporter des fleurs, et la politesse c'est sacré. Elle errait dans les couloirs sentant l'éther, vaguement mal au cœur, sans oser demander où était Adélaïde de peur de se faire repérer, quand lui parvint la grosse voix de l'archiprêtre.

— Allons, mademoiselle l'infirmière, vous allez bien me faire une petite piqûre...

Chez l'archiprêtre, c'était une scie. Diabétique, et fatigué de devoir se transpercer les cuisses matin et soir, il cherchait toujours une bonne âme pour introduire un peu de variété dans son épiderme en lui piquant les bras. C'était la grande attraction de ses visites au collège où ses prônes se terminaient invariablement par un cours sur les sous-cutanées suivi d'un exercice. La plupart des filles désignées volontaires feignaient ou manquaient de tomber dans les pommes. Pas Hélène. Elle adorait piquer l'archiprêtre.

— Je peux vous aider, monsieur l'archiprêtre ?
— Tu arrives trop tard, ça sera pour la prochaine fois !
— Vous venez aussi voir Mère Adélaïde ?
— Et comment donc, notre pauvre sœur, où est-elle donc ? Ravi de la question, qui lui avait permis de situer cette gamine hirsute parmi la masse fadasse des petites piqueuses du collège, il se renseigna auprès des infirmières avec des grâces d'épagneul maladroit, prit la main d'Hélène dans sa grasse paluche, et, la tirant comme un chariot de commissions, se mit en route vers le 42, puisque c'était là qu'on allait, non sans retarder tous ceux qui se trouvaient sur le passage. On aurait dit une tournée de conseiller général ; il serrait les mains, demandait des nouvelles sans écouter les réponses, mélangeait les noms, mais souriait toujours et racontait des blagues, ébouriffait des enfants en les bénissant du gras du pouce comme s'il cherchait à se faire réélire. Jovial et bavard,

l'archiprêtre aimait l'humanité dont il se croyait un glabre Père Noël au charme irrésistible.

Enfin à la porte, il frappa en grasseyant "toc, toc, toc" comme à guignol. Toutou parut dans l'entrebâillement.

— Sœur Anita, comment va notre chère malade ?

Il se poussa du ventre dans la chambre, obscure comme celle d'un mort. L'arête blanche des draps de Mère Adélaïde, de sa jambe en l'air à son nez pointu, se découpait sur les rideaux comme une chaîne de montagnes sur un calendrier des postes.

— Ne la réveillez pas pour moi, surtout !

L'archiprêtre avait chuchoté très fort. Il jeta un regard professionnel sur la courbe des températures pendue au pied du lit. Anita "Toutou" avait aperçu Hélène derrière la masse du saint homme, son muguet à la main et l'autre dans celle de l'archiprêtre. Cette étrange soudure seule l'empêchait de la flanquer à la porte.

— Ah, monsieur l'archiprêtre, j'ai peur que vous ne vous soyez déplacé pour rien. Il est un peu trop tôt, ou trop tard pour une extrême-onction...

La montagne avait parlé et même ironisé. Balbutiant, l'archiprêtre tira une chaise. Mère Adélaïde le mettait toujours mal à l'aise. Il n'était pas assez rond pour ses aspérités et redoutait les longs tunnels de prières dans lesquels elle pouvait l'entraîner à la moindre inadvertance. Il frémit en voyant sortir des draps une main osseuse armée d'un rosaire, et se souvint miraculeusement d'Hélène.

— J'ai croisé cette jeune personne dans le

couloir, elle vous apporte des fleurs, voyez comme c'est gentil.

— Du muguet, Hélène mon helléniste, ça m'étonne de nous ces clochettes blanches riquiquis !

— Enfin ma Mère, ça part d'un bon sentiment, pensez au mal qu'a dû se donner cette enfant pour trouver du muguet en cette saison...

— Monsieur l'archiprêtre c'est votre candeur d'enfant qui ne cessera jamais de m'émerveiller... Les pires catastrophes partent toujours d'un bon sentiment, voyons ! L'enfer est pavé de bonnes intentions, comme chacun sait. Ces fleurs en sont un bel exemple : un parfum envoûtant à l'extérieur pour la galerie, et un poison à l'intérieur. Le mal sous apparence de bien, comme disent les théologiens. Essayez de boire de l'eau de muguet, vous m'en direz des nouvelles ! Enfin, trouvez-nous un vase, ma sœur, je vous prie.

Toutou se précipita. Hélène était figée dans un garde-à-vous muet. Adélaïde se redressait sur ses oreillers, elle avait tiré une bonne moitié de chapelet hors des draps. Par crainte d'une dizaine à la mémoire de sœur Marie-Claire, l'archiprêtre embraya :

— Comment vous sentez-vous, ma Mère ?

Adélaïde prit un temps avant de soupirer.

— Bien, bien, mon père. Très bien. Le Seigneur me fait la grâce de m'envoyer quelques douleurs rédemptrices, excellentes pendant le carême, et les médecins sont ravis de la façon dont ils m'ont rafistolé le tibia... Si je peux me permettre un mauvais jeu de mots, j'espère ne pas faire de vieux os ici !

Le gros homme éclata d'un gros rire qu'Adélaïde prit immédiatement à revers.

— Je souffre surtout pour notre pauvre sœur Marie-Claire... Qu'y a-t-il de pire que de mourir sans confession ? Et imaginez qu'aujourd'hui, c'est le rêve de la plupart des gens de mourir sans s'en rendre compte, sans agonie, sans repentir... Cette malemort que redoutaient tant nos aïeux, ils la souhaitent ! et sœur Marie-Claire est morte de malemort...

— Mais enfin, ma mère, la chère sœur Marie-Claire n'avait tué personne que je sache, ce n'était pas Landru !

— Ne dites pas de sottises, monsieur l'archiprêtre ; et quand bien même sœur Marie-Claire aurait-elle tué, elle ne comparait pas aux Assises, mais à un tribunal qui ne juge pas en fonction du code pénal — "que je sache", comme vous dites !

— Allons, allons, ma mère, Dieu est amour et...

— Et justice, mon Père, et toute justice !

Dans le feu de la conversation, Adélaïde avait saisi à pleine main son rosaire de bois désormais totalement émergé de la literie et le pauvre bonhomme voyait grandir la menace d'une triple dizaine, voire de quatre. Il crut habile de dévier vers les sujets gazette du jour.

— Le père Gély nous a apporté les premiers œufs de sa communauté de base agricole. Il vient de s'acheter un tracteur.

— Avec le denier du culte ? Monseigneur doit trouver que la douzaine d'œufs lui revient cher ! L'abbé Gély était un excellent professeur de mathématiques, je doute qu'il fasse un aussi bon ouvrier agricole, ça ne s'improvise pas comme ça...

L'archiprêtre vira de bord illico :

— Figurez-vous que Monseigneur justement m'a écrit pour me demander d'héberger un jeune prêtre béninois, avouez que c'est le Saint-Esprit qui nous l'envoie, il pourra vous remplacer pour la catéchèse le temps de votre convalescence.

— Ce Bénin, c'est bien l'ancien Dahomey, n'est-ce pas ? Un vieux pays de Mission... On l'appelait le "Quartier latin de l'Afrique" autrefois si j'ai bonne mémoire, tant l'enseignement des frères y était excellent. Enfin, maintenant, c'est l'Afrique qui nous envoie des missionnaires puisque nos prêtres, ou ce qu'il en reste, sont aux champs... Et que la noblesse bretonne, qui se coiffait déjà avec un râteau, célèbre la Fête du Travail... N'est-ce pas, mon petit ?

Elle avait réussi à attraper la joue d'Hélène qu'elle pinça affectueusement entre ses phalanges osseuses.

— Excusez-moi, ma Mère, mais vous ne nous avez pas raconté votre accident. Qu'est-ce qui s'est passé exactement ?

— Je n'en ai pas le moindre souvenir.

Le ton était sec et l'entretien terminé. Après ça, l'odeur d'éther des couloirs de l'hôpital était un vrai parfum de liberté.

La chorale fit son entrée à trois heures moins dix (cinq minutes de retard sur un parcours pareil, ça ne compte pas) dans une église épaisse, froide, humide et sombre où les statues, vertu du carême, étaient toutes voilées de mauve comme dans l'ancien temps. Même le Jésus. On aurait dit d'énormes bonbons au cassis. Monsieur Gervais, le croque-mort, était déjà là en vêtements de travail, costume gris cravate noire, avec l'inépuisable Jacqueline en mocassins à petits pompons. Il regroupa l'ensemble sous la chaire autour de l'harmonium et s'en fut chercher "l'organiste" réfugié au café-charcuterie d'en face. Trottinette avait trouvé une pile de carnets de chants qu'elle distribua avec maestria avant de consulter la table des matières, ses gros verres relevés sur le front comme un masque de plongée.

L'église se remplissait mais pas beaucoup. Que des vieilles. En Anjou, quand quelqu'un meurt, même si on ne le connaît que de vue, tout le monde va l'enterrer. Sinon ce n'est pas poli. Les Bretons devaient être autrement. C'est des caractères, les Bretons, à ce qu'on dit. L'organiste arriva quasiment en même temps que les enfants de chœur, le curé et toute la procession. Le visage marbré rouge et bleu, sans se soucier de personne, il entonna vaillamment, en pédalant à qui mieux mieux sa vieille bouzine, le *Dies irae* ("Jour de colère que ce jour-là" disait la traduction, fidèle pour une fois) que la jeune chorale ignorait totalement ; sous la houlette de Trottinette, elle faisait des la-la approximatifs.

— Ça ressemble drôlement au latin, le breton, souffla la petite Gaillard à sa grande sœur.

Le cercueil était porté par quatre costauds à casquette de chez Gervais, avec des trognes de déménageurs, et pas plus de respect pour leur colis que si ç'avait été une malle en osier. Ils se déhanchèrent genre "à la une, à la deusse" avant de le hisser sur leurs épaules, et montèrent la nef la main sur la hanche comme des danseuses de fandango. Quand ils l'eurent déposé sur des tréteaux en haut ils avaient l'air très fier, tout juste s'ils ne s'attendaient pas à être applaudis. Pour soixante kilos à quatre, fallait pas exagérer. On en était gênés pour la famille.

C'étaient des gens de la ville. Pas des Bretons. Ça se voyait tout de suite. Les Bretons sont des gens comme nous, de la terre ou de la mer c'est pareil, ils font un métier qui salit, et quand ils vont à l'église, ils mettent leurs habits du dimanche, ceux qui les serrent de partout, et qui donnent l'air digne et guindé. Ces gens-là, ceux de la famille, ils étaient en dimanche, rien à dire, mais confortables dedans. Ils avaient de l'aisance, comme s'ils s'habillaient tout le temps comme ça, et même quand ils pleuraient avec leurs petits mouchoirs c'était élégant. D'ailleurs ils ne pleuraient pas, ils pleurnichaient.

Au troisième *Dies irae dies illa* (La-la-la-la, La-la-la-la, faisait la chorale), le curé (là-bas, ils disent un recteur) alla protester auprès de l'organiste pour qu'il change de disque. Du coup, il adopta Victoire une fois pour toutes, et l'on chanta "Victoire, tu régneras" jusqu'à la fin de la messe. Le bougre n'était pas particulièrement martial, il était rond comme un bourricot. Quand il s'affalait sur l'harmonium, Trottinette lui donnait un coup de coude, et il se remettait à pédaler de plus belle en hurlant "Victoire !" comme un âne, n'importe quand, même au beau milieu des couplets. La famille de la défunte ne semblait pas s'en rendre compte, ils devaient se dire que c'était toujours comme ça à la campagne, mais ça pinçait le nez de sœur Couture, de sœur Vaisselle et de sœur Qui-Pique.

On accompagna le corps jusqu'au cimetière dans une litanie des saints banale et interminable, les harmoniums étant dépourvus de roulettes. Monsieur Gervais plaça la chorale près de la fosse pendant que la famille défilait bénir le cercueil. Ça faisait un drôle d'effet de penser qu'il y avait quelqu'un dans la boîte. Après quoi, il passa le goupillon à Trottinette et on y passa. Catherine Garraude, la folle fille du plombier, fit un gigantesque signe de croix giclant d'eau comme le pape ; et Christine Agneault, qui pensait à autre chose comme d'habitude, dessina un grand rond avec un point au milieu, "attends, je vais te lui faire la Marque Jaune !", lui glissa la grande Agnès, mais elle n'entendit pas.

On rebroussait un chemin crachinant vers l'autocar quand une dame très chic en chignon vint prévenir qu'un goûter serait servi "pour les jeunes filles du pensionnat". Dans le séjour d'une belle maison moderne, on avait préparé des éclairs, des choux, des mille-feuilles, rien que des gâteaux de pâtissier. Les "jeunes filles" s'empiffraient gaiement, les bonnes sœurs pareil, mais avec une fourchette. La famille était dans le salon à côté. Trottinette alpagua monsieur Gervais, toujours impeccable, pour aller "embrasser la maman". Ça se fait. Mais ça ne se fit pas. Le croque-mort revint de son ambassade avec un long monsieur qui expliqua à Trottinette que la maman était trop éprouvée pour saluer qui que ce fût, et lui colla une enveloppe dans les mains en remerciement de sa splendide prestation vocale. Dès qu'il eut tourné les talons, la grande Agnès leva son verre de Pschitt orange à la santé de sœur Marie-Claire ; il était grand temps de s'en aller.

Jacqueline Gervais avait obtenu la permission de rentrer en autocar. Grisée, elle ne lâcha pas Stella, et s'appuya quelques centaines de kilomètres de chansons dans la foulée *Ne pleure pas Jeannette, La vache aux yeux bleus, Les Petits mouchoirs de Cholet, Le Pont de Nantes, Perrine était servante, Dans un wagon de première*, etc. À la nuit tombée, il n'y avait plus que les Filles de la Miséricorde pour fredonner des chansons "romantiques" qu'elles avaient entendues au poste. Stella ne dormait pas. Jacqueline était pépiante.

— Ils sont bretons, les parents de sœur Marie-Claire ?

— Penses-tu ! Ce que nous avons vu là, c'est leur maison de campagne, leur résidence secondaire, comme dans les films. Ce sont des gens qui ont de la galette, comme dirait mon estimable paternel.

— Ils auraient pu lui payer des études à leur fille !

— Mais ils ont, ils ont ! Et des longues ! C'est bien pour ça qu'ils étaient furieux, d'abord qu'elle devienne religieuse, du fric parti à la poubelle, et ensuite que Mère Adélaïde la colle aux fourneaux, alors qu'elle devait lui succéder.

— Quoi ?

— Mais oui, figure-toi. Mon cher père m'a appris tout ça ce matin en voiture. Mère Adélaïde, d'après les autorités, en fait trop, elle cumule les fonctions de supérieure et de directrice, le crucifix et les pépettes, sans oublier des cours en toutes matières pour faire des économies — où d'ailleurs la moitié du temps elle n'est pas là et le reste elle récite des prières, mais ça ils l'ignorent... Et tu connais son caractère angélique ! L'idée était que, petit à petit, sœur Marie-Claire reprenne la barre. Elle avait de la cervelle et en plus elle était aimable, elle ! Imagine la tête d'Adélaïde devant ce funeste complot. Sourire pointu devant la galerie, et par-derrière, hop ! au torchon ma belle ! Bizutage et pâturage ! Votre poigne résistera-t-elle à l'eau de vaisselle ? Trempez ma sœur ! Les premiers seront les derniers. La famille, tu as vu le genre, a demandé des explications. Une fille religieuse, c'est rat, mais "directrice de pensionnat pour jeunes filles", ça présente tout de suite mieux...

— On voit bien qu'ils ont pas vu le pensionnat !
— Bref, les parents furieux sont venus en délégation manifester auprès de notre chère Adélaïde. Ils se sont fait recevoir. Tu ne devineras jamais quelle botte secrète elle leur a envoyée : "Dieu est parmi les casseroles", recta !
— Hein ! C'est dans l'Évangile ?
— Non, mais c'est aussi bien, c'est sainte Thérèse qui nous a pondu ça un jour de livraison du Saint-Esprit. Pas la céleste rosière, l'autre : sainte Thérèse d'Avila. Adélaïde a ajouté que "s'ils osaient contester les enseignements d'un docteur de l'Église, qu'ils osent aussi s'avouer luthériens puisqu'ils l'étaient de fait".
— Et qu'est-ce qu'ils ont dit ?
— Que c'était elle qui avait besoin d'un docteur... C'était maladroit. Notre chère Adélaïde

tolère la bêtise, il lui arrive même de l'encourager, mais pas l'ignorance... Elle a ricané. N'empêche qu'ils ont écrit partout pour se plaindre d'elle. Et tu ne sais pas la meilleure ?

— Non.

— Marie-Claire avait son permis de conduire : ses parents sont formels. Ils ne comprennent pas du tout cette histoire de leçons...

Une idée monstrueuse germait dans le crâne de Stella à la nuit close : et si c'était sœur Marie-Claire qui avait voulu tuer Adélaïde ?... L'intarissable Jacqueline poursuivait.

— Mon père m'en a raconté une excellente ce matin. Tu connais la différence entre un cercueil et de la mayonnaise ?

— Dis-moi !

— Il n'y en a pas : tous les deux accompagnent de la viande froide !

Stella n'avait jamais rien entendu de plus drôle dans sa vie.

Chapitre IV

PANEM ET CIRCENCES

> *Voulez-vous que j'allume la radio dans la voiture ? Il se peut, tout peut toujours arriver, que les informations de trois heures nous annoncent la Résurrection de la Chair et que nous arrivions au cimetière de Benfica à temps pour voir sortir des caveaux de famille les dames à ombrelle de l'album de photos dont les bustes immenses continuent à m'intriguer.*
>
> ANTONIO LOBO ANTUNES
> *Le Cul de Judas*

Le dimanche, il ne pleuvait plus. Sur le coup de midi un quart, Stella attendait Hélène en bas de la côte, au croisement avec la nationale, lieu du Tragique Accident, ainsi qu'on l'a déjà dit. C'était la première fois qu'elle invitait quelqu'un de l'école à la maison. Stella ne mélangeait pas ses deux mondes. Si elle parlait de l'école aux Toupies pour qui sa journée était le feuilleton du soir, en classe elle ne parlait jamais des Toupies, même à ses compagnes. L'expérience lui avait appris que la méchanceté peut s'infiltrer dans n'importe quelle brèche, aussi infime fût-elle, et que le mieux était de n'en ouvrir aucune au regard des autres. La plupart de ses camarades étaient armées d'un père, d'une mère et d'un nombre de frères et sœurs variant de zéro à l'infini. Stella n'avait rien de tout cela, rien qui y ressemble en tout cas, enfin c'était tellement plus compliqué. À la grande question de la petite école : "qui tu préfères, ton père ou ta mère ?", elle avait toujours répondu dans un soupir "Mon père, il est mort à la guerre", ce qui décourageait toute tentative d'insister sous peine de soupirs supplémentaires, voire de larmes

— car Stella était capable de comédie — et l'auréolait d'un mystère douloureux toujours très bien porté chez les petites filles et chez les bonnes sœurs qui sont de grandes petites filles.

Stella n'avait jamais eu d'amies. Des copines, oui, plein, son statut de demi-pensionnaire lui ouvrait tous les réseaux de l'école, mais d'amies point. "Vous êtes une ours", lui disait Jeanne la Toupie (qui savait que les ours étaient des garçons, mais prononçait au féminin les mots commençant par une voyelle, comme c'est l'élégance de la Loire), du reste Stella qui avait lu Montaigne et traduit Cicéron — bien obligée ! — se faisait une si haute idée de l'amitié qu'elle n'aurait jamais mis le mot au pluriel. Hélène, c'était autre chose, c'était son copain, elle n'était pas d'ici et elle en partirait, hirsute et droite comme elle était venue, l'âme râpeuse comme la langue d'un chat et l'esprit pratique comme un couteau suisse, derrière son père nomade et ses quatre frères faits de grand air, de granit et d'eau salée. Et puis Hélène n'était pas polie, cette qualité bavarde de chez nous, elle était bien élevée : elle ne posait pas de questions et ne s'étonnait de rien.

Elle arrivait, pédalant comme une forcenée. De Bagneux, vu qu'elle ne connaissait pas les chemins du remembrement, ça lui faisait bien douze-treize kilomètres dans les pattes. Elle était en pantalon, tenue interdite au collège, sauf les hivers de grand froid où l'on pouvait en porter mais sous ses jupes, "comme les Manouches" disaient les Toupies. Elle freina dans un grincement strident.

— C'était là, l'accident ! lui dit Stella, montrant les restes de la borne Michelin.

— T'as trouvé des indices ?

Leur passion pour les enquêtes policières, sortie tout droit de la bibliothèque verte, de Conan Doyle et d'Agatha Christie qu'elles dévoraient, les avait déjà conduites pas mal de jeudis à "filer" des passants dont elles consignaient les allées et venues dans de petits carnets à spirale avec des bics quatre-couleurs. Soi-disant pour s'entraîner. N'empêche que le tabac du coin de la rue de la Petite-Bilange était vraiment un espion soviétique, ça c'était sûr.

— Il n'y a que du verre cassé... Mais je n'ai pas perdu mon temps hier, j'en ai appris de belles !

— Moi aussi ! figure-toi que...

— Attends, avant faut que je te dise : j'habite pas chez mes parents, mais chez des marraines, Jeanne et Marguerite, elles sont un peu vieilles mais très gentilles, tu verras, et un peu taquines aussi... Les Toupies, mon grand-père les a baptisées comme ça.

Stella avait parlé d'un seul coup très vite tête baissée.

— Zut, je n'ai apporté qu'une boîte de galettes, à qui je la donne ?

— À Jeanne, celle qui a les cheveux blancs, c'est à elle la maison. Faut se grouiller maintenant, le poulet va être brûlé...

Hélène hésita un peu avant de donner ses galettes : la vieille dame qu'elle aperçut en premier portait crânement un chignon d'un bleu outremer soutenu. Ce ne fut qu'en apercevant la seconde, orange carotte, qu'elle fut sûre de ne pas se tromper. Le cadeau fit grand effet, surtout la boîte en fer avec une Bretonne à coiffe blanche sur le dessus et dans laquelle on rangerait plus tard une foule de ces petites choses "qui peuvent toujours servir", et dont les Toupies faisaient collection. Jeanne l'exhiba à Marguerite qui approuva en hochant sa tête flamboyante.

— Ça doit être bien commode vos pantalons...

— C'est pour les jeunes, Marguerite, ne rêvez pas ! Vous voyez nos gros popotins là-dedans : on manquerait par trop d'aise !

— Et d'aération, peut-être bien...

— Allons, à table, mes mignonnes ! Marguerite, allez donc nous chercher Henri qui est après raccommoder la chaudière sous la grange... On l'a trouvé en rentrant de la messe, la belle Jocelyne n'était pas d'humeur, alors il s'est souvenu qu'il m'avait promis de réparer la clôture du poulailler, une illumination soudaine !

— C'est un neveu de Jeanne, Henri Saulnier, expliqua Stella pour Hélène.

Les Toupies avaient dressé la table avec le beau service parce que c'était dimanche, et les couverts en métal argenté de monsieur Georges pour honorer l'invitée de Stella. Un air doux et frais de beau dimanche passait par la porte qu'on n'allait sûrement pas fermer.

Henri entra se laver les mains jusqu'aux coudes avec du Vic dans l'évier. Stella l'appelait "Riton les belles frisettes", c'était un grand frisé comme dans la chanson.

— Marguerite, vous avez de la chance que je ne sois pas Géronimo, votre scalp est bien tentant ! dit-il par-dessus son épaule.

— Oh, et moi, tu m'as vue moi ? demanda Jeanne en lui tendant le torchon. Les cheveux bleus ! Dire qu'on avait voulu se faire une beauté pour que mademoiselle Hélène ne voye point trop les ravages de la vieuseté ! C'est réussi. En tout cas la coiffeuse de Saint-Florent n'est pas près de nous revoir.

— Ah, ça non...

— Ça vous apprendra à faire les coquettes, mes jolies !

Il s'assit au bout de la table, la place de l'homme, déplia son couteau et traça de la pointe un signe de croix sur le pain avant de le débiter en tranches.

— Regardez-moi ça, Marguerite, soupira Jeanne, si c'est pas une honte. Ça ne met pas un pied à l'église et ça bénit tout ce que ça trouve comme une évêque.

— Ah les hommes ! fit l'écho Marguerite.

— Excusez-le, Mademoiselle Hélène, ce n'est qu'un pauv'pésan superstitieux... Henri, voyons, tu te conduirais comme ça dans le grand monde ?

— Holà, tante, ta pendule a pris du retard ! depuis qu'il n'y a plus de rois, il n'y a plus de grand monde. Pompidou, il est boyauté tout pareil comme moi, il peut toujours manger dans un palais, on finit bien tous les deux sur le même trône, va ! Le pain c'est sacré, c'est le Bon Dieu, et j'ai bien le droit de Lui marquer ma reconnaissance de ne pas s'être incarné dans des scorsonères et dans de l'eau de source ! Tiens goûtez-moi donc ce petit chinon que je vous ai rapporté de la cave, si c'est pas le petit Jésus en culottes de velours, ça ?

Jeanne but une bonne goulée et fit claquer sa

langue avec satisfaction ; ça ne l'empêcha pas de continuer à tisonner son neveu.

— Et comme ça, avec ces belles idées, tu t'en vas écouter la messe au bistrot et tu mets l'argent de la quête dans le tiercé...

— Remarquez, Jeanne, le tiercé à Henri, ça lui rapporte tout juste autant que la quête à nous...

— Et rebelote, hein, Marguerite ? Faut-il que je sois beau gars que les femmes me martyrisent comme ça ! Tiens devinez donc qui j'ai rencontré pas plus tard que dimanche dernier, à taquiner l'ablette en short, tout dépoitraillé au bord du Thouet ? Mon petit beau-frère : l'abbé !

— En short ?

— Un joli petit short blanc de camping ! Et tout fier, avec ça, de montrer ses biscoteaux... Les curés, depuis qu'ils disent tu au Bon Dieu, ils se sentent plus pisser.

— Ah, les hommes !

— Vaut mieux la pêche que le péché...

— Peut-être bien, tante, mais pas le seul jour de la semaine où il a du boulot ! Un gars qui fait ça, c'est un qui n'aime pas son métier, et même qui en a honte, en plus, sans ça il mettrait sa tenue... Moi, mes petites mères, je retournerai à la messe quand les curés re-croiront en Dieu !

— Voilà autre chose !

— J'y ai été à Noël avec mes deux grandes, ça m'a vacciné, je vous assure. D'abord c'était pas à minuit, c'était à neuf heures, tromperie sur la marchandise, et d'une. Ils avaient mis les chaises en rond, et que je te cause et que je te cause, et patali et patala, et chacun qui ramène sa fraise à lire son petit papier, même madame Maheu, ce vieux chameau ! Ni hautbois, ni musettes, ni encens, ni crèche : ça ressemblait à rien leur affaire. C'est bien la peine, tiens, d'amener les enfants pour leur donner un peu de religion...

— Henri, voyons !
— Ah, les hommes !
— Tes curés, tante, ils sont en train de se faire une petite révolution en douce, et ça, ça retombe toujours sur le pauvre monde... Souviens-toi des étudiants à Paris, ils se sont battus trois petits tours contre les gendarmes, après ils sont partis en vacances à la mer, et nous, pauvres bêtes, on a été privés d'essence deux bons mois. Voilà le travail !
— Il n'a pas tort !
— Allons Marguerite, ne vous laissez donc pas enfariner par c'te grande âne ! Les hommes, c'est tout boniment et compagnie, n'est-ce pas, mademoiselle Hélène ?
— Je m'appelle Hélène, dit Hélène tout bas.
— Très bien, Hélène, reprenez donc du blanc et dites-nous ce que vous pensez de tout ça, vous qui êtes aux études...

Hélène n'avait pas du tout l'habitude que des grandes personnes lui demandent son opinion, ni non plus de ce ton de plaisanterie pour se chamailler sur des choses sérieuses. Stella la sortit d'affaire :

— Henri, tu as entendu parler de l'accident des sœurs ?
— Et comment ! Mais je ne vous dirai rien si votre copine continue à ne pas boire de mon chinon...

Hélène obéit et but deux gorgées.

— N'est-ce pas que c'est un joli vin qui se laisse gentiment claquer sur les fesses ?

— Arrête, Henri, raconte !

— Du calme ! Bon ce matin j'ai vu Marchand qui partait chez son beau-frère avec sa femme et il m'a répété ce que lui avait dit Périgault, c'est bien le seul à le comprendre d'ailleurs avec sa pauvre langue de Mayenne, ses...

— Il t'a dit quoi, Marchand ?

— Que c'était un drôle d'accident, parce que vos deux bonnes sœurs, elles criaient au secours depuis le haut de la côte de La Croix, c'est même les hurlements qui ont alerté Périgault, bien avant qu'elles aillent s'écrabouiller en bas.

— Quelle horreur !

— Ah, les voitures ! varia Marguerite.

— Et vous ne connaissez pas le plus beau ! Allardeau, le garagiste, ça vous dit quelque chose ?

— Un drôle de citoyen, il porte une ceinture et des bretelles : il faut toujours se méfier des gens méfiants...

— Allons, tante, tu vois le mal partout. C'est chez lui qu'ils avaient porté la deux-chevaux des bonnes sœurs, enfin l'ancienne à ce pauvre Guillaume, en attendant que l'expert en assurances vienne la voir. On a causé un brin — au café, si tu veux le savoir, tante !

— Ça m'aurait étonné !

— Ah, les hommes ! repartit Marguerite.

— Arrête de les énerver, Riton, alors ?

— Alors, il était bien embêté le pauvre homme : dans la voiture, il y avait plus une goutte de liquide à freins — et le réservoir n'était même pas crevé !

— Qu'est-ce que ça pouvait bien lui faire à ton gars ?

— Mon gars, comme tu dis, tante, même s'il va au bistrot, il est pieux comme un lit de caserne, alors il avait la frousse que l'expert accuse les bonnes sœurs de négligence dans l'entretien et qu'il refuse de les rembourser...

— Qu'est-ce qu'il a fait ?

— Il a suivi mes conseils, imagine-toi ! je lui ai dit de remplir le réservoir de liquide à freins ni vu ni connu, pas vu pas pris. Quand c'est pour la bonne cause... Je l'y ai même aidé ! Tu vois bien que j'ai de la religion, tante !

Le café était mauvais, comme toujours. C'est une loi curieuse que plus on va vers l'Ouest, plus le café est mauvais, et plus les gens en boivent ; allez donc y goûter en Amérique ! Jeanne ouvrit sa boîte de galettes avec des mines d'extase et Marguerite déplia le jeu de petits chevaux pendant qu'Henri se roulait une cigarette avec sa machine inoxydable.

— Dire qu'on me reproche mon tiercé, et que c'est là à s'agiter avec des chevaux de bois. Allez, c'est pas le tout, bonne partie, mesdames !

Les petites étaient trop grandes depuis longtemps pour jouer aux petits chevaux, les vieilles n'en parlons pas, mais c'était un rituel du dimanche, comme la messe ou le tiercé ; ça délassait sans fatiguer les méninges. Marguerite, la plus enfant de toutes, essayait de tricher mais Jeanne veillait au grain. Stella gagna avec les chevaux verts. Elle aurait préféré que ce fût Hélène.

Toutes les deux ne purent se parler que plus tard, cachées dans le grenier à foin en haut de l'échelle où elles avaient embarqué leurs carnets à spirale. Après de longs conciliabules, elles notèrent leurs sobres conclusions :

> Affaire du meurtre de Mère Adélaïde et de sœur Marie-Claire (souligné trois fois).
> Suspects vivants : les Francs-Maçons, les Communistes, les Protestants, et les gens du lycée (en rouge).
> Suspecte morte : sœur Marie-Claire (en noir).
> Résolution abandonnée : interroger les témoins Marchand (absent) et Périgault (bec-de-lièvre), de toute façon Saulnier Henri nous a tout dit (en vert).
> Résolution adoptée : interroger les Protestants, les Communistes et les gens du lycée. Moyen : leur vendre des coupons pour le Sahel (en bleu).
> Problème n°1 : Marie-Claire. A) Aurait-elle voulu tuer Adélaïde sachant qu'elle y risquait sa vie ? B) Pourquoi faisait-elle mine d'apprendre à conduire ? (en noir)
> Problème n°2 : Les Francs-Maçons. Qui sont-ils ? Où et comment les trouve-t-on ? (souligné).

Ayant fait le tour de la question, ces demoiselles descendirent de leur perchoir avec des airs de grand mystère qui firent cligner de l'œil aux Toupies, la bleue et l'orange, assises dehors à prendre l'air avec leur couture. Henri arrimait avec un tendeur le cageot d'œufs frais qu'elles avaient soigneusement emballés dans des pages du *Courrier* sur le porte-bagages d'Hélène.

— Je me suis permis de graisser votre vélo et lui redresser la pédale gauche qui en avait pris un sacré coup. Ah, vous vous habillez comme un garçon, mais vous êtes bien une fille, allez ! aucun respect pour l'âme de la mécanique ! Un vélo, ça doit chanter tout doucement, en souplesse...

Les Toupies embrassèrent Hélène trois fois avec leur bel appétit de vieux vampires, et Stella l'accompagna jusqu'au tournant. Sous l'arbre de Guillaume, Hitlère sautait comme une jeunesse derrière Nestor qui virevoltait dans tous les sens ; l'ange foleyait, en ce moment.

Il n'y avait pas que lui. L'école foleyait énormément aussi. On sentit l'absence d'Adélaïde dès le lundi huit heures dans la paresseuse incurvation qu'avaient prise les rangs en bas des marches. Les profs étaient en retard. Anne-la-Vache, qui avait passé son dimanche à lire *Lucky Luke* enroulée comme une femme-girafe dans son écharpe de crochet, soutenait qu'il y avait eu un grand powwow de têtes voilées avec le gros archi-sorcier.

La plus foleyante de toutes (mais chez elle, c'était permanent), Catherine Garraude, dite King-Kong, psalmodiait en se balançant d'un pied sur l'autre :

— Moi, j'ai vu Mère Adélaï-deu, na-na-nè-reu !

Tout chez elle était énorme, même la voix. Elle n'était pas grasse, elle était costaude. Très. Sa tête noiraude dépassait des rangs, suivie de larges épaules de déménageur.

— Et-je lui ai-apporté-de-l'eau de Lour-des, na, na, na ! continuait-elle, le pouce sous le menton, allongeant ses lèvres rouges et moustachues. On étouffa quelques ricanements très discrets. Un sourcil de travers pouvait suffire à déchaîner sa fureur, et sa force était à la mesure de sa charpente, herculéenne. Quand une fille l'énervait (pour des raisons souvent obscures), elle la capturait sous son bras et la trimballait, le derrière devant, à travers tout le collège, en brandissant sa petite culotte comme un drapeau. Dieu sait où ça pouvait finir. La dernière fois, elle avait surgi au beau milieu du cours de sciences naturelles du pâle M. Léger (un des deux profs mâles de la maison, et si peu), avec Brigitte Quincampoix sous le bras. D'un geste théâtral, elle avait soulevé la jupe de sa capture hurlante, et fourré ses fesses à hauteur des fines lunettes du professeur, juste devant son nez.

— Regardez, Monsieur, elle a des fesses de babouin, toutes rouges !

Monsieur Léger, interdit, muet, la bouche ouverte, avait les joues aussi rouges que les fesses en question. Leur malheureuse propriétaire se débattait si fort sous l'étau implacable du bras de King-Kong qu'elle lui envoya un coup de pied dans l'estomac qui le cassa en deux. Devant la classe hilare, la monstresse se saisit de la brosse du tableau et entreprit de talquer le derrière de sa capture à la craie blanche. C'est alors, dans des nuages de poudre, qu'Adélaïde surgit et mit fin à la fête. Elle était la seule à pouvoir arrêter les folies de l'idiote géante qui lui vouait un véritable culte, et qu'elle traitait avec une ferme et étrange douceur. M. Léger se redressa péniblement. Après leur départ, il ne sut que faire de la petite culotte abandonnée sur son bureau et qu'il fixait, épouvanté.

Évidemment, Mme Quincampoix mère était venue se plaindre et exiger le renvoi immédiat de Catherine Garraude.

— "Beati pauperes spiritu", a dit Notre Seigneur, lui répondit Adélaïde imperturbable, ce qui peut s'entendre de multiples façons — ou ne pas s'entendre du tout, apparemment, ajouta-t-elle en la fixant avec un sourire narquois... Cette pauvre enfant n'est pas responsable de ses actes qui ne se reproduiront plus, vous n'avez rien à craindre, j'y veillerai personnellement. Elle a présenté dès ce matin des excuses à votre fille... Mais la malheureuse est encore moins responsable des notes catastrophiques de Brigitte dont j'ai ici le carnet et qui m'inquiète, je vous l'avoue, pour l'année prochaine...

Mme Quincampoix mère était repartie, soumise et maîtrisée, comme King-Kong que ses parents emmenaient chaque année à Lourdes, sans autre résultat apparent que d'augmenter une invraisemblable collection de bidons d'eau miraculeuse avec lesquels elle prétendait tout soigner — et dont Adélaïde était apparemment la dernière bénéficiaire.

Curieusement, le changement le plus évident eut lieu à la cantine. La mort de sœur Marie-Claire, que personne ne semblait pleurer outre mesure, fut comblée par le come-back inattendu de sœur Guili-Guili. Hors d'âge, tremblotante et myope au-delà du raisonnable, elle avait été écartée de ses fonctions à force de louper les plats dans lesquels elle devait déverser les divers féculents au menu. Les élèves avaient généreusement contribué à sa déchéance en déplaçant subrepticement les récipients à chaque fois qu'elle levait une louche de plus en plus hésitante. Le sens des économies étant premier chez les religieuses (ainsi qu'on a sûrement déjà eu l'occasion de le dire et qu'on le redira sans doute et sans crainte de lasser un lecteur que la vision d'une vérité ne peut qu'édifier), ce lamentable gâchis était risqué. Et Guili-Guili, inapte au tir sur cible mobile, avait entendu sonner l'heure de sa retraite dans le bruit mou que firent des kilos de purée, de haricots blancs, de nouilles collées ou de brisures de riz en s'écrasant sur le carrelage.

Dès le lundi qui suivit le Tragique Accident, Guili-Guili se retrouva miraculeusement de retour à son poste, clochette vibrante à la main. Les choses étaient compliquées dans la mesure où trois tables de jeunes Allemandes (venant de la ville jumelée) s'ajoutaient aux deux services habituels. Personne, ni celles qui avaient vu *La Grande Vadrouille*, ni celles qui étaient censées apprendre l'allemand, n'arrivait à les comprendre. Guili-Guili enchaîna des contorsions dignes du mime Marceau pour leur indiquer trois tables au milieu du réfectoire.

Autour, on attrapait en vitesse une tranche de pain de deux dans les corbeilles en plastique rouge ajouré, pour se le caler discrètement en chique au coin de la joue avant le bénédicité. Les Allemandes, assises, attendaient sans doute qu'on leur serve de cette fameuse merveilleuse cuisine française, en regardant les yeux ronds cette foule de blouses bleues mâcher au garde-à-vous. Guili-Guili agita la sonnette, et entreprit un signe de croix tremblotant suivi en chœur par la foule qui entonna la bouche pleine derrière sa voix de tête : "Ô Dieu qui procurez pâture aux tout petits oigeaux, bénichez notre nourriture et purifiez notre eau. Au nom du Père et du Fich..." Le Saint-Esprit et Ainsi soit-il se perdirent comme d'habitude dans un raclement de chaises. On avait déjà englouti la soupe quand on entendit soudain :

— *Zur le pont d'Afignon, on y tanzeu, on y tanzeu ; zur le pont d'Afignon, on y tanzeu tous en rond !*

Hiératiques, les Allemandes, croyant avoir compris l'étrange coutume qu'elles avaient observée, venaient de tenter un louable effort de rapprochement franco-germanique.

— Savent donc point, les Fritz, que c'est pas poli de chanter à table ? Ferbotène, idiotènes ! râla Anne-la-Vache, résumant l'opinion générale en suçant le bout de son écharpe qui avait trempé dans son assiette.

— Achtung et pompe à bicyclette ! ajouta Stella avec esprit.

Mais c'est le lendemain qu'eut lieu le changement. Quand Guili-Guili agita une sonnette déjà naturellement bruissante de son tremblement permanent, elle était épaulée à gauche par la vieille Mère Antoinette (celle des petits martyrs de l'Ouganda), et à droite par sœur Anita, "Toutou". Toutes les mains étaient déjà au starting-block sur les fronts, calées en position d'Au nom du Père, quand Mère Antoinette prit la parole tout sourire comme toujours.

— Mes chers enfants, notre maison traverse deux bien douloureuses épreuves avec la mort de sœur Marie-Claire et l'hospitalisation de Mère Adélaïde. En son absence, sœur Anita assumera les fonctions de directrice, c'est-à-dire qu'elle s'occupera de l'administration, et je reprendrai, moi, mes anciennes fonctions de supérieure, c'est-à-dire que je me chargerai de la catéchèse et de la direction spirituelle.

Elle poussa un grand soupir d'aise en embrassant l'assistance de son regard bonasse et béat.

— Dieu merci, monsieur l'archiprêtre, qui est de si bon conseil, nous envoie un abbé de notre chère Afrique, qui m'aidera dans cette lourde responsabilité.

L'armée des blouses bleues, en train d'avaler d'une glotte sèche la première bouchée de pain, ne réagit pas. Depuis que deux grandes Togolaises étaient arrivées comme pensionnaires à la rentrée, leur passion pour les vrais Noirs avait été sérieusement douchée. Princesses dans leur pays, les Togolaises avaient accueilli avec un dédain silencieux les effluves d'affection prodigués par ces roturières Angevines sans scarifications. Elles hantaient désormais la cour et les couloirs, lippe en avant, solennelles et méprisantes comme deux dromadaires de foire. On n'osait plus s'en approcher. Avec l'Afrique, on était en plein dépit amoureux.

— Mes enfants, comme vous le savez, grâce au Concile, Notre Sainte Mère l'Église est en plein ravalement... En plein renouvellement, voulais-je dire. Elle s'ouvre au monde. La messe est en français, le catéchisme, qui vous obligeait autrefois à apprendre des quantités de questions par cœur, vous laisse maintenant exprimer ce qui est dans votre cœur...

À ce stade du discours, il n'y avait plus de pain dans les bannettes, tout avait été englouti. Seules les trois tables d'Allemandes, attentives, faisaient des efforts désespérés de compréhension.

— Votre cœur, mes enfants, voilà ce qui compte. À partir d'aujourd'hui, avant de se mettre à table, au lieu de chanter machinalement comme des Pharisiens des bénédicités, chacune fera en silence au Seigneur la prière que lui inspirera son cœur, ou elle n'en fera aucune, si jamais elle ne le souhaite pas vraiment. Vous êtes libres ! Bon appétit !

Sans hésitation, tout le monde s'assit d'un coup. Sauf les Allemandes qui entonnèrent *Z'est la klocheu du fieux manoir* en canon à trois voix. Mère Antoinette, dont aucune surprise ne pourrait jamais altérer le sourire, lança le signal des applaudissements. Ce fut le glas du bénédicité. À partir de ce jour, il n'y eut plus jamais de prières au réfectoire.

Mené par le souriant, vieux et rond tandem Archiprêtre-Antoinette, dont les bonhomies respectives se conjuguaient gaiement dans un joyeux gazouillis, les grandes manœuvres religieuses ne faisaient que commencer. Leur premier grand projet commun fut une messe pour célébrer l'arrivée de l'abbé béninois avec originalité et largeur d'esprit. L'idée leur en était venue à la lecture d'on ne sait quelle revue missionnaire où un Jésuite expliquait que Jésus avait consacré du pain et du vin parce que c'étaient les aliments de base dans son environnement socio-culturel. Il convenait, disait-il, de dégager le symbole de son contexte historique, le fond de la forme, et de ne pas imposer, dans une célébration au Japon, par exemple, ces aliments exotiques, mais plutôt les denrées correspondantes : du riz et du saké. D'une certaine façon transformer du pain et du vin en corps et sang de Notre Seigneur dans des pays où le pain et le vin ne signifient rien constituait, de la part des missionnaires, concluait-il, un grave contresens doublé d'une forme sournoise de néocolonialisme. C.Q.F.D.

La justesse de ces arguments avait illuminé les esprits déjà éclairés de l'archiprêtre et de Mère Antoinette. Ravis, ils en vinrent vite à imaginer, en l'honneur de l'abbé africain, une célébration eucharistique au tam-tam où l'archiprêtre consacrerait du manioc et du vin de palme.

Pendant qu'ils cherchaient ces produits rares à travers les épiceries de la ville, Hélène et Stella commencèrent leur enquête par les suspects les plus faciles à rencontrer de leur liste : les communistes. Elles savaient en trouver au moins un au café-tabac de la rue de la Petite-Bilange. À deux, elles se sentaient plus fortes pour affronter un ennemi dangereux dans cet endroit petit, sombre et hostile.

Elles s'installèrent au comptoir comme si elles en avaient une vieille habitude, un pied posé sur leurs gros cartables, mais leurs coudes n'étaient pas encore assez hauts pour que cette attitude virile fût vraiment confortable. La patronne, une blonde à queue de cheval, fronça le sourcil en les apercevant ; elles étaient les seules filles dans le bistrot. Assis derrière elles, des petits pères en bleu et casquette à carreaux éclusaient des fillettes de blanc de blanc en tapant le carton. Leurs longues cannes à pêche étaient alignées près de la porte des wc. Le patron, lui, avait un pompon à sa casquette et une Boyard papier maïs collée au coin de la bouche.

— Alors on est de sortie, les petites demoiselles ? Qu'est-ce que ça sera ?

— Deux jus d'orange, s'il vous plaît.

Il avait plutôt l'air gentil. Pendant qu'il décapsulait les bouteilles, deux grands types entrèrent en faisant tinter les sonnettes de la porte.

— M'ssieurs-dames !

Ils se campèrent près des filles, mais les deux coudes solidement attablés sur le zinc, eux.

— Dis donc, Eugène (ils prononçaient Ugène, comme dans l'ancien temps), va bientôt falloir que tu te paies un flipper si tu veux continuer à attirer les jeunes filles...

Le patron rigolait du nez ; il leur servit deux ballons de rouge à ras bord d'un joli tour de poignet. Stella se lança alors d'une petite voix qui la surprit elle-même.

— Monsieur Eugène, c'est vrai que vous êtes communiste ?

Les gars arrêtèrent leurs verres au ras des lèvres.

— Bien sûr que c'est vrai ! Communiste et fier

de l'être, c'est pas une maladie honteuse... Pourquoi que tu me demandes ça ? Tu crois que les bolcheviks ont toujours un grand couteau entre les dents ?

Les deux gars avalèrent une goulée d'un coup sec, la moitié de leurs verres, ni plus ni moins. Les petits pères avaient retourné leurs chaises en plissant des yeux finauds.

— Mais les communistes sont bien toujours les ennemis des chrétiens ?

— C'est ça qu'on t'apprend dans ton école ? Ah, elle est belle la propagande bourgeoise... C'est fini tout ça, ma belle, et depuis longtemps, t'étais même pas née quand on a tendu la main aux chrétiens, et les premiers, encore...

— Vous êtes quand même des athées matérialistes ennemis de la religion ! surgit Hélène à la rescousse.

— Oh, il y a religion et religion, mon petit, et la religion a mis beaucoup d'eau dans son vin. C'est venu de la guerre, ça. Qui qui s'est battu contre les Allemands ? Le Parti communiste et les catholiques, pas tous les catholiques, ça non, mais pas mal de catholiques, les meilleurs. Alors ils ont appris à s'apprécier, forcément. Après, ils allaient pas recommencer à se taper dessus, surtout que les chrétiens, les vrais, ils recherchent la même chose que nous : libérer les hommes et les rendre tous égaux. Seulement nous, on a des méthodes plus rapides et plus efficaces pour y arriver que les pèlerinages...

Ça ricanait dans le fond. Content de son effet, le patron qui remit ça pour les deux gars et s'en servit un petit sous l'œil réprobateur de sa femme.

— Si vous y réfléchissez bien, c'était qui, Jésus ? Un révolutionnaire, un chef de parti qui luttait contre l'occupant romain, et c'est pour ça qu'ils l'ont zigouillé, les vaches !

Les petits pères hochaient de la casquette. Le camarade Eugène était décidément très sympathique. Mais Hélène résistait :

— Vous voulez dire que les communistes ne veulent pas détruire l'église catholique ni assassiner les membres du clergé ?

— T'as la tête dure, toi, puisque je te dis que non !

— Alors vous nous achèterez bien quelques coupons pour le Sahel, reprit Stella, toujours conciliante, c'est pour creuser des puits en Afrique pour les pauvres Noirs.

— Ah, tu perds pas le nord ! Tu m'as bien coincé ! Bah, je vais vous en acheter chacune un pour vous prouver que je suis un brave type, et pour aider les peuples opprimés d'Afrique à se libérer du joug colonialiste.

La patronne faisait un peu la gueule. Elle ajouta :

— Oubliez pas de payer vos jus d'orange quand même !

Hélène et Stella firent quelques pas dans la rue étroite. Devant la chapelle Saint-Jean, elles sortirent leurs carnets à spirale et rayèrent, déçues, les communistes (en rouge).

Mère Antoinette et l'archiprêtre ne furent guère plus chanceux dans leur quête du saint manioc. L'eucharistie se célébrerait donc au riz, puisqu'il y en avait beaucoup aussi dans cette région d'Afrique, presque autant qu'au collège, d'ailleurs. Les pensionnaires, qui jouissaient de l'usage d'un tourne-disques, furent chargées du choix de la musique qui accompagnerait la Consécration. "Quelque chose de moderne, si vous ne trouvez pas de tam-tam", avait indiqué la Mère. Entre Solesmes et Sheila, elles choisirent la face B d'*Il était une fois dans l'Ouest*.

De toute façon, cette messe ne devait être qu'une répétition générale, l'abbé noir étant momentanément retenu à Lyon. Guili-Guili fit cuire une demi-lessiveuse de brisures de riz gluant et collant à souhait, et pendant que King-Kong la transportait dans la chapelle de toute la force de ses bras trop longs, arborant en bandoulière, comme une décoration étrangère, un bidon d'eau de Lourdes, Toutou la scientifique fit sa piqûre à l'archiprêtre, dans l'avant-bras gauche, en frétillant de joie et de compétence.

La chapelle était bruissante d'excitation. Le sermon de l'archiprêtre, très technique, porta entièrement sur la manipulation du riz. Il avait potassé la question. Chacune devait en saisir un peu en faisant un crochet de l'index et du majeur, le rouler en boulette avec le pouce et l'avaler d'un coup. C'était, disait-il, la coutume dans les pays du tiers monde. Les sœurs regardaient leur saint homme ébahies de reconnaissance devant tant de connaissances.

À la Consécration, les pensionnaires envoyèrent la musique, l'une tenant l'électrophone et l'autre approchant le micro. Manque de pot, elles mirent la face A, et l'harmonica couina son lugubre *coin-coin-Coîn-coin...* Toutou allait sévir quand l'archiprêtre, peu mélomane, commenta d'un ton extatique : "recueillons-nous, mes sœurs, sur cette magnifique musique de Jean-Christian Michel", avant d'exécuter avec des grâces de sauvage bien peigné l'opération qu'il avait décrite. Après quoi il se lécha les doigts et les rangs du fond commencèrent à s'avancer pour communier en premier comme de juste.

Hélène et Stella étaient à peu près au milieu, debout, attendant leur tour, quand le visage de l'archiprêtre devint soudain aussi mauve que sa chasuble, et ses joues gonflèrent comme un ballon de marchand de chaussures. De méchants cernes noirs lui endeuillèrent brutalement les yeux.

— Regarde : le vieux nous fait une crise ! glissa Stella à l'oreille d'Hélène.

Les mains sur la bouche, l'archiprêtre se précipita vers l'allée centrale, bousculant la marée montante des communiantes avec des "pardon, pardon" étouffés derrière ses doigts boudinés. On lui faisait place en se bousculant, mais il était large. À mi-course, le barrage de ses mains céda sous la pression, et il cracha comme une baleine un grand jet blanchâtre, visqueux et puant sur une dizaine de filles qui hurlèrent — en bénissant in petto le ciel, pour une fois, de porter un béret. C'était répugnant. Se tenant le ventre à deux mains, il sortit en courant, la bave aux lèvres.

— Il a été empoisonné ! jeta Hélène à Stella.
— Pas que lui !

Le fond de la chapelle s'était vidé d'un coup dans une cavalcade effrénée. Toutes celles qui avaient communié étaient sorties en vitesse, ou du moins avaient essayé. Dehors, ça rendait partout contre les murs, et ça posait même culotte derrière la haie ; la queue devant les cabinets était hystérique et tambourinante. Monsieur l'archiprêtre, arrivé le premier, ne voulait pas céder la place. Bloquée par la foule, Nelly Marchadeau s'était réfugiée dans le confessionnal. Dans la confusion, la petite Soubise, qui ne pouvait pas la piffer, l'y enferma d'un tour de clef qu'elle mit dans sa poche.

Il y a très longtemps, très loin, Trottinette avait connu des coups durs autrement sérieux. Alors que ses sœurs s'affolaient et tournaient sur place comme des derviches hagards, tous ses vieux réflexes de missionnaire se déclenchèrent comme un pilote automatique. Elle sauva la situation en sonnant la rentrée des cours, qui éclusa les valides vers les classes, et confia celles que leurs boyaux clouaient au sol à la sœur Qui-Pique, les infirmières étant toujours calmes dans l'urgence.

Le plus important pour Trottinette était de mettre en lieu sûr les Saintes Espèces. En l'occurrence, la lessiveuse de riz restée sur l'autel. Épouse fidèle, il était hors de question qu'elle abandonne son Jésus, pauvre amour, surtout dans l'état où il était, à la merci d'un sacrilège, le pire de tous les crimes. Ses genoux, huilés par la prière, ne craquèrent pas quand la petite sœur aux grosses lunettes fit une tendre et profonde génuflexion aux pieds de la lessiveuse. Elle essaya de s'en saisir péniblement pour la faire entrer dans le tabernacle. C'était beaucoup trop lourd et trop grand. Une ombre, trop grande et trop lourde aussi, s'était glissée derrière elle dans la chapelle.

— Vous n'y arriverez pas !

Trottinette sursauta à la grosse voix de Catherine Garraude. Mais elle n'avait pas peur des géants, elle en avait l'habitude, elle était si petite :

— Allez plutôt me chercher un récipient à la cuisine.

— J'en ai un de récipient !

King-Kong tendit fièrement son bidon d'eau de Lourdes. Il était vide et pouvait contenir au moins trois litres, de quoi étancher une soif d'éléphant. Trottinette transvasa amoureusement les brisures de riz presque liquide dans la gourde de plastique transparent recouverte d'une image de Notre Dame. Elle avait refermé le tabernacle sous le regard fixe de King-Kong qui se balançait toujours d'un pied sur l'autre quand des cris s'échappèrent du confessionnal.

— Au secours, je suis enfermée !

Ni une ni deux, la géante bondit sur place et défonça la porte d'un grand coup de pied. Nelly Marchadeau sortit comme un diable de sa boîte puante pour buter, aveuglée par la lumière, contre l'imposante poitrine de la monstresse.

— aah ! au secours !

Elle courut comme une perdue vers la porte. Elle était presque au bénitier quand une poigne de fer la saisit par la peau du dos, la souleva, et la retourna.

— Et la génuflexion, alors, petite malpolie !

Écrasée vers le sol, Nelly mit un genou en terre, peut-être même les deux. Catherine Garraude la lâcha, satisfaite, et baissa les yeux à la hauteur de son nombril pour regarder Trottinette avec la fière humilité d'un bon chien de chasse.

Sœur Qui-Pique fit son rapport : vingt-sept malades. Treize de la Miséricorde et onze pensionnaires qui comptaient pour du beurre, et qu'on avait expédiées vers leurs lits tout proches, mais aussi trois externes, facteurs d'ennuis probables, sans oublier monsieur l'archiprêtre qui risquait de faire des complications à cause de son diabète. Les "sujets" ne présentent aucun symptôme de fièvre ni de tétanie, aucune issue fatale n'était à redouter, néanmoins le diagnostic ne faisait aucun doute : c'était bien un empoisonnement.

Toutou, la scientifique directrice intérimaire, se retourna vers Guili-Guili. La pauvre, tremblant comme une pièce dans une soucoupe, bafouillait :

— Je n'y comprends rien, je n'y comprends rien...

— Ma sœur, vous ne voyez même pas le bout de vos chaussures, vous avez sûrement versé par erreur un détergent dans votre riz ! Hein ? Désormais, c'est fini pour vous la cuisine !

À nouveau dégradée, Guili-Guili éclata en sanglots violents qu'elle écrasa dans son petit tablier blanc.

Chapitre V
SOLVE ET COAGULA

Elle regarda le ciel en écarquillant les yeux et dit :
"Si on regarde le ciel sans cligner les yeux on voit les anges."
Motka leva les yeux à son tour, et une minute s'écoula dans le silence.
"Tu vois ? demanda Sacha.
— Non, répondit Motka d'une voix grave.
— Moi je les vois. Il y a de petits anges qui volent dans le ciel et leurs petites ailes battent vite, vite, on dirait des moustiques."

ANTON TCHEKHOV
Les Moujiks

La Loire, qui montait tout doucement depuis une dizaine de jours, avait débordé dans la nuit. Les arbres du fleuve s'étaient réveillés avec leurs longs pieds fourchus dans l'eau, dont seuls les cors, noueux, émergeaient sous le regard rieur de ces grandes folles épilées de peupliers, qui ont la tête si haut, et la chevelure rousse au printemps, a-t-on idée ? qu'ils se moquent de tout. Les boires étaient submergées, les prés avaient presque disparu, quelques talus dépassaient encore, et c'était comme un grand lac qui bordait la route à main gauche. L'ange-qui-ne-voulait-pas-dire-son-nom louait le Créateur d'avoir inventé un paysage si changeant au gré des saisons, si sensible aux humeurs des lointains (puisque aussi bien c'était la montagne qui descendait gonfler le fleuve de ses torrents libérés à la fonte des neiges, comme la mer montait l'agiter de houle bleu marine et de mouettes blanches aux tempêtes d'équinoxe), qu'il vous coupait toute envie de voyage, pour vous arrêter là, perdu dans une contemplation éternelle, entre sommets neigeux et gouffres profonds, là, juste au milieu, le derrière sur un banc, et le dos calé contre un mur de tuffeau blanc, à regarder couler la sève mystérieuse du monde. Et l'ange que Stella appelait Nestor, et qui était connu naguère comme l'ange gardien du malheureux Guillaume, chantait en chœur avec les longs anges herbeux de l'eau mouvante.

La Loire, fleuve des rois de France, débordait comme le Nil des pharaons dorés, avec une lenteur majestueuse. Les gens qui croient la connaître disent que c'est une traîtresse. C'est faux. La Loire est franche, mais farouche ; sous ses allures excessivement polies, son orgueil est infini. Elle aime qu'on l'aime — mais seulement d'amour. Il faut lui faire la cour. Se donner le mal de la contempler, de mesurer avec des baguettes ses pas sur le sable, d'ausculter le moindre remous de ses eaux par lesquels elle signale les tourbillons fatals, où, mante religieuse, elle ne manquera pas d'engloutir ses vaniteux petits sauteurs du dimanche qu'elle charriera jusqu'à la mer avec les rats et les chats crevés. Ça demande une science et une patience infinie, comme de jouer à la boule de fort. Dieu merci, on avait su la prévoir, et toutes les bêtes étaient encore sur le coteau. Parce qu'elle est finaude et fantasque, en plus, la belle ogresse, et ses victimes se comptent par colonies de vacances entières.

Sur le talus, la borne Michelin déglinguée était encore au sec. Et pendant que l'ange du fleuve chantait éperdument en chœur avec les anges de la montagne et de la mer, Stella notait dans son cahier à spirale sa conclusion inspirée des meilleurs auteurs : "l'empoisonnement est un crime de femme" ; et elle suçait, perplexe, son bic quatre-couleurs.

Quand elle arriva au collège, le timbre de la sonnette électrique lui courut sur les nerfs comme un réveil. Il avait vraiment fallu que la vieille cloche menace de fendre le crâne de Trottinette pour qu'on se fendît d'un engin d'une modernité aussi criante.

— Sileeeence !

Anita "Toutou" s'égosillait comme un coquelet adolescent à l'aube de sa mue. Sa voix, déjà trop aiguë quand elle parlait, lui sautait par-dessus les sinus dès qu'elle voulait la forcer, et claquant comme un élastique, envoyait balader ses dernières syllabes dans la stratosphère, loin autour de la terre, perdues pour tout le monde, sauf peut-être pour les antennes de quelque Martien en orbite. Elle n'avait pas l'organe conçu pour le commandement.

— Sileeeence !

Elle avait essayé de rugir plus bas, mais ça avait encore avorté, et les rangs montaient en papotant tranquillement vers les classes. Stella glissa sa réflexion à Hélène.

— Oui, mais ce qu'il faudrait surtout élucider c'est qui était visé. L'archiprêtre ? Nous toutes ? Les bonnes sœurs ? C'est un coup d'envergure, en tout cas... J'ai pensé à autre chose : en se fondant sur la liste, les seules qui n'étaient pas visées, c'étaient les protestantes, elles ne communient pas... Il y en a quand même au moins deux ici.

Toutou reprenait une goulée d'air pour une nouvelle tentative quand Trottinette vint la tirer par la manche, on avait de la visite. Les trois mères des trois externes aux tripes ravagées, trois troisième, étaient là, véhémentes, et exigeaient de voir la directrice.

— Sileeence ! cria-t-elle une dernière fois, dressant sur leurs ergots des jambes en bâtons de sucette qu'on voyait d'autant mieux qu'elle avait encore raccourci ses jupes, comme le remarqua Trottinette à qui elle finit par jeter :

— Faites-les entrer dans mon bureau !

Il avait fallu trois semaines à Toutou pour s'approprier le bureau d'Adélaïde. Verbalement, du moins, car la conquête par les fesses du fauteuil directorial (dont la vérité oblige à dire que c'était une chaise, assez dure d'ailleurs) avait été quasi immédiate. La première semaine, elle avait repris son ourlet d'un bon doigt et disait "le bureau de Mère Adélaïde", la seconde "l'ancien bureau de Mère Adélaïde", l'ourlet avait encore grandi de deux doigts, maintenant, on lui voyait moitié les genoux, et c'était "mon bureau" tout court.

— Vous nous apporterez du café au lait, ma sœur !

Trottinette renâclait silencieusement derrière le barrage de ses grosses lunettes, jamais merci ni s'il vous plaît, on la prenait vraiment pour la bonne, et qu'est-ce que c'était que ces façons de collationner dans un bureau ?

Toutou offrit à ces dames un sourire onctueux comme de la crème de gruyère avant de les faire asseoir devant "son" bureau. Certes, disait-elle, l'alerte avait été inquiétante, mais elle était passée : monsieur l'archiprêtre lui-même, malgré son diabète et son pauvre cœur, était dispos ! Quant à la cause de ce déplorable incident, elle était plutôt rassurante. (Là, ces dames se récrièrent à trois voix.) Mais si, poursuivit Toutou, l'intoxication (elle ne disait pas empoisonnement, c'était une scientifique, pourtant c'était du pareil au même) venait non d'un défaut d'hygiène, mais au contraire d'un excès d'hygiène ! souligna-t-elle d'un doigt levé. Trottinette arriva à ce moment-là avec un plateau et quatre tasses de joli pyrex transparent dangereusement pleines d'un café au lait beigeasse. Voulant bien faire, poursuivait Toutou, la sœur chargée de cuire le riz avait nettoyé le récipient (elle négligeait de préciser : la lessiveuse) avec un produit trop fort qui s'était dissous malgré le rinçage dans l'eau bouillante. Pour une scientifique, c'était une drôle d'explication, mais comme elle était justement prof de physique-chimie dans les grandes classes, ces dames n'osèrent plus trop protester. Toutou, impériale, leur confia, en tendant les tasses comme à l'ouvroir du général, qu'elle avait immédiatement démis de ses fonctions la coupable, fort âgée, et que ça lui avait même fendu le cœur (tu parles ! pensa Trottinette). Comme quoi, finit-elle dans un doucereux plaidoyer pro domo, malheureusement on ne s'en rendait pas souvent compte soi-même, mais il fallait savoir passer la main quand on ne possédait plus l'intégrité de ses facultés physiques ou mentales...

— Du sucre et des cuillères ! lança-t-elle dans un contre-ut à Trottinette qui se dépêcha de rapporter ce qui lui avait été réclamé sans broncher trop ostensiblement, parce que l'obéissance est une jolie vertu dont elle avait fait le vœu autrefois, et la curiosité un vilain défaut dont elle s'accusait régulièrement à confesse.

En tournant le breuvage tiède, madame Marchadeau, mère de Suzy (en troisième) mais aussi de Nelly, la sinistrée du confessionnal, fit remarquer qu'il serait grand temps, en fait de facultés déficientes, de se séparer de Catherine Garraude, dont la présence menaçante abaissait le niveau de l'établissement et ternissait sa réputation. Madame Quincampoix, doublement blessée dans sa mémoire fraîche, et par l'affront fait à sa fille et par la légèreté avec laquelle Adélaïde l'avait balayé, approuva bruyamment. Toutou hocha la tête d'un air responsable et préoccupé. Les innocents n'avaient pas fini de payer.

La troisième dame, qui, malgré les propos rassurants de Toutou, avait posé sa tasse à bonne distance, souleva alors l'épineux problème du BEPC. Le deuxième trimestre était presque achevé et leurs filles n'en étaient pas à la moitié du programme de maths ! madame Marchadeau la soutint immédiatement, soulignant, l'air entendu, qu'on connaissait bien l'acrimonie des examinateurs de l'enseignement public à l'encontre des élèves du privé, sujet sur lequel madame Quincampoix, jamais à court, fournit quelques anecdotes plus terrifiantes les unes que les autres. Toutou, qui les écoutait en prenant des notes dans un grand cahier, promit tout ce qu'on voudrait, dont l'organisation de cours de rattrapage généraux, comme Adélaïde en organisait tous les ans, d'ailleurs, l'histoire du programme de maths se renouvelant chaque printemps...

C'était bien la première fois que Trottinette vit sortir devant son nez des "parents d'élèves" la tête haute. Sur le trottoir, ces dames se saluèrent à n'en plus finir, comme il convient, tout en se congratulant avec soulagement de l'esprit moderne de sœur Anita, "nous voici enfin sorties de l'obscurantisme" résuma la troisième dame dont les deux autres admirèrent le beau vocabulaire et louèrent la profonde sagesse ; c'était la seule qui eût réussi à ne pas boire une goutte de cet infâme café au lait.

Noyée dans l'ennui épais d'un cours d'histoire (et c'est une sorte de miracle à rebours de voir comme partout des professeurs arrivent en toute impunité à rendre ennuyeuses les choses les plus amusantes comme si c'était leur devoir d'état), Stella, pour une fois, ne rêvassait pas, elle réfléchissait. Vieille habituée de la cantine, elle avait eu le loisir d'être souvent témoin et parfois victime d'intoxications alimentaires, c'était monnaie courante. Mais jamais avec du riz, aliment simple, auquel les bonnes sœurs ne faisaient jamais la grâce de quelques noisettes de beurre... L'eau bouillie, par nature, était stérile. Alors il fallait bien que quelqu'un y eût ajouté quelque chose après la cuisson, mais qui et quoi ? Stella devait voir Guili-Guili dans les plus brefs délais. Elle pensa consulter Hélène d'un billet mais, dans le fond de la classe, trop loin, celle-ci jouait dans la cour de récréation du *Grand Meaulnes,* bien planqué sous son livre d'histoire. Stella leva la main en grimaçant.

— Je peux sortir, madame, s'il vous plaît ?
— Ça ne peut pas attendre, enfin, Stella, vous pourriez prendre vos précautions !

— J'ai le mal de ventre, madame...

Le professeur rougit. Stella sortit pliée en deux dans un souci de réalisme touchant. Le mal de ventre était une chose imparable. On n'en parlait pas, c'était presque un secret, mais le secret le mieux partagé du monde dans cet univers de femmes. Les pensionnaires en profitaient pour se prélasser au lit trois jours par mois, voire cinq, les externes pour se faire exempter de gymnastique, et Trottinette pour vendre hors de prix des protections hygiéniques fort malcommodes qu'elle conservait pour les têtes de linotte dans une grande boîte en fer, avec les tricostérils pour les pataudes, et le dissolvant pour les dévergondées.

Stella se précipita vers les cuisines. Vides. Seule, assise dans un coin, les manches roulées, sœur Vaisselle était absorbée par la lecture d'un grand article en couleurs sur les handicapés dans *La Vie catholique illustrée*. Stella fila avant d'être vue. Le réfectoire était désert aussi, pas de Guili-Guili à l'horizon. Elle mit le cap sur la guitoune de Trottinette qui, comme Stella ne pensait plus à se tordre de douleur, se demanda de loin si elle n'aurait pas affaire à une dévergondée. Depuis le Terrible Accident, on ne lui en envoyait plus. Il faut reconnaître que Mère Adélaïde n'avait pas son pareil pour détecter le vernis sur les ongles, même le transparent... Mais Stella n'était qu'une banale tête de linotte ; elle ne se souvint de son alibi qu'en toquant à la porte. Pendant que Trottinette plongeait à la recherche de sa boîte en fer, à gauche des carambars et sous la trousse de couture, Stella lui demanda où était "la sœur de la cantine".

— À la chapelle, sœur Anita ne veut plus qu'elle s'occupe de la cantine d'ailleurs.
— À cause de l'empoisonnement ?
— Ça ne vous regarde pas, et c'est deux francs cinquante, soupira Trottinette en brandissant une couche de coton hydrophile épaisse comme pour un bébé et large comme pour un vieillard, bref une couche de bonne sœur, que Stella fourra en deux dans la poche de sa blouse.
— Je vais chercher de l'argent dans mon imper, dit-elle.

Encore du temps gagné... La porte de la chapelle grinça. Vide, elle avait l'air encore plus grande. Quand Adélaïde l'avait fait bâtir, Stella la trouvait très jolie, avec ses murs blancs où on avait tracé comme au feutre de fausses pierres bien empilées, ses deux confessionnaux noirs comme des soufflets de forge, ses saints de plâtre aux joues roses alignés régulièrement tous les quatre mètres et ses vitraux bien dessinés. Le goût lui poussant avec la fréquentation de nos humbles églises de tuffeau clair aux fresques tendrement mangées de salpêtre, comme les joues des hommes à la peau trop douce par la barbe fraîche du petit matin, maintenant Stella la trouvait assez moche, toc presque, et le béton préfabriqué déguisé en gothico-roman lui sautait aux yeux comme une imposture fade.

La femme de ménage passait la serpillière entre les bancs avec de grands toc-toc. Guili-Guili était au premier rang, agenouillée comme un tout petit escargot. Stella s'avança. La vieille ne priait pas, elle pleurait, ou alors c'est qu'elle faisait les deux en même temps, car son tremblement naturel était secoué de hoquets beaucoup plus grands. Stella se mit à côté, à genoux aussi, et lui toucha l'épaule. Guili-Guili tourna vers elle un visage de petite fille très ridée, dégoulinant de larmes qui brillaient comme de la bave de luma dans une éclaircie. Deux courtes mèches de cheveux blancs s'étaient échappées de son voile et lui faisaient des petites cornes de diablotin inoffensif. Stella était au bord de la prendre dans ses bras, et c'est toujours bouleversant d'avoir envie de prendre quelqu'un dans ses bras, fût-ce une très très vieille bonne sœur qui n'avait même jamais pensé à être jolie.

— Je peux vous parler, s'il vous plaît ?

La vieille ne dit rien, elle tira sur les vieux tendons de ses vieux bras avec la poulie de ses vieilles épaules pour basculer assise sur le banc.

— Qu'est-ce qui s'est passé avec le riz ?

— Je ne sais pas, je ne comprends pas, je vous jure que je n'ai rien mis dedans, j'ai la vue basse, mais je ne suis pas folle...

— Est-ce que quelqu'un d'autre a pu s'approcher du riz ?

— À part moi ? Elle se tamponna les yeux, méthodiquement, l'un après l'autre, avec un mouchoir blanc bien plié en carré. Monsieur l'archiprêtre, évidemment, et puis la grande, là, la retardée, qui l'a transporté, Catherine Quelque-Chose... Elle, elle est folle, c'est entendu, mais elle n'est pas méchante... Je ne comprends pas...

La vieille sœur hoqueta de nouveau, la poitrine serrée sous le poids terrible de l'injustice. Stella sortit après une génuflexion réglementaire, et faillit buter en bas de l'allée centrale contre monsieur l'archiprêtre et Mère Antoinette, piapiatant gaiement comme toujours. Il était un peu pâle mais sans plus. Visiblement l'accident de la veille, devenu incident, avait déjà été jeté dans les poubelles de la petite histoire, et nos héros, venus passer personnellement leur serpillière toc-toc sur les erreurs de Guili-Guili, étaient prêts à repartir en gazouillant vers de nouvelles aventures. L'imagination de monsieur l'archiprêtre, titillée par les nombreuses expériences tentées çà et là, était terriblement excitée par la perspective de la Semaine Sainte, apothéose de ce concours Lépine liturgique qu'avait lancé le Concile depuis quelques années parmi la vieillesse catholique entreprenante. Il avait des projets grandioses, ou plutôt, pour parler son langage, "chargés de sens" — comme un pistolet de 7, 65...

Stella les croisa tête baissée. Dans une communauté, c'est une loi de survie élémentaire ; il faut toujours avoir l'air d'avoir quelque chose d'urgent à faire, une mine affairée est une solide garantie contre les catastrophes et embrigadements en tout genre. Manqué ! Ils la hélèrent.

— Mon enfant, mon enfant, où courez-vous si vite ? sourit Mère Antoinette d'une oreille à l'autre, nous avons justement à vous questionner. Attendez-nous.

Stella s'approcha, l'air servile, comme il se doit. Elle entendit leurs grandes phrases sirupeuses à la vieille petite Guili-Guili ; quoi qu'elle eût mis dans le riz, ce n'était pas grave, ils savaient bien qu'elle ne l'avait pas fait exprès, etc. Les pleurs de Guili-Guili se muèrent en rage : elle n'avait rien fait, elle ne voulait pas être pardonnée, elle voulait qu'on reconnût son innocence. Ils n'avaient rien à lui pardonner, rien, ils étaient injustes ! Elle dégagea, furieuse, la main que son ancienne supérieure lui avait maternellement posée sur l'épaule et quitta la chapelle d'un pas saccadé et chancelant de jouet mécanique remonté à bloc.

— Père, pardonne-leur, ils ne savent pas ce qu'ils font, cita l'archiprêtre que chaque nouvel échec confortait dans sa certitude d'avoir raison.

— Pauvre malheureuse, ajouta Mère Antoinette dans un grand sourire avant de tourner sa mansuétude vers Stella. Ah, mon petit, voilà, monsieur l'archiprêtre voudrait savoir ce que pensent vraiment les jeunes du sacrement de Réconciliation...

Elle voulait dire confession. Stella avait traduit immédiatement ; le Concile n'avait pas seulement fait traduire le latin en français, mais aussi le français en français, transformant les "communions solennelles", trop "connotées" parfum d'encensoir à roulettes, en "professions de foi" qui fleuraient fort l'haleine fétide des lions dans l'arène ; et les sœurs Marie de la Glorieuse Ascension en sœurs Ginette ; et tout cela vous obligeait à vivre avec un lexique dans le crâne. Stella n'aurait manqué pour rien au monde une tournée de confessions (surtout si c'était pendant un cours de géographie), se grattant la tête pour trouver des péchés qui plaisent aux grandes personnes, de type "j'ai battu mon petit frère", ce dont Stella s'accusait régulièrement, bien que n'ayant aucun frère sous la main, après quoi elle s'accusait de mensonge, parce que sa conscience était droite dans le fond et que ça faisait deux péchés pour le prix d'un, avant de passer un maximum de temps à réciter sa pénitence (chic, le cours de maths serait bien entamé), trois fois au besoin... Mais changeant de nom, les choses changent aussi de forme. Depuis que le "sacrement de réconciliation" se pratiquait loin des grilles discrètes du confessionnal, dans la petite salle de la chapelle, en pleine clarté, les yeux dans les yeux avec un curé dont on voyait bien que c'était un bonhomme comme les autres, en plus vilain souvent, et dont justement on ne comprenait pas pourquoi on lui raconterait ses histoires ni en quoi ça le regardait, ce joyeux exercice d'improvisation pure s'était mué, pour Stella, en comédie malsaine. D'autant qu'à la fin, ils finissent toujours par vous absoudre aussi de tous les péchés que vous avez oubliés, c'est-à-dire des vrais, alors...

— Alors, mon enfant, que pensent les jeunes ? répéta Mère Antoinette, levant les coins de son sourire en signe d'interrogation anxieuse.

À quatorze ans ou presque, Stella se sentait beaucoup trop jeune pour être prise pour "un jeune". Elle savait ce que c'était, elle l'avait lu dans les journaux : des étudiants aux cheveux dans les yeux qui s'en vont arpenter le monde en grattant des guitares et habitent des mansardes sous les toits de Paris, contestent la société, fument des herbes d'Orient et pissent par les fenêtres. Si loin de la capitale, il ne pouvait pas y avoir de jeunes, l'archiprêtre et Mère Antoinette auraient dû le savoir... Et puis un jeune, c'est un garçon et ça ne peut pas être catholique ; c'est contradictoire. Deux paires d'yeux inquiets et attentifs étaient penchés sur elle. Stella se dit qu'ils espéraient d'elle une réponse révolutionnaire :

— C'est petit-bourgeois, dit-elle finalement. Mère Antoinette et monsieur l'archiprêtre se regardèrent, enchantés. Stella avait tapé dans le mille avec cet adjectif magique pioché dans une revue de la prof de lettres, la seule bonne prof de la maison.

— Qu'est-ce que je vous avais dit, ma mère ! Si vous saviez qu'à Saint-Paul, où nous confessons le Samedi Saint à pas moins de huit prêtres, chacun dans notre bicoque, certains fidèles nous chronomètrent pour choisir le plus rapide !

— Seigneur !

— Mais si ! On vient se faire une petite lessive de printemps bâclée pour pouvoir faire ses petites Pâques. Quelle hypocrisie ! Pharisiens ! Petite cuisine minable de petits-bourgeois, comme dit cette jeune personne. Nous avons perdu ce sens de la communauté qui animait les premiers chrétiens ! Cette année, j'organiserai donc une Cérémonie Pénitentielle...

— Aaah !

— Examen de conscience en commun, chants, et absolution collective du peuple de Dieu !

— Est-ce possible !

— Évidemment il faut que chacun avoue ses péchés graves, ceux qu'on appelait mortels autrefois, avec ce goût du tragique... Il haussa les sourcils... Pour ne pas créer de nouveaux encombrements devant les confessionnaux, j'ai pensé que chacun les écrirait sur un petit papier, je les lirai, et voilà ! Qu'en penses-tu... l'archiprêtre se pencha vers le sein gauche de Stella, où les Toupies avaient calligraphié son nom au point de chaînette rouge sur la blouse bleue... Estelle ?

— Stella, monsieur l'archiprêtre. C'est formidable. Est-ce que je peux remonter en cours ?

— Allez, mon enfant, allez, lui répondit Mère Antoinette euphorique. Les joues de l'archiprêtre, redevenues roses, luisaient de fierté. "Bye, bye !" dit-il, moderne, et il croisa les mains sur son gros ventre, pouce contre pouce.

Le timbre de la sonnette retentit. Stella se souvenant qu'il y avait devoir sur table de maths choisit de continuer à être malade. Elle était très mauvaise en maths, Hélène très bonne au contraire, mais, quoiqu'elles eussent mis au point entre elles de multiples systèmes de communication au nez et à la barbe des professeurs, il ne leur serait jamais venu à l'esprit de tricher, c'était trop minable. Tiens, c'était même un péché que, même si elle ne le commettait pas, Stella n'avait jamais osé confesser. Recommençant donc à se contorsionner, elle alla frapper à la porte de sœur Qui-Pique. L'infirmerie, attenante à la salle à manger des bonnes sœurs, servait aussi de salle de musique pour les pensionnaires (il y avait un Pleyel droit, un électrophone, quinze disques) et, quoique au rez-de-chaussée, ressemblait à un grenier. Stella s'écroula sur le divan du fond, contre le mur. Sur l'autre, sœur Qui-Pique et sœur Couture étaient en pleins travaux d'aiguilles.

— Qu'est-ce qu'il vous arrive ?
— J'ai le mal de ventre !
— Vous avez pris quelque chose ?
— Juste de l'aspirine...
— Malheureuse ! Il ne faut jamais prendre de l'aspirine pour le mal de ventre, c'est un anti-coagulant !

Stella le savait parfaitement, toutes les filles savent ça d'ailleurs, et l'effet produit par sa réponse combla ses espérances. Sœur Qui-Pique fourra la tête de son caniche en crochet dans sa poche et lui prépara une bouillotte, son grand remède avec les tisanes. Pour les écorchures elle avait aussi du mercurochrome, pour les crises d'épilepsie un vieux bouchon de champagne très chic mais très mâché, et pour les entorses le rebouteux de Dampierre, avec qui elle avait fini par devenir copine...

Stella était drôlement bien, les mains sous la nuque, le ventre au chaud, absorbée par le spectacle des taches d'humidité au plafond, bizarres comme des nuages. Le mal de ventre crée entre les femmes, même entre celles qui n'ont pas connu d'homme et qui n'en connaîtront jamais, une sorte de connivence tacite ; elles savent que le mystère du monde coule en elles comme une espèce de Loire intérieure. Instinctivement, les deux bonnes sœurs s'étaient mises à parler tout bas. Sœur Couture refaisait un ourlet à la mode lancée par sœur Anita, et qui faisait fureur. Sœur Qui-Pique se débattait avec sa bestiole en crochet :

— Regardez donc voir, ma sœur, vous qui êtes si habile, il a le toupet tout dezingué...

C'est vrai que la tête de caniche qu'elle avait extraite de sa poche avait une allure peu conforme aux lois du pedigree. Son "corps" était déjà monté sur une bouteille, perchée sur le piano.

— Dirait-on pas Louis XVI ? Une perruque et plus de tête... Enfin, c'est pour les protestants !

— Ça risque de leur rappeler la Saint-Barthélemy ! pouffa sœur Couture.

L'oreille alanguie de Stella se redressa au souvenir des rigoureuses conclusions d'Hélène :

— Vous faites des ouvrages pour les protestants ?

— Oui, pour qu'ils les vendent à leur kermesse, c'est nouveau, c'est l'œcuménisme... On ne se quitte plus !

— C'est l'amour !

— Remarquez, c'est tant mieux cette idée de Mère Antoinette, les caniches, à force d'en faire, on en était inondés, la dernière fête de l'école, c'était un vrai chenil !

— Chttt ! fit sœur Qui-Pique soudain.

Dans le réfectoire à côté, les sœurs se réunissaient, c'était l'heure de leur chapitre hebdomadaire ; sœur Couture s'y rendit, et laissa la porte vitrée ouverte pour que sœur Qui-Pique puisse entendre. Stella, toujours allongée, tendit de longues oreilles.

Ce fut un drôle de chapitre, ou peut-être tous les chapitres étaient-ils drôles, après tout Stella n'en savait rien. D'abord, elles firent des prières, évidemment. Après, ce fut à qui prendrait la parole, de Mère Antoinette, la supérieure à la voix douce, et de sœur Anita, "Toutou", la directrice, voix aiguë. Les autres faisaient un bla-bla confus autour. Apparemment, c'était la crise du logement. En premier, expliquait Anita, il fallait organiser les révisions du BEPC, et depuis que Mère Adélaïde, dans son ambition mégalomaniaque à atteindre le baccalauréat, avait transformé la salle d'études en classe de première, on n'avait plus de place ! Dans la même idée, Mère Antoinette se demanda où on allait bien pouvoir loger l'abbé africain que monsieur l'archiprêtre nous prêtait si aimablement, pas au dortoir quand même... Les sœurs gloussèrent. Anita proposa qu'on lui attribue la chambre de Mère Adélaïde, qui était indépendante du couloir des sœurs et possédait un cabinet de toilette. Excellente suggestion. Surtout que l'abbé n'allait pas tarder : il était parti l'avant-veille au matin de Lyon. Qu'il ne fût pas encore arrivé n'étonna personne dans une assemblée pour qui aller à Prisunic était déjà toute une expédition. On l'attendait comme le Messie — d'autant que et là le sourire de Mère Antoinette se fit gourmand, monsieur l'archiprêtre lui destinait le rôle de Jésus dans le Chemin de Croix révolutionnaire qu'il nous mijotait pour le Vendredi Saint. Mais si ! Les sœurs re-gloussèrent. Le BEPC de sœur Anita revenait sur le tapis quand Martine Boissard, une grande brune à cheveux courts, entra dans l'infirmerie pour son cours de piano. C'était justement une des deux protestantes transfuges du lycée — et que Mère Adélaïde avait acceptées au collège pour cette raison, à condition qu'elles assistent à la messe... Sœur Qui-Pique s'en fut extraire du chapitre sœur Fa-Dièse, une boulotte un peu bêta, y prit sa place, et ferma la porte.

Debout, face au piano fermé, les yeux au niveau de la bouteille-caniche décapitée, sœur Fa-Dièse commença sa leçon :

— Au nom du Père et du Fils et du Saint-Esprit...

— Ainsi soit-il !

— Sainte Cécile...

— Priez pour nous ! répondit dans un grand soupir Martine Boissard, au mépris de Luther et de Calvin réunis. Stella assista du fond de son divan à cette belle démonstration d'œcuménisme selon Adélaïde avant de se cogner *La Marche Turque* qui trébucha une bonne demi-douzaine de fois. Elle songeait sérieusement à aller mieux quand sœur Qui-Pique revint. Le chapitre était terminé. On expédia Mozart d'un dernier signe de croix.

— Alors ? demanda sœur Fa-Dièse.
— La chapelle va être transformée en salle d'études, on dira la messe dehors ou dans les catacombes, si on en trouve, comme les premiers chrétiens !

Après cette nouvelle, Stella fut définitivement rétablie. Elle sortit sur les talons de Martine Boissard dont elle voulait tester le degré d'animosité anti-catholique. Finement comme toujours.

— T'aimes ça la messe ?
— Bof ! c'est plutôt moins long que le culte, seulement ce n'est pas obligatoire, chez nous, d'aller au temple... J'avais proposé un troc à Mère Adélaïde : plus de messe, et à la place j'allais à la catéchèse... Là j'y gagnais parce que l'école du dimanche, deux heures tous les dimanches après-midi, avec de vraies leçons, Abraham, Moïse, Élie et toute la bande, Ancien et Nouveau Testament, je t'assure que ce n'est pas de la tarte...
— Et alors ?
— Alors elle m'a dit qu'elle était ravie que j'aie envie de suivre les cours d'instruction religieuse, que j'étais libre d'y assister, mais en plus ! Tu parles d'une affaire...
— Qu'est-ce que tu penses du coup du riz ?

— La tambouille a toujours été dégueulasse ici...

— Tu crois que ça serait mieux si les prêtres étaient mariés ?

— Ça, c'est bien une idée de catholique : on voit que vous ne connaissez pas les femmes de pasteurs... Dans un autre genre, c'est encore pire que les bonnes sœurs, c'est moi qui te le dis !

Stella rejoignit Hélène à la récréation, convaincue que les protestants n'étaient pour rien dans cette affaire. Comme avec les communistes ou les Allemands, l'armistice semblait signé depuis longtemps, on en était même à l'échange de cadeaux, alors... Hélène, toujours pratique, conclut qu'il fallait interroger Catherine Garraude, c'était elle qui détenait la clef de l'énigme.

Seulement c'était plus facile à dire qu'à faire. Sa grande carcasse qui dépassait tout le monde (quel âge pouvait-elle avoir ? au moins dix-sept ans) jouait à la balle aux prisonniers avec une fureur inouïe. Elle balançait le ballon à toute force dans les filles d'en face qu'elle renversait comme des quilles. Avec sa force redoutable, dans une équipe, elle comptait pour trois dès le départ. Malgré cela, l'équipe adverse avait toujours beaucoup de mal à recruter... Hélène et Stella s'engagèrent chacune dans un camp. La tactique était qu'Hélène, plus sportive que Stella, et habituée à la bagarre par ses frères, ferait prisonnière la Garraude, et que Stella la délivrerait, s'attirant par là sa reconnaissance, voire ses confidences. C'était fin.

Hélène visait les jambes poilues du monstre en socquettes blanches. Rien à faire, King-Kong, très souple, "bloquait" même au ras du sol, et renvoyait des boulets de canon dans l'estomac d'Hélène qui, souvent projetée les quatre fers en l'air, réussissait quand même à attraper le ballon sans le lâcher, se relevait et recommençait. Stella, comme les autres, s'était arrêtée de courir pour regarder ce duel de plus en plus violent. Et vlan, et vlan ! Et vlan et vlan ! Le dos de la blouse d'Hélène était noir de graviers, son coude gauche tout déchiré. Le monstre épongeait à grandes manchées les rigoles de sueur sur sa tronche jaunâtre. Et vlan, et vlan ! Et vlan, et vlan ! Le timbre de la sonnette retentit. King-Kong, disciplinée, cessa le feu immédiatement et s'avança vers Hélène. Tout le monde tremblait, qu'est-ce qu'elle allait lui passer ! Mais non, elle lui tendait la main.

— Tu joues vachement bien !

— Toi aussi, dit Hélène en se faisant écrabouiller les phalanges par ce Goliath femelle. Ses mains aussi étaient vraiment poilues, elle les passa dans le dos d'Hélène pour en décoller le gravier comme on étrille un poney. Stella s'était approchée. King-Kong dégoulinait : "T'aurais pas un mouchoir ?" Hélène n'en avait jamais. Pour avoir un mouchoir, il faut avoir une mère. Stella fouilla ses poches. Vides. Zut, où était passée la couche de Trottinette ? Elle gisait là, à dix mètres, tombée pendant le jeu. Stella s'éloigna discrètement.

— Dis, Catherine, c'est bien toi qui as porté le riz à la chapelle pour la messe ?

— Et après la petite sœur l'a mis dans ma grande gourde de Lourdes au garde-manger du fond de l'église...

— Mais avant tu n'aurais rien mis dedans, par hasard ?

— Le riz est pur, il est dans l'eau miraculeuse !

— Tu as mis de l'eau de Lourdes dedans ?

— Oh, c'est formidable, ça, merci ! King-Kong avait arraché la couche poussiéreuse de la main de Stella et s'en essuyait les joues énergiquement. Soudain, attirés par un aimant invisible, ses yeux se collèrent en haut des orbites à gauche, et, l'air coquin, elle s'attacha la serviette hygiénique sous le menton comme un foulard. Joignant les mains, elle se mit à chanter "Sœur Marie-Louise vient d'avoir soixante ans, elle est exqui-se, sœur Marie-Louise" en gambadant d'un pied sur l'autre jusqu'aux rangs d'élèves qui s'apprêtaient à remonter en cours. Éclat de rire général. Toutou allait lancer un cri supersonique quand le portail s'ouvrit pour laisser place à une ambulance toute blanche suivie d'un corbillard tout noir. Le silence se fit tout seul. Les deux véhicules se garèrent côte à côte avec un moelleux de grosses cylindrées. On aurait dit un film. Manquaient que des motards. Devant, King-Kong avec son étrange coiffure ressemblait à un blessé de la Grande Guerre.

Pendant qu'à gauche un infirmier en blouse sautait de l'ambulance, à droite, lentement, précédée de grands souliers noirs, une immense soutane immaculée se dépliait hors du noir corbillard suivie d'une bille tout aussi noire. Vertical, sanglé de blanc des pieds à la tête, son parapluie à la main comme un sceptre, l'abbé Séraphin N'Dongondo était immense de majesté.

Il fut bientôt assailli d'une marée de voiles poussant des petits cris de martinets. Toutou fut la première à lui toucher la main qu'il avait rose à l'intérieur. Les filles étaient pétrifiées : on aurait dit les images des Petits Martyrs de l'Ouganda, mais pour de vrai.

— Mes sœurs, mes sœurs, quel empressement ! Laissez-moi remercier tout de même auparavant mon bon Samaritain...

Celui-ci se manifesta en la personne de monsieur Gervais qui, revenant de toucher un corbillard tout neuf à Tours, avait ramassé l'abbé sur le bord de la route, juste devant le château de Langeais où il faisait de l'auto-stop en levant avec autorité son grand parapluie. Monsieur Gervais tendit à l'ecclésiastique sa valise en carton bouilli dont les coins métalliques brillaient au soleil.

— Merci, monsieur le croque-mort, vos plaisanteries m'ont bien diverti. Mes sœurs, je vous les raconterai si vous êtes sages !

— Pas toutes, monsieur l'abbé, pas la devinette* surtout !

— Ah ça non ! dit l'abbé entraînant monsieur Gervais dans son rire énorme qui les cassa brutalement en deux. Par contagion, les sœurs gloussèrent de confiance. Enfin, dit-il en reprenant son souffle, en cas de malheur, j'espère que mon grand squelette, qui entre parenthèses est tout blanc, lui !, ne vous posera pas trop de problèmes ! Dieu

---

* La devinette, vieille de Rabelais, que monsieur Gervais avait posée à l'abbé Séraphin était la suivante : quelle est la différence entre une jeune bonne sœur et une vieille bonne sœur ? Réponse : les jeunes bonnes sœurs sont folles de messes, alors que les vieilles bonnes sœurs sont molles de fesses.

vous ait toujours en Sa Sainte Garde ! conclut-il gaiement.

— Excusez, dit alors une grosse voix, mais on en fait quoi de celle-là ? Les brancardiers avaient sorti leur colis de l'ambulance, et portaient à bout de bras, tel le gisant d'Aliénor d'Aquitaine, une Mère Adélaïde horizontale, voile noir et grand drap blanc d'où dépassait la rondeur d'un plâtre. Tout le monde l'avait oubliée, personne n'avait même songé à s'enquérir de son retour... King-Kong se mit à hurler de joie, envoyant voltiger dans un vivat énergique sa couche-coiffe qui retomba comme une feuille aux pieds du grand abbé. Trottinette, rapide comme une souris, la ramassa.

— Vous allez voir qu'elle va la vendre d'occasion, radines comme elles sont, murmura Jacqueline Gervais.

— À l'infirmerie ! glapit Toutou, et vous autres, en classe ! Seule l'énorme silhouette de King-Kong escorta d'un pied sur l'autre le brancard directorial...

Pour leur part, jugeant peu concluante leur conversation avec le monstre, nos deux enquêteuses avaient décidé d'aller prélever du riz pour le faire analyser au laboratoire, seule façon d'en avoir le cœur net. À cinq heures moins dix, elles pénétrèrent donc dans la chapelle, armées à tout hasard d'un trombone pour crocheter le tabernacle. C'était inutile. La porte était ouverte. Leur surprise ne fut pas moindre que celle des Saintes Femmes la veille de Pâques quand elles découvrirent le tombeau vide : le riz avait disparu.

Chapitre VI
ECCE HOMO

Son père était un grand chef: un roi. Son oncle était grand prêtre et, du côté maternel, il se vantait d'avoir pour tantes des femmes de guerriers indomptables. Un sang excellent coulait dans ses veines; un sang royal, tristement gâté, je le crains, par cette chair humaine qu'il avait mangée au cours de sa jeunesse ignorante.

HERMAN MELVILLE
Moby Dick

Le lendemain matin, la Loire avait suspendu sa crue un moment pour se dorer au petit soleil d'avril. Lac immense hérissé d'arbres, seulement occupée à servir de miroir à de fantasques nuages, bien étalée, elle profitait. On le connaissait bien, cet air-là, ce côté bras croisés sous la tête, faites comme si j'étais pas là, surtout ne vous dérangez pas pour moi d'ailleurs j'étais sur le point de m'en retourner... Ses amoureux, qui n'avaient pas pour une fois à déplacer leurs baguettes sur le sable, lui obéissaient. Ils ne la regardaient pas, elle, femelle en travers de son lit avec les dessous-de-bras moites et hirsutes de branchages, ils regardaient de l'autre côté de la route, vers le coteau ; dans le fond des prés en contrebas, de petites flaques commençaient à monter doucement.

La Loire était en train de traverser la route. À sa façon, par en dessous.

Les langues bifides vont encore vibrer : on la reconnaît bien là, cette sournoise, tout à faire ses crues en douce... Silence !

La Loire, fleuve des Rois, a des manières. Pas comme la Seine (ah, parlons-en de la Seine !), ce canal neurasthénique, ce rebut d'agences matrimoniales entortillé dans ses jupons grisâtres, cette vieille Bovary replâtrée prise parfois de vapeurs stériles et hargneuses qui dégorgent des eaux fétides dans les caves malsaines de ses blafards riverains... D'écluse en écluse, sur son boulevard à péniches, l'ange de la Seine pâlit, pâlit... Miné par l'ennui sur les rives, à lui interdites, du désespoir.

Le Rhône est un gaillard qui pète la santé, lui, d'accord, mais il n'a aucune éducation. Même quand il traverse des lieux de haute civilisation, ce couillu vous garde des façons de torrent mal dégrossi et vous force des provinces entières sans crier gare, à la hussarde, comme un garçon d'écurie devenu maréchal d'Empire. Son ange, un rougeaud, rigole un peu grassement.

Si l'on continuait le tour des eaux courantes, il ne faudrait pas trop dire du mal de la Garonne, quand même. La Garonne est bonne fille, pas très subtile mais bien honnête, avec une belle voix et de belles joues. Si on lui avait laissé le choix à la Garonne, elle serait sûrement restée rivière. Elle fait le fleuve pour rendre service, parce qu'elle est brave. Mais la Garonne a un petit fiancé qu'elle aime, là-bas dans les montagnes, et même devenue bourgeoise Gironde, elle lui est fidèle, et son ange garde son secret, un doigt sur la bouche. Sauf quand il joue de la flûte, c'est le plus silencieux des anges des grands fleuves.

Le Rhin, c'est autre chose, c'est un fleuve d'empereurs, ça roule des mécaniques, ça a les épaules larges et des décorations sur la poitrine, ça remue de l'air, il faut avoir rendez-vous pour lui parler au Rhin, et de toute façon, ce n'est pas sûr qu'on comprendrait ce qu'il dit. Son ange porte un casque de Dragon.

La Loire parle un joli français, ample et facile, il suffit de l'écouter. Elle est polie, elle. Discrète. Elle déborde large, mais elle prévient, elle envoie des cartons. La Loire a été élevée à la cour, et ça se voit. Ce n'est peut-être pas gentil pour les autres, mais c'est comme ça. Si elle passe sous les routes, c'est pour ne déranger ses hommes qu'en dernier recours.

"Tiens, l'eau monte", dit Stella à l'ange au milieu de son long récit embrouillé ; elle lui avait rarement parlé autant que ce matin-là. Aux Toupies, elle n'avait raconté des incidents de la veille que le retour de Mère Adélaïde et l'arrivée du grand abbé noir. Mais ni qu'elle avait fait mine d'être malade (les Toupies avaient le mensonge en horreur, elles croyaient même, les pauvres, pouvoir le détecter en vous regardant droit dans les yeux), ni surtout qu'elle avait failli forcer un tabernacle avec Hélène, parce que là, elle se serait sûrement fait enguirlander ; déjà qu'elles lui avaient reproché de n'avoir vendu que trois coupons pour le Sahel (un au communiste, un à Jeanne et un à Marguerite) alors que le carême allait sur son déclin... Elles auraient certainement soupiré "c'est tous ces livres qui vous montent à la tête", comme souvent quand elles lui embrassaient le front en disant "Y en a là n'dans", mi-inquiètes, mi-admiratives... Les Toupies, Jeanne surtout, avaient conservé des souvenirs très vifs du temps de l'école, elles savaient encore des kilomètres de poésies par cœur ("Car les arbres en Alsace/

parlent quoi qu'on fasse/ en français toujours"), bien plus que Stella n'arriverait jamais à en apprendre, mais elles avaient les mains trop occupées pour lire des livres. Ça leur prenait déjà des heures d'éplucher le *Courrier de l'Ouest* avant de le remplir d'épluchures. Ah ça, elles auraient aimé étudier autrefois pour avoir une bonne place dans un bureau ! mais après le certificat, en ce temps-là, il fallait aider à la ferme. Ça rigolait pas.

Et Stella parlait, parlait avec l'ange sur la route vers l'autocar ; il comprenait, lui. Du moins, il se taisait. Pour une fois, il ne faisait pas de bêtises ; il portait même son cartable comme un garçon de café, bien à plat sur la main. C'était un peu bizarre, mais vraiment aimable de sa part car ça pesait vraiment un âne mort. Elle lui dit pour le tabernacle et le trombone, même qu'elles n'auraient jamais fait ça si le père d'Hélène, Breton à la foi mérovingienne, très surpris par les expériences de monsieur l'archiprêtre, ne lui avait expliqué la veille que l'Église (il disait "Notre Sainte Mère l'Église", comme Mère Adélaïde) n'avait jamais autorisé à consacrer autre chose que du pain et du vin, et encore pas n'importe lesquels, et que ce riz n'était donc pas réglementaire... Stella était inquiète ; un assassin, ou plutôt d'après elle, une assassine, à moins qu'ils (ou elles) ne soient plusieurs, guettait quelque part dans le collège, et Mère Adélaïde, déjà visée, était sérieusement en danger... Quand elle arriva au bord de la nationale, et qu'elle en était à l'apparition du grand abbé noir dans sa soutane blanche, elle eut la surprise d'entendre l'ange parler :

— Séraphin, comme voilà donc un bien joli nom !

Cette réflexion énerva Stella : au lieu de s'intéresser à son histoire, l'ange s'occupait d'histoires d'anges et faisait des commentaires de grande personne.

La journée s'annonçait mal.

Toujours est-il que l'abbé Séraphin N'Dongondo n'avait pas gardé longtemps sa soutane blanche. Traité par les sœurs "comme un coq en pâte", c'est lui qui le dit, ce dont il avait d'ailleurs l'habitude en Afrique car les bonnes sœurs sont partout pareilles sous le soleil (le carrelage beige et marron du réfectoire était exactement identique à celui de la Mission où il avait fait ses classes avant le séminaire, comme la Vierge de Lourdes, les fleurs en plastique, les vases en faux bois cerclés de faux cuivre, les portraits passés de Paul VI, et même l'odeur de renfermé à qui elles avaient réussi à faire passer les mers), l'abbé, après s'être longuement reposé dans sa chambre directoriale des fatigues du voyage, était descendu dîner dans un costume fait d'une chemise et d'un pantalon également vastes où les plumages de grands perroquets rouges se détachaient violemment sur des ramages vert émeraude.

Ça faisait de l'effet. Il n'y avait que le fond de blanc, et il n'y avait pas beaucoup de fond. Les sœurs, n'osant manifester un esprit trop étroit en s'étonnant, conclurent à petits murmures que ce devait être là son pyjama. Elles lui servirent son dîner à part (les gens en uniforme, militaires ou religieux, mangent toujours très tôt, comme à l'hôpital, et elles avaient fini depuis longtemps), et s'empressèrent à six au moins autour de ses larges épaules couvertes de plumes colorées. L'abbé, après avoir récité en latin d'une voix grave un grand bénédicité, s'absorba dans une manducation concentrée. Sous la table, ses longs doigts de pied noirs dessus et roses dessous (ça faisait comme un petit horizon au milieu sur le côté) étaient bien rangés côte à côte dans d'énormes sandales de moine. Quand Toutou, toujours servile, essaya de lui poser une question, il répondit que dans son pays on ne parlait pas en mangeant. Personne n'osa plus s'y frotter.

Après ses Grâces, en latin toujours, il alla s'asseoir dans un dernier rayon de soleil rose et doux, le derrière sur l'herbe, sous le cerisier en fleurs de la grande cour, en mastiquant une racine qu'il avait sortie de sa grande poche ventrale. C'était la récréation du soir, les derniers soubresauts des pensionnaires avant le couvre-feu. Anne-la-Vache, qui avait refusé de se faire encore massacrer au ballon prisonnier par la Garraude, ne sachant à quoi se prendre, lui demanda ce qu'il mâchait. L'abbé Séraphin lui répondit que c'était une liane d'Afrique qui faisait les dents blanches, et qu'il lui en donnerait volontiers si elle consentait à lui crocheter une belle écharpe comme la sienne. Le marché fut vite conclu : l'abbé noir avait un beau parler, et eût-il été muet que l'éclat de son grand sourire dans le soleil couchant aurait suffi de toute façon comme réclame pour sa marchandise.

Le lendemain, le voyant réapparaître dans le même boubou chatoyant de verdures et d'oiseaux, avec une énorme croix de premier communiant attachée par une lanière de cuir qui lui faisait un gros nœud derrière dans le cou, les sœurs, ravalant leur idée de pyjama, se dirent qu'il devait s'agir de l'équivalent africain du nouveau costume "civil", sombre, du clergé séculier européen. Le symbole du perroquet leur échappait un peu, n'importe. En dehors de Guili-Guili qui chantonnait entre ses dents *v'là l'polichinelle, Mam'zelle !*, les esprits s'ouvraient, on sentait les courants d'air.

Passant devant les rangs, l'abbé obtint un franc succès, et même quelques applaudissements qui le firent esquisser un joyeux pas de danse abdominale comme on n'en avait jamais vu.

Alors que M. l'archiprêtre l'attendait avec l'impatience du grand âge, il avait décidé de réserver sa première visite à Mère Adélaïde, que Toutou avait exilée dans l'infirmerie, ou du moins dans ce qu'on appelait ainsi et qui y ressemblait si peu. Il toqua au carreau.

— C'est qui ? hurla une voix à faire trembler les vitres.

— Monsieur l'abbé N'Dongondo Séraphin ! répondit-il tout aussi fort.

On souleva un coin de rideau méfiant, et la porte s'ouvrit brutalement. L'abbé se retrouva nez à nez avec la Garraude. La lumière du jour lui plissait les yeux et relevait ses babines poilues sur ses chicots jaunâtres dans une tentative de sourire. Son visage médiéval, sourcilleux, moustachu, gros nez et badigoinces bavantes, se détachait sur l'obscurité de la pièce comme d'un vitrail gothique. Elle regarda Séraphin avec surprise :

— Vous alors, on peut dire que vous n'avez pas peur d'être noir !

L'abbé partit pour un tour dans ce grand rire de fusée qui lui attrapait tout le corps

— De quoi veux-tu que j'aie peur ? Mère Adélaïde n'est pas cannibale, j'espère, elle ne va pas me manger... Ça serait le monde à l'envers !

Comme embarqué dans une montagne russe, il redescendait et remontait à son rire en poussant de petits cris dans les creux. Voyant que l'idiote reculait, commençant à s'effrayer, il débarqua, et reprit doucement :

— Allons, allons, Notre Seigneur a dit "N'ayez pas peur", c'est une grande et bonne parole qu'il a dite là. Si les hommes sont si méchants c'est parce qu'ils ont peur, petite sœur. Quand ils voient un Nègre, ils pensent immédiatement : tiens, mais voilà un diable qui sort tout boucané des marmites de l'enfer ! Ils ne voient pas, guides aveugles qui filtrent le moustique et avalent le chameau, les petites âmes que Dieu a déposées dans le cœur de ses fils à la tête frisée, des âmes blanches, tu verrais, blanches et tendres comme la chair des grands poissons...

On entendait grincer un lit au fond de la pièce obscure. L'idiote se retourna, mais Séraphin continuait son discours :

— L'homme regarde le visage, mais Dieu regarde le cœur... Pour toi comme pour moi, je crois que ça vaut beaucoup mieux ainsi...

— En effet, fit une voix sèche surgie des ténèbres, à vous voir, aucune personne sensée ne pourrait vous prendre pour un prêtre !

— C'est vous, ma Mère ? L'abbé descendit deux marches et fut en trois enjambées au sombre chevet d'Adélaïde.

— Vous aviez une autre allure hier, monsieur l'abbé !

— Évidemment, pourquoi croyez-vous que je l'avais mise, cette grande soutane ? On aurait dit un échappé de la vieille Exposition Universelle, ma parole...

La monstresse apporta une chaise à l'abbé qui la retourna pour s'asseoir à califourchon. Ses genoux touchaient presque par terre.

— C'est un chopin que j'ai trouvé au grenier du séminaire des Missions Africaines à Lyon, elle a bien plus de cinquante ans, cette soutane, le père qui se l'était fait tailler ne l'a jamais portée, le pauvre, il est décédé de la phtisie galopante avant même de s'embarquer vers les côtes d'Afrique. Martyr avant de partir... Depuis, ils ne s'en étaient jamais servis tellement elle était gigantesque. Pour faire de l'auto-stop, c'était la tenue idéale. Ça inspire confiance, mais c'est très salissant. Je n'ai aucun droit de la porter ici, je ne suis pas un père blanc, la preuve : je n'ai pas la longue barbe ! (Adélaïde, à ce qu'on pouvait en distinguer dans l'ombre, n'eut pas la grâce d'esquisser un sourire), je ne suis pas pape non plus, ni silencieux de l'Église*, en fait, je serais plutôt bavard...

— D'où les perroquets, sans doute...

— Ma Mère alitée a le sens de l'ironie ! Rassurez-vous, une très belle tenue de clergyman toute neuve en élégant tergal m'arrive par la poste, c'est difficile, vous savez, de trouver ma taille en tout-

---

* Les "silencieux de l'Église" formaient, à l'époque, un mouvement opposé à certaines des réformes du Concile. Attachés au latin et aux soutanes, on les traitait déjà d'intégristes.

fabriqué... En tout cas je ne m'attendais pas à... comment disent les femmes ici ? parler torchons avec vous !

— Chiffons, Monsieur l'abbé, on dit "parler chiffons". Ce n'était guère une habitude religieuse jusqu'à présent, en effet, mais ça le devient chaque jour davantage...

— Soyons sérieux, coupa Séraphin en se levant pour tirer d'autorité les rideaux autour de la pièce, j'étais venu pour vous apporter la sainte communion, malheureusement, je n'ai pas encore pu dire ma messe ce matin, il n'y a pas une hostie dans toute votre maison !

— Ça ne dérange pas beaucoup monsieur l'archiprêtre..., répondit Adélaïde, perfide, la main devant les yeux.

— Ah bon ? l'abbé roulait des prunelles. Hê ! fit-il drôlement du fond de la gorge, comme un bouchon qui sauterait, en se retournant vers elle, je constate que les conseillers ne sont pas les payeurs, à moins que ce ravissant pyjama rose ne soit la nouvelle tenue de la Congrégation, ce dont on a négligé de m'informer...

De religieux, Adélaïde n'avait que le voile. Ses bras maigres à la peau jaune émergeaient des manches d'une sorte de Babygro en éponge layette. Elle remonta brusquement ses draps jusqu'au cou.

— Catherine, portez-moi mes lunettes, je vous prie. À quoi dois-je donc l'honneur de votre visite, alors ?

— Notre Seigneur nous fait un devoir de visiter les malades et les prisonniers ! Et ce n'est pas dans les coutumes de chez nous pourtant, non,

non, non, non ! Sa voix faisait des gammes de non sans se fixer et arrachait par sympathie des vibrations aux cordes du vieux Pleyel. Adélaïde, nasale et sourde, jouait le faux bourdon.

— Vraiment !

— Ah non, non, non, non, alors, ça non ! Chez nous, quand quelqu'un est blessé, on croit que c'est à cause d'une faute qu'il a commise, lui-même personnellement ou ses ancêtres, allez savoir...

— Très amusant...

— C'est la pensée primitive, la pensée des premiers disciples, d'ailleurs, ma Mère, quand ils demandaient à Jésus devant l'aveugle de naissance : "Rabbi, qui a péché lui ou ses parents pour qu'il soit né aveugle ?"

— Respondit ejus : neque hic peccavit, neque parentes ejus*, poursuivit Adélaïde, voilà qui clôt le débat !

— Sed ut manifestentur opera Dei in illo**, termina Séraphin en levant un doigt doctoral, quand ma Mère commence un verset, elle serait bonne de le clore aussi !

Cette fois, il entraîna Adélaïde dans le torrent de son rire. On aurait dit deux conscrits égarés dans les brumes d'une garnison lointaine découvrant avec bonheur qu'ils parlaient le même patois. Ils étaient pays, Seigneur, ce grand Nègre debout et cette longue carcasse jaunâtre et décatie ! Le monstre, de confiance, s'étranglait aussi de hoquets bruyants.

---

* "Il répondit : ni lui n'a péché, ni ses parents."
**"... mais c'est pour que soient manifestées les œuvres de Dieu en lui" (Jean IX, 3).

— Le microbe est la cause de ma dysenterie, d'accord, mais pourquoi, moi, j'ai attrapé le microbe ? Hê ! Et saint Matthieu ne dit-il pas : "ejecto daemone locutus est mutus*" ?

Et les voilà repartis, mais d'un rire plus doux, du fond des yeux.

— Bel ablatif absolu !

— Magnifique absolument : "le démon éjecté, le muet parla"...

— Chassé, mon Père, le démon chassé... Seriez-vous venu m'exorciser, par hasard ?

— Qui sait, ma Mère, qui sait, mon grand-père était chef féticheur, grand chasseur d'esprits mauvais, lui aussi...

L'idiote avait beau se tordre, elle était aux aguets, et ouvrit la porte d'un coup sur la petite silhouette de Trottinette sans lui laisser le temps de frapper si toutefois telle avait été son intention. Monsieur l'archiprêtre s'impatientait au parloir, sœur Qui-Pique l'avait distrait avec une petite dose d'insuline, mais là on était à court d'imagination...

Séraphin partit donc après sa formule rituelle ("Que Dieu vous ait toujours en Sa Sainte Garde"), accompagné de Trottinette qui lui arrivait à la taille et devait pédaler ferme pour rester à ses côtés. Elle perdait du terrain quand les rondeurs de l'archiprêtre se propulsèrent à leur rencontre flanquées de l'éternel sourire de Mère Antoinette. Séraphin ralentit, Trottinette le rattrapa d'un coup comme un yo-yo qui aurait été attaché à ses jambes par une ficelle invisible. On fit les présen-

---

* Matthieu IX, 33.

tations. Pour serrer la main de son supérieur, l'abbé cassa en équerre sa haute taille chamarrée.

— Vous ferez un magnifique Martin Luther King, Séraphin, s'exclama l'archiprêtre, n'est-ce pas Mère Antoinette ?

Mère Antoinette, émerveillée, regardait les deux prêtres comme une petite fille regarde des glaces. Son sourire léchait à tour de rôle leurs joues vanille et chocolat : ce n'est pas tous les jours que la Providence lui offrait un cornet à deux boules.

— Martin Luther King, le pasteur américain assassiné, monsieur l'archiprêtre ?

— Oui ! Un homme de couleur, comme vous, et un grand martyr de la liberté, de l'égalité et de la fraternité ! Voyez-vous pour le Vendredi Saint nous avons actualisé le Chemin de Croix : un grand projet pour conscientiser le peuple de Dieu et arracher en lui les germes du racisme...

— Monsieur l'archiprêtre me permet-il de lui faire humblement remarquer que, n'était sa fonction, son prénom indique clair comme de l'eau de roche que cet homme était protestant !

— N'est-ce pas merveilleux ? Un jour viendra, mon ami, où l'Église entière fêtera la Saint-Martin-Luther ! s'exclama l'archiprêtre joyeusement, ajoutant dans la foulée : Et Séraphin, soyez gentil de m'appeler Raymond !

Ce fut aux bonnes sœurs de s'exclamer. Même Mère Antoinette ignorait jusqu'alors le petit nom de son grand homme. Ça lui faisait tout drôle.

Séraphin, à qui sa morphologie interdisait de rougir, pâlit comme l'ange de la Seine.

Ainsi que Stella l'avait pressenti, la journée n'était pas gaie. Les choses, butées, semblaient lui en vouloir personnellement. La poignée de son cartable lâcha, et il vomit toutes ses feuilles de classeur dans l'escalier. En essayant de les ramasser sous les pieds qui montaient, elle pestait contre Nestor, il aurait pu la prévenir... Pour être honnête, il faut reconnaître qu'elle ne lui avait pas beaucoup laissé le temps de parler. Son devoir de géométrie se retrouva écrasé sous les chaussures "à l'anglaise" de Nelly Marchadeau, dont les semelles à bouts carrés s'imprimèrent tragiquement sur les beaux triangles de Stella, le seul domaine qu'elle eût jamais apprivoisé dans l'univers absurde des mathématiques. En entrant en classe, la poche droite de sa blouse s'attrapa dans la poignée de porte et se déchira d'un coup. Avec tout ce qu'elle avait déjà dans les bras, elle dut ramasser un vieux mouchoir agglutiné de bouts de réglisse, des craies, un tube à se déboucher le nez, un demi-compas (le bout avec la pointe), des trombones en guirlande, tout un fatras peu ragoûtant qui alla faire une grosse bosse dans son autre poche, la gauche, déjà pleine à ras bord.

Stella passa toute sa première heure (français) à toiletter ses triangles avec une gomme orange et bleue qui laissait des traînées et rendit le papier tout râpeux. Quand elle voulu les repasser, ses chers triangles, son stylo attrapa les barbes du papier entre ses griffes, et se mit à baver. En l'épilant, elle se colla de l'encre plein les doigts et retacha sa feuille. Il fallait regommer. Par endroits, le papier était devenu presque transparent. Et voilà que le ciel se couvrait, en plus. La pluie lui atteignait les os et la cervelle. Et même l'âme, car quand elle était triste, Stella sentait son âme dans sa poitrine comme un grelot. Ses trop calmes camarades sans problèmes l'exaspéraient, la mollassonnerie générale la submergeait comme du caramel sur de la crème renversée, la révolte aux pieds nerveux la prenait, plus tard, elle ferait le tour du monde loin de ce trou, loin de cet ennui épais, de ces murs vert pâle, de ces bonnes sœurs mesquines, de ces filles qui feraient sûrement des enfants pour que ça recommence pareil tout le temps, pour enlever tous les matins la poussière qui sera montée tous les soirs sur les meubles, pour laver la vaisselle entassée dans l'évier et remettre le couvert, fourchette à gauche, couteau à droite, les pointes en bas, le tranchant vers l'intérieur, jusqu'à la mort. Elle les imaginait, comme on maudit, poussant des landaus pendant d'interminables dimanches gris après des déjeuners trop gras de religieuses au chocolat dans un bonheur gluant et lourd d'ennui.

En plus, sa feuille venait de se trouer en B'. C'était à désespérer.

Jacqueline Gervais, dont les élégants triangles tricolores, quoique tout faux, étaient dignes de Léonard de Vinci, toujours en veine d'affection, plaça discrètement (la discrétion était sa qualité principale) sa copie sur celle de Stella. Mais Toutou, prof de maths par intérim, se méfiait. Elle brandit le devoir de Stella, un véritable torchon, et la traita de souillon, invective chère à Mère Adélaïde et à la marâtre de Cendrillon. Stella, qui avait de l'encre jusque sur le nez, après tant d'application, ressentit tout le poids de cette injustice comme une brûlure d'urticaire, et au bord des larmes (qu'elle retint, elle avait l'habitude, et puis Toutou aurait été trop contente) se jura intérieurement de consacrer sa vie à exterminer tout ce qui portait voile.

Dieu merci, Jacqueline lui transmit un mot d'Hélène arraché de son carnet à spirale, et ainsi rédigé (elle n'avait pas eu le temps de le mettre en quadrichromie).

ALGÈBRE

ÉQUATION : $x = +$ sœur M.-C. $+$ riz empoisonné

Données :
1) la 2CV était bien piégée.
2) le riz aussi : on l'a fait disparaître.

Problème :
a) x est-il coupable des deux crimes ?
b) Qui x visait-il ?
c) $x = ?$

Hypothèse
$x = +$ M.C. $+$riz

Raisonnement.
=> M.-C. n'était pas visée en particulier < elle est morte et x a récidivé avec le riz
=> Mère A. non plus < elle était encore à l'hôpital le jour de l'empoisonnement
=>x s'attaque à tous les responsables sans distinction de l'école.
=>x appartient à l'école : quelqu'un de l'extérieur n'aurait pu ni empoisonner le riz, ni saboter la voiture qui était toujours garée dans la cour.

Conclusion :
x va frapper à nouveau < empoisonnement $= 0$.

Stella était épatée. Hélène n'était décidément pas comme les autres. C'était un vrai beau raisonnement de maths, et non seulement elle le comprenait, mais elle en était arrivée à la même conclusion sans raisonnement du tout. L'inconvénient de cette merveille de démonstration, c'est qu'elle ne résolvait absolument pas l'équation. Un point essentiel surtout chiffonnait Stella. Dans sa réponse, elle tenta de lui donner l'allure la plus algébrique possible, soit le mot suivant :

Problèmes de x :
Combien y a-t-il de x ?

1) un seul x pour M.-C. et pour le riz = 1 x
2) un x pour M.-C. + un x pout le riz, soit 2 x
   a) indépendants
   b) complices
3) beaucoup plus de x : un complot de x

Quel est le sexe de x ?
1) le x de M.-C., mécanique, est masculin.
2) le x du riz, poison, est féminin.

=> il y a au moins 2 x : un homme et une femme.

Absorbée par la rédaction de ce billet, Stella n'avait pas entendu Toutou lui poser une question, elle arrivait vers elle. Dans un élan admirable, Jacqueline Gervais, si propre et si discrète, renversa la moitié de sa bouteille d'encre Waterman (ses vieux parents n'accordant aucune confiance aux cartouches en plastique lui avaient acheté un stylo à pompe !) sur la feuille de Stella pour protéger ses secrets. Cette fille avait des réflexes étonnants. Toutou ne vit pas le geste, elle vit le résultat : Stella pataugeait dans le bleu roi.

— Petite souillon, c'est complet ! Qu'écriviez-vous donc de si intéressant, hein ?

Toutou arracha la feuille par le bord non encore immergé, et le seul mot qu'elle put y lire* la fit rougir jusqu'à la racine du voile.

— Petite impudente, bégaya-t-elle, petite dévergondée, j... Submergée par la situation, elle eut recours, oubliant même qu'elle était périmée, et qu'elle était d'ailleurs elle-même largement complice de cette péremption, à la terreur des terreurs : Dans le bureau de la Mère directrice, filez, vite ! Elle voulait dire Adélaïde, bien sûr. Stella se leva lentement. Toutou, presque arrivée au tableau, se reprit et se retourna comme un cobra.

— Dites-moi d'abord à qui ce message était destiné.

— À personne, ma sœur, c'était...

— Ne me prenez pas pour une demeurée, Stella ! Répondez : à qui écriviez-vous ces... ces... obscénités ?

Même le mot "obscénités" était obscène dans la bouche de sœur Anita. Stella se taisait. La menace et le mystère planaient sur la classe comme avant le saut de la mort. On frissonnait délicieusement.

— Je ne répéterai pas ma question, Stella, je vous préviens, si vous ne me répondez pas, c'est deux heures de colle pour tout le monde...

— Oh, ma sœur, supplia la classe, esclave polycéphale.

* sexe, évidemment...

— Oh, le chameau ! murmura Hélène, blême.

— Allons, j'attends..., fit Toutou, fière de son effet de dompteur d'otaries. Adélaïde dans le même rôle était terrifiante. Toutou jouait faux, elle en rajoutait, faisant galoper ses doigts avec un agacement théâtral sur le rebord du tableau noir. Comme elle n'avait pas d'ongles, ça ne faisait pas de bruit. Mais ça marchait quand même. Le public était excellent, même si l'on entendait de-ci de-là quelques fous rires étouffés sous des airs d'innocence largement exagérés eux aussi.

— À moi, ma sœur, dit Hélène. Elle s'était levée, toute rouge d'un coup, et s'en voulait de rougir.

Toutou jubilait : elle la coinçait enfin cette orgueilleuse si chère à Adélaïde, et malheureusement si bonne en maths.

— Je vous écris un mot que vous porterez toutes les deux à la Mère directrice. Stella, n'oubliez pas votre torchon ! Entre-temps, Jacqueline Gervais, soigneuse, l'avait épongé au buvard rose. Elle le lui tendit, l'air navré et complice, en l'assurant à voix basse avec son drôle de parler qu'elle irait lui porter des oranges à la Petite-Roquette...

Dans le couloir, Hélène décrocha pour Stella, qui était comme assommée, une blouse oubliée au hasard d'une patère. En la lui boutonnant, Stella se laissait faire comme un enfant, elle lui expliquait tout bas qu'à tant faire, mieux valait ne pas en rajouter et ne pas se présenter à Belphégor avec une poche pendante et des taches partout. La blouse était un peu longue, mais avec la ceinture, ça ne se voyait pas trop. Près du grand évier de grès, devant le réfectoire, elle lui fit faire de sérieuses ablutions avec ce fichu savon jaune qui sentait mauvais, ne lavait rien et ne moussait même pas. Stella recouvrait ses esprits sous l'eau froide :

— Toi, tu ferais bien de te coiffer !

— Surtout pas : ça lui passe les nerfs de me racler le crâne...

— Eh bien, jeunes filles, nous faisons toilette ! Ne devrions-nous pas être en cours à cette heure-ci ?

Elles sursautèrent. Cette voix qu'elles auraient reconnue entre toutes avait surgi haut derrière elles. Mère Adélaïde était là, dans les bras solides de King-Kong qui la portait avec une fierté maternelle. Sa robe était de guingois, et laissait dépasser aux extrémités les manches et une jambe de pyjama rose. Elle avait beaucoup maigri, son nez et son menton avaient grandi, mais l'œil était vif et presque joyeux.

— Nous allions vous voir, ma Mère, balbutia Hélène.

— Et la montagne est venue à Mahomet ! Suivez-moi dans mon bureau, en avant Catherine, et doucement ma jambe !

Elle n'avait pas l'air surprise. On ne surprenait pas Adélaïde, jamais.

Le cortège se forma. De dos, sous la pluie, Adélaïde et le monstre formaient une sorte de crucifix bizarre, tout de traviole, qui marchait un bras vers le ciel et l'autre vers le sol.

Le bureau était fermé à clef. Trottinette dut l'ouvrir avec son double, et s'en fut chercher un tabouret pour le pied plâtré. Quand elle fut enfin installée (l'idiote géante la manipulait avec une attention maladroite), qu'elle eut bien fermé et empilé les cahiers de Toutou pleins de notes désordonnées sur les bords pour dégager son buvard qu'elle épousseta d'une main sèche, Adélaïde ne dit qu'un mot : Alors ?

Hélène parla.

— Tout d'abord, ma Mère, on voudrait vous dire...

— Qui on ? on est un pronom indéfini...

— Nous voulions vous...

— Quand même ! La substitution de "on" à "nous" est une incorrection. Nous ne sommes pas dans une caserne ! Bien, alors ?

— ... Il faut que vous sachiez que vos prévisions se sont réalisées : l'accident que vous avez eu n'était pas un accident, votre voiture avait été sabotée, nous en avons eu la confirmation.

— Tiens donc !

— Et ce n'était que le premier crime.

— Oui, dit Stella à son tour : depuis, il y en a eu un autre pendant la messe de monsieur l'archiprêtre : une tentative d'empoisonnement collectif qui a échoué, personne n'est mort.

— Ce qui signifie que l'assassin va recommencer : vous êtes en danger, ma Mère !

— L'assassin est dans la maison : ce n'est ni un communiste, ni un protestant, on n'a (oh pardon !) nous n'avons pas trouvé de franc-maçon...

— Il paraît qu'ils sont une société secrète...

— L'assassin est peut-être une femme !

— Mais il y en a peut-être deux : un homme et une femme...

— Complices !

— Allons, allons, calmons-nous... Adélaïde avait claqué deux fois sa règle de fer sur l'angle du bureau. Un demi-sourire accentuait le coin de ses lèvres fines. Vous croyez peut-être m'apprendre quelque chose... Mais vous ne semblez pas en savoir très long vous-mêmes. Nous sommes inquiètes, n'est-ce pas ? Vous n'avez rien à craindre, pourtant. Et ne vous inquiétez pas pour moi non plus : votre camarade Catherine Garraude, qui ne me quitte désormais ni le jour ni la nuit, est une excellente protection...

Adélaïde jeta un regard sur la grande ombre debout derrière la porte vitrée qui faisait les cent pas comme une sentinelle. Il y eut un petit silence plein de pluie.

— Je vous prierai de cesser d'agiter vos cervelles de linottes avec cette histoire et de consacrer votre matière grise à vos études : tout cela ne vous concerne pas !

Elle poussa un grand soupir sec qui siffla à travers ses plates narines. Visiblement, sa jambe la faisait souffrir. Depuis le début de l'entretien, elle ne leur avait pas fait faire la moindre prière.

— Mais...

— Il n'y a pas de mais ! Et j'aimerais bien savoir d'ailleurs en quel honneur vous manquez les cours...

Le timbre de fin d'heure résonna, sinistre.

— C'est sœur Anita qui nous a envoyées, parce que nous nous écrivions des billets...

Stella fouilla ses poches : vides, les mots étaient restés en haut, dans la grosse poche de sa vraie blouse.

— Au sujet des crimes.

— Vous entretenez une correspondance privée pendant le cours de mathématiques ! Je vous félicite !

— Comme c'était rédigé sous forme d'équations, sœur Anita a dû croire qu'on se moquait d'elle...

— Et ce n'était pas le cas, peut-être !

— Non, c'est pas vrai !

La règle claqua à nouveau.

— On ne dit pas "ce n'est pas vrai" à un professeur, que dit-on ?

— Il me semble que vous cheminez sur la voie de l'erreur, répondirent-elles en chœur.

La règle claqua une troisième fois.

— ... Ma mère !

Adélaïde fit le geste fatal. Elle ouvrit le tiroir du bureau au moment où King-Kong introduisait Toutou en annonçant sœur Anita, comme un aboyeur.

— Ma sœur, où avez-vous mis les bulletins de colle ?

— Je... Je les ai dans ma poche, là, ma mère.

Elle les tendit froissés, en toisant Hélène et Stella. Adélaïde, réprobatrice, lissa les papiers du plat de la main.

— Voilà, quatre heures de colle, de huit heures à midi le Vendredi Saint, comme ça vous offrirez vos petites souffrances à Notre Seigneur...

— Ma mère, protesta Hélène, c'est pendant les vacances, et mon père nous emmène ce jour-là en Bretagne chez ma grand-mère.

— Eh bien vous n'irez pas, voilà tout ! conclut Adélaïde avec un sourire définitif.

— Ces enfants, quelle imagination, Seigneur !

laissa-t-elle tomber après leur départ. Cette réflexion estomaqua Toutou ; vu ce qu'elle avait lu, elle s'attendait à bien autre chose, mais elle n'osa rien dire, sinon "Vous n'êtes pas raisonnable, ma Mère, vous devriez aller vous reposer, vous savez ce qu'a dit le docteur..." Elle avait besoin du bureau pour recevoir les parents de Catherine Garraude, sans Mère Adélaïde, bien entendu.

N'importe quel parent d'élève aurait tenté de négocier, voire de protester. Pas le père d'Hélène. Il téléphona pourtant deux fois. La première pour faire inscrire sa fille comme pensionnaire pendant la durée des vacances de Pâques. On lui répondit que l'internat était fermé à cette période où l'on parvenait même à caser les Togolaises ailleurs. Il rappela donc le lendemain Mère Adélaïde en personne pour lui demander si la famille de Stella, qui lui avait offert l'hospitalité (trop contente !), présentait tous les critères voulus de bonne moralité. Il n'était pas question, expliqua-t-il, qu'Hélène restât seule à la maison, ni qu'on lui offrît un billet de train pour rejoindre la Bretagne, eu égard aux circonstances.

Le Vendredi Saint, jour qu'il avait fixé pour son départ, il déposa la valise de sa fille à 7 heures et quart devant le collège. Hélène, qui était venue en vélo, vit partir vers la mer, le bateau et l'aventure, le grand break vert où ses quatres frères lui faisaient de grands au revoir. Stella ne tarda pas : en l'absence de ramassage scolaire, elle avait pris le car de la ville à sept heures. À 25, elles sonnèrent.

À la demie, elles étaient chacune armée d'un balai, et chargées de nettoyer la chapelle qui, vidée la veille de ses bancs, attendait le retour des déménageurs qui devaient déposer tables et chaises dans la matinée. Comme c'étaient de bonnes élèves, Toutou avait jugé plus humiliant, et plus utile aussi, de les contraindre à des tâches ménagères plutôt que scolaires. Seules sur un banc de la cour, elles attendaient ostensiblement qu'il fût huit heures pour s'y mettre. Pas question d'offrir aux bonnes sœurs une demi-heure de rab. L'école, vide, résonnait de partout. Elles avaient un peu l'impression d'être des cambrioleurs, et parlaient tout bas.

— Tu as raison pour une chose, Stella. Les bonnes sœurs sont nulles en mécanique, il y a forcément un homme dans le coup.

— Et il n'y a pas beaucoup d'hommes ici : le prof de sciences-nat...

— Tu parles d'un homme : il a un solex !

— L'abbé béninois...

— Il n'était pas là à ce moment-là !

— Et l'archiprêtre...

— Lui, il est tout le temps là, surtout depuis l'accident... Mais il ne se serait pas empoisonné lui-même !

— Pourquoi pas ? S'il savait que le poison n'était pas mortel... C'est lui qui a inventé cette histoire de riz, et il a eu tout le temps de le manipuler...

— Mais à qui profite le crime ?

— Bah, à lui : maintenant il peut gouverner l'école avec sa copine Antoinette !

— Elle est déjà à la retraite, et en plus c'est

l'abbé noir qui doit s'occuper du caté maintenant ! Non, c'est à Toutou que profite le crime : en éliminant Adélaïde et Marie-Claire, elle gagnait deux échelons d'un coup vers le trône. Et ça expliquerait même pourquoi elle nous cherche des crosses : elle se méfie de nous.

— Et elle est toujours la première à se précipiter pour piquer l'archiprêtre...

— En fait, c'est de la veine, cette colle : on pourra observer tous nos suspects au Chemin de Croix, cet aprèm' !

Hélène ne partageait que modérément cet enthousiasme. Ses pensées étaient traversées par le sillage blanc du *Baradozic III* qui allait lever l'ancre sans elle.

Les déménageurs arrivaient. Elles ne purent échanger un mot de la matinée : Toutou, qui ne quittait pas le théâtre des opérations, était toujours sur leur dos. Elles lui jetaient de sombres regards. À midi et demi, la chapelle était transformée en salle d'études, et elles étaient en nage et en rage : elles avaient quand même fait une demi-heure de rab.

Pour le déjeuner, elles allèrent déballer le casse-croûte au fromage des Toupies dans le bistro d'Eugène, le seul qu'elles avaient jamais fréquenté, en plus c'était marqué « on peut apporter son manger » à la porte. Elles commandèrent deux jus d'orange comme la dernière fois. Le patron les reconnut :

— Oh, la patronne ! porte donc voir un peu de ta friture d'ablettes aux copines du camarade Jésus ! C'est moi qui régale !

— On fait donc plus jeûne et abstinence chez les soutanes ?

— Non Madame, nous aussi nous avons évolué, répondit Stella conciliante. On fait seulement maigre.

— De toute façon, les femmes enceintes, les malades et les enfants en cours de croissance ont toujours eu le droit de rompre le jeûne, ajouta Hélène, docte.

La friture était bonne et l'œil de Mme Eugène mauvais. Elles laissèrent vingt centimes de pourboire.

Chapitre VII

SECUNDUM SCRIPTURAS

> *Or les Blancs vont au Ciel aussi.*
> *La nouveauté de ce film (sa révélation fondamentale sous forme de happy end suprêmement réconfortant) sera de donner à voir, on peut dire en direct, l'Ascension de nos deux amis. Ils flottent dans du bleu.*
> ÉTIENNE (MICHEL PICCOLI) : *L'ambiguïté fondamentale, c'est l'existence de Dieu.*
> OCTAVE (MICHEL SERRAULT), catégorique : *Si Dieu existe,* ON EST BON !
>
> GEORGES CONCHON
Mon beau-frère a tué ma sœur

L'église Saint-Paul, sur la place Saint-Paul, était froide, frileuse, frigide et frigorifiante. Sans doute à cause de son style faussement jésuite, elle avait un surplus d'intelligence et un défaut de cœur ; ni les braves maisons qui la serraient autour, ni les écharpes d'ors vieillis qui plissaient le long de ses colonnes torves, ni ses petits paroissiens voûtés comme des puces n'arriveraient jamais à la réchauffer. On y allumait des cierges sans espoir.

C'était une église faite pour les statues.

D'ailleurs, quand on y entrait, on se transformait aussitôt en statue.

Elle était pleine de vide, et ne s'animait qu'à hauteur du premier étage où de très grands saints tout blancs entretenaient avec le Ciel un dialogue muet, bien au-dessus des têtes des pauvres pécheurs. Même s'il y avait du monde, on avait toujours l'impression qu'il n'y avait personne, et on parlait tout bas.

Monsieur l'archiprêtre, en voulant "animer" ce qu'il nommait un "lieu de prière", avait entrepris sans le savoir un combat inégal — au moins contre l'architecture.

Pour sa mise en scène du Chemin de Croix "très originale, très participante" d'après Mère Antoinette, sa régisseuse générale, il avait fait pousser toutes les chaises sur les bas-côtés. C'était décidément un jour de grand déménagement clérical ; Hélène et Stella, en se passant poliment l'eau glacée du bénitier, se félicitèrent d'avoir échappé à celui-là. Les fidèles — ou plutôt "l'assemblée du Peuple de Dieu", comme aurait dit M. l'archiprêtre —, étaient composés de vieillards, de femmes, de quelques enfants cruellement arrachés au feuilleton des vacances, et de professionnels en uniforme : les scouts et les bonnes sœurs. Le vendredi après-midi, les gens travaillent. Enfin, dans ce temps-là, ils travaillaient.

La procession commença en bas, près du porche. Les Pionniers, chemises rouges, pantalons de velours marron avachi aux genoux et pataugas en toile caoutchoutée, entonnèrent à grands coups de grattoirs sur leurs guitares :

Ils ne mettaient jamais la main sur un fu -sil
Gandhi, Luther King ou Jésus- Christ...
Dites-moi donc pourquoi on leur a pris la -vie
Gandhi, Luther King ou Jésus- Christ...

C'était martial. Hélène aimait la guitare, mais pas ces types-là en rouge, les scouts de France. Ses frères étaient scouts d'Europe, des vrais, kaki et bleu marine, avec des bérets, des shorts, des badges, des fanions, des couteaux, des foulards, des boussoles, des cicatrices ; ils savaient faire des nœuds, siffler dans leurs doigts et allumer des feux dans la neige. Ces scouts-là, ils les appelaient les camping-butagaz. Ça voulait tout dire. Elle s'enferma dans un mutisme réprobateur. Stella aussi du coup, quoiqu'elle aimât sans le dire les cheveux dans les yeux, les pulls trop grands et les pantalons de velours. Jacqueline Gervais, petite souris dans l'ombre grise, les avait rejointes à petits pas discrets. Coups de coude.

— C'est idiot, ce qu'ils chantent, comment Jésus aurait-il eu un fusil ?

Sa réflexion illumina leurs trois bobines d'un sourire supérieur. Elle avait été héroïque, Jacqueline, l'autre fois avec son encrier, mais sa vieille sagesse lui conseillait de ne pas en espérer trop de dividendes, et de maintenir haut le niveau des commentaires

— Vous avez vu le charter de notre chère Adélaïde ? Là-bas ! Tournez-vous l'une après l'autre...

Adélaïde venait d'arriver en effet, en retard, ce qui était étonnant, derrière la proue de son plâtre, en équilibre sur une chaise portée par les bras solides de King-Kong. L'ensemble de cet équipage était surmonté par un parapluie noir. Toutou se précipita illico pour enchâsser sa Mère dans une charpente confuse de chaises et de prie-Dieu au beau milieu de la nef.

— Elle devrait préparer un numéro avec les pompiers pour le 14 juillet !

— On dirait Louis XIV...

Assise, la jambe allongée, elle tenait son parapluie debout à la main comme une canne de marquis. À côté, la Garraude faisait un Sganarelle grimaçant.

Les scouts marchaient vers l'autel en marquant fort le rythme de leur tube en do-mi-sol.

*Est-ce un tort, dites-moi, de proclamer bien
-haut
Qu'on n'juge pas les gens sur le teint de leur
-peau ?
De vouloir que Noirs et Blancs prient dans les
mêmes lieux
Quand chacun dans son cœur adore le même
-Dieu
Tsan, tsan, tsan...*

Autour, les vieilles dames, privées de sièges, la tête couverte de capotes transparentes en éventail qui rigolaient d'eau, les bonnes sœurs en imper, lunettes embuées, carnets de chants coincés sous le coude, et quelques mères de famille empêtrées de bambins, éloignées les unes des autres par une bulle de vide calcifiée par le respect humain, tapaient en mesure dans leurs mains gantées. Ça balançait du chapelet sans se regarder.

Au moment où les chemises rouges arrivaient à l'autel, les filles de la Miséricorde sortirent de la sacristie avec leurs jupes trop longues, et des pancartes qu'elles portaient plus ou moins droit ; dessus c'était marqué : UN NOIR = UN BLANC, ÉGALITÉ DES DROITS, PAIX AU VIÊTNAM, MORT AU RACISME, PEACE AND LOVE. L'air gêné, elles fixaient leurs méchantes galoches.

Elles s'alignèrent sagement derrière le nouveau petit autel, le dos aux dorures de l'ancien, et attendirent, placides comme des vaches à paître. Les scouts, qui finissaient leur chanson, se mirent face à elles ; ça faisait comme une haie. Les vieilles dames avaient arrêté de battre des mains et les petits enfants commençaient à grincer d'envie de faire pipi.

C'est alors que M. l'archiprêtre surgit par le côté jardin, bâbord aurait dit Hélène (la sacristie, tribord, était côté cour), vêtu d'un bleu de travail, comme un ouvrier. Sauf qu'un ouvrier ne serait jamais venu à l'église en bleu. Il criait :

— Frères Hébreux, frères Hébreux, Paul nous a envoyé une lettre !

Il brandissait un papier. Personne ne comprit, surtout pas les Pionniers à chemise rouge.

— Qu'est-ce qu'il a dit l'archi, on n'est pas des zèbres !

— Pas des zèbres, des-z-Hébreux, imbécile !

— Bah, on n'est pas des Hébreux non plus, ça existe plus les Hébreux, c'est dans la Bible.

— Dieu aussi il est dans la Bible, et il existe encore alors...

— Les derniers Hébreux, je te dis qu'ils sont morts dans les camps de Hitler, dans la gadoue, tout maigres avec des gros yeux à cause des gaz, un truc horrible : je sais, mon père il a le livre, d'abord !

— Mais non, crétin, ça, c'étaient les Juifs !

— Elle est bonne celle-là ! C'est kif-kif bourricot...

— Non, les Juifs, si tu veux aller par là, c'est des Hébreux mais qui croivent pas en Dieu.

— Eh, l'autre ! C'est dans Jésus qu'ils croyent pas les Juifs, même que c'est à cause qu'ils ont des catastrophes...

— Arrête ton char, Ben Hur, on repave ! Jésus, il était juif, c'est marqué sur sa croix, banane !

— Taisez-vous, les gars, merde, quoi !

Autour du cou, l'archiprêtre avait une petite étiquette (pour la suite du spectacle, sans doute) : "Simon de Cyrène" ; et pour compléter son déguisement "populaire", il s'était enfoncé un béret sur le crâne jusqu'aux oreilles.

— Ma sœur, lisez-nous donc la lettre de Paul !

Toutou, confuse, s'avança sous le tir croisé des regards d'Hélène et de Stella. La suspecte prit donc le papier des mains du suspect et commença à lire, la voix plus fausse que jamais, en rougissant comme une candidate à un jeu radiophonique :

— Lecture de l'épître de saint Paul, apôtre, aux Hébreux...

Les rangs des chemises rouges commentèrent :

— C'est quoi, ce cirque, je croyais qu'on faisait un truc moderne, c'est bien la peine.

— Ta gueule, et crache ton chouing' !

— Je vais te le coller sur ta gratte, moi, tu vas voir...

Le recueillement était à son comble. Certaines pieuses personnes fort âgées faisaient pourtant des efforts démesurés de tympans pour suivre l'épître. Mais d'abord, le micro de Toutou crachait et sifflait comme un dragon de gargouille, et ensuite, quand il fut éteint par une âme charitable et technicienne, on n'entendait vraiment plus rien du tout, l'organe de Toutou étant ce qu'il était, c'est-à-dire pas grand-chose.

À la fin de cette épreuve, Monsieur l'archiprêtre dit sur le ton de monsieur Loyal : Première station : Jésus est condamné à mort. Les scouts recommencèrent à gratter (c'était encore en Do majeur, très allegro)

Le premier qui dit la vé-ri-té
Il doit être exé-tchoung, tchoung-cuté (bis)

Par-dessus les banderoles bringuebalantes de la Miséricorde, la tête de Séraphin émergea d'un col romain. En tenue de clergyman, il avait, comme l'archiprêtre, une grande étiquette pendue sur la poitrine : "Jésus-Martin-Luther-King". Des chaînes en papier kraft, comme ces guirlandes qu'on fait pour Noël dans les maternelles, lui entravaient les pieds. Ses mains étaient attachées par une ficelle dont chaque extrémité était tenue par un enfant de chœur déguisé en soldat avec une veste de treillis dont les manches, trop longues, avaient été retournées. L'un avait un vrai casque de vrai soldat qui lui tombait sur le nez, l'autre un casque d'Astérix en plastique, trop petit, et qui ne battait plus que d'une aile.

— C'est celui de son petit frère ! dit, un peu trop fort, une mère (sans doute la sienne) à sa voisine, comme si c'était la fête de fin d'année. Armés de mitraillettes de bazar, ils figuraient l'armée impérialiste romano-yankee ; à la main qui ne tenait pas Séraphin en laisse, ils avaient des petits drapeaux américains en papier. L'archiprêtre et Mère Antoinette s'adressaient des clins d'œil de trac et de fierté mêlés. Les scouts trompettaient toujours la chanson de Guy Béart ; le Peuple de Dieu, bienveillant, arrivait assez bien à reprendre le refrain :

Il doit être exé-tchoung, tchoung-cuté (bis)

Dans les couplets, il était question d'un coureur

du Tour de France et du président Kennedy ; c'était très gai.

Un chef d'escadrons à la retraite partit en claquant son livre de messe, ce qui ne fit pas beaucoup de bruit. Juste le clic-clac de ses talons ferrés qui écrasèrent sur les dalles la petite image bordée de noir d'une vieille tante dont il devait se souvenir dans ses prières, et qu'il n'avait pas vue tomber. Ses yeux étaient déjà dehors.

Le dernier couplet parlait de Jésus

> *Un jeune homme à cheveux longs*
> *Grimpait le Golgotha,*
> *La foule sans tê-te*
> *Était à la fê-te.*
> *Pilate a raison*
> *De ne pas tirer dans le tas :*
> *C'est plus juste en som-me*
> *D'abattre un seul hom-me...*

Entraînées par Mère Antoinette, les sœurs et les vieilles dames ne purent se retenir d'applaudir. Monsieur l'archiprêtre, en reculant pour voir l'effet, se fit accrocher par le parapluie de Mère Adélaïde qui trônait dans son échafaudage de chaises et de prie-Dieu. On n'entendit pas vraiment ce qu'il se dit — pourtant ce fut chuchoté assez fort ; il y eut même comme des cris à la fin, il était question d'Hébreux et de synagogue — toujours est-il que, quand il reparut plus tard, le rond crâne rose à bords blancs de l'archiprêtre luisait comme à l'habitude. Sans béret.

Sa voix retentit du fond de l'église : Deuxième station : Jésus est chargé de sa croix. Sur le dos de

Séraphin-Jésus-Martin-Luther-King, on ne mit pas une croix, mais un fusil de chasse, instrument du supplice à Memphis (Tennessee) et qui, en l'occurrence, venait de la manufacture de Saint-Étienne. C'était un sacré beau fusil à deux canons avec des canards dessinés sur la crosse, et les Pionniers louchaient dessus en attaquant *Eh oh, vieux Joe*, ce qu'ils avaient de plus noir à leur répertoire avec *Tu es, Seigneur, le lot de mon cœur**, mais ça, ils ne pouvaient pas le chanter à l'église vu que c'était un cantique. Ça aurait fait bête. C'était lent, comme chanson, Vieux Joe, à cause de l'âge du héros, sans doute. Ils en étaient à

*Pourquoi pleurer
Quand le cœur est toujours gai*

(Sympa pour Séraphin-Jésus-etc. !) quand monsieur l'archiprêtre, qui devait trouver que ça traînait trop, accéléra soudain le rythme et remonta la nef en sautant la troisième station (Jésus tombe pour la première fois) et la quatrième (Jésus rencontre sa Mère), pour embrayer direct sur la cinquième station (Simon de Cyrène aide Jésus à porter sa croix). Comme son étiquette l'indiquait, Simon de Cyrène, c'était lui.

Pourquoi gémir. Ils ne peuvent revenir, continuaient les autres tranquillement. L'archiprêtre, entrant dans son rôle à corps perdu, fonçait sur Séraphin.

— Allez, gémis donc point, donne-moi la pétoire ! Le petit homme rose et rond en bleu se

---

* Sur l'air de *Nobody knows*.

suspendit à la bretelle du fusil du grand homme noir en gris, comme un enfant qui menace de se rouler par terre dans un magasin à la main de sa mère :

— Donne-moi donc ce fusil, Martin Luther, je te dis !

— Hê ! fit Séraphin d'un saut de glotte.

— Allons, mon gaillard, je vas me fâcher !

Séraphin, les mains liées, se courba gentiment en deux. L'archiprêtre décrocha le fusil comme un anneau à un mât de cocagne, et entreprit une furieuse danse du scalp à travers l'église.

— C'est moi qui ai le bâton qui crache le feu, Wouh, wouh, wouh, wouh, wough !

Les scouts avaient laissé le Vieux Joe agoniser dans un silence stupéfait. Les sœurs frissonnaient de délice devant tant d'audace ; elles trouvaient monsieur l'archiprêtre excellent ; digne de la Comédie-Française. Près d'Adélaïde, King-Kong, aux anges, partit d'un grand hennissement enchanté. Elle reçut un petit coup de parapluie sec dans les mollets.

— Et qu'est-ce que je fais, moi, on a supprimé mon sketch !

Furieuse, derrière un pilier, la Togolaise que Mère Antoinette avait réussi à faire revenir de vacances pour jouer, ton sur ton, la Mère de Jésus-Séraphin-Martin-Luther-King (quatrième station), bouillait d'une colère mezza voce en arrachant son voile d'authentique Vierge de Lourdes confectionné par sœur Couture.

— Je n'ai pas l'intention d'attendre Bernadette Soubirous, j'aime mieux vous le dire ! La princesse scarifiée commençait à tirer violemment sur la ceinture bleue qui ceignait sa robe blanche.

— Chut, chut, allons mon petit ! la retenait Mère Antoinette tout en lançant vers son metteur en scène armé et sautillant des regards affolés. Elle n'osa pas tourner les yeux vers Mère Adélaïde dont elle redoutait le terrible œil critique (mon Dieu, comme Mère Adélaïde ne devait pas aimer tout ça !), elle essaya toutefois, en agitant une main, d'attirer l'attention de Séraphin. Quelque chose n'allait pas, on s'éloignait vertigineusement du programme. Mais, immobile dans ses liens, l'abbé gardait la tête baissée.

— C'est moi qui ai le flingue, tu l'auras pas, na-na-na !

D'un bond, l'archiprêtre fut soudain sur l'autel. Il tenait son fusil à la hanche, comme un gangster ; le canon tremblait.

— Haut les mains, peau de lapin !

— HAUT LES PIEDS, PEAU DE GIBIER ! hurla la Garraude, morte de rire. Adélaïde lui colla encore un coup de parapluie, fort cette fois. « Sa-cri-lège, sa-cri-lège », sifflait-elle entre ses dents, martelant chaque syllabe de sa crosse sur le dos de sa grande garde du corps.

— Qui c'est qu'a dit ça ? demanda l'archiprêtre du haut de son perchoir. Il était devenu très pâle et claquait des dents. Même la pointe de son gros ventre bleu était saisie de grands frissons.

— Il délire l'archi, ou quoi ?

— Tu crois qu'on la chante maintenant, *L'Auvergnat*, ou qu'on attend ?

Comme les scouts, l'assistance flottait. On se regardait d'un air gêné. Toutou feuillettait son carnet de chants d'un bout à l'autre — et à l'envers d'ailleurs —, comme s'il pouvait contenir une explication. Derrière l'autel, les filles de la Miséricorde s'éclipsèrent en canard jusqu'à la sacristie, abandonnant leurs banderoles de revendications. Leur instinct de survie était le plus fort.

— Qui c'est qu'a dit ça ?

Le premier rang de vieilles dames sursauta et courba la tête comme si elles avaient fait une grosse bêtise. Les sœurs étaient toutes rouges. Attrapant l'épaule de la Garraude avec la poignée de son parapluie, Mère Adélaïde la força à s'asseoir et lui plaqua la main sur la bouche. Le silence tremblait comme un jour d'été.

Un coup partit.

Il résonna comme un grondement de tonnerre dans le grand vide des voûtes.

Trop haut, Dieu merci. Il avait pulvérisé les plumes en marbre de l'aigle de saint Jean l'Évangéliste dont les éclats retombèrent en fins gravats sur Séraphin.

— La chasse est ouverte... murmura Jacqueline Gervais aux filles qui s'étaient mises à l'abri de la vieille chaire.

— À plat ventre les gars ! hurla le chef scout.

Les têtards braillaient Maman. Leurs mères, la bouche ouverte, accroupies, les serraient contre leurs jambes. Les sœurs, dodelinant de leurs voiles affolés, essayaient de crier derrière le barrage de leurs doigts. Ça faisait comme des petits couinements de souris. Ceux qui essayaient de fuir se prenaient les pieds dans les chaises. Dans la confusion, Séraphin s'était défait de ses menottes en ficelle de colis et, après avoir décroché les valeureux petits soldats qui s'étaient agrippés à ses longues jambes comme des sangsues pour ne pas laisser filer leur prisonnier, il marchait lentement vers l'autel en époussetant ses épaules des bris de pierre blanche. L'archiprêtre épaula dans sa direction.

— Bouge pas, Vendredi !

— Mon Père, mon père, allons, modula sa voix douce comme une berceuse avant d'entonner *Je m'avancerai jusqu'à l'autel de Dieu, la joie de ma jeunesse,* un cantique un peu vieillot, lent et plein d'encens, que quelques voix fluettes tentèrent de reprendre à petites respirations timides.

— Hé, chef, on l'a pas répétée, celle-là ! murmura une chemise rouge à plat ventre.

— La ferme ! Et pousse-toi !

Les scouts s'éloignèrent à coudées de parachutistes hors de portée des grands pieds du prêtre noir. La mer rouge s'ouvrait devant le pas lent mais décidé de Séraphin.

Derrière son pilier, la Togolaise-Vierge de Lourdes avait reporté sa grogne contre ce Béninois qui lui volait son rôle, et dardait sur lui un œil méprisant : "Ces féticheurs d'Abomey, faut toujours que ça se fasse remarquer, ça se croit encore sous le roi Béhanzin, ma parole !"

Séraphin avançait toujours, calme et droit. Le canon agité de tremblements était bientôt à deux doigts de sa poitrine, juste contre l'étiquette Jésus-Martin-Luther-King, à la toucher.

L'archiprêtre, agité de grands frissons, écarquilla des yeux fixes :

— Ta dernière heure est venue, Jésus ! AHHhhh !

Sans qu'on comprît pourquoi, il tomba soudain à la renverse derrière l'autel, cul par-dessus tête. Séraphin tenta de le retenir par le canon, mais il l'avait lâché.

— Jésus, Marie, Joseph ! s'écria Mère Antoinette.

— Saut périlleux arrière, commenta très bas Jacqueline Gervais, toujours placide. Elle était bien la seule. Hélène et Stella avaient le cœur qui leur battait dans les oreilles. À pas de chat, elles s'approchèrent quand même.

Adélaïde les bloqua dans leur progression d'un revers de parapluie :

— La comédie a assez duré, filez chercher un médecin ! Elle mit son parapluie en travers de l'allée, comme un bâton de gendarme pour empêcher les fuyards de remonter maintenant que la panique était passée, et chargea Trottinette, toujours efficace en cas de malheur, d'évacuer l'église et de faire garder le porche par les scouts.

Toutou, debout au milieu de la nef, se tordait les mains en disant « Mon Dieu Mon Dieu ».

Jacqueline connaissait un docteur sur la place juste à côté. Surexcitées, elles avaient couru à travers la rue, l'escalier, la salle d'attente et débouché sans frapper, bouillonnantes d'explications, dans son bureau. C'était le docteur nez-pointu-lèvres-minces qui était venu pour l'accident d'Adélaïde. Assis devant une bibliothèque de gros livres engrillagés, des petites lunettes métalliques au bout de son nez si aigu, le stéthoscope en sautoir sur la cravate, il rédigeait une ordonnance pour un gars qui remettait sa veste, à droite, assis sur le divan recouvert d'un drap blanc où son corps malade avait laissé une trace en creux.

Comme le docteur avait la tête baissée, ça se voyait qu'il perdait ses cheveux. Il coupa assez sèchement les filles. Il n'avait pas reconnu Stella, mais Jacqueline, derrière, la seule qui ne disait rien, si. C'est à elle qu'il s'adressa. Elle fournit des informations savamment construites dans cette langue empaillée qui lui était naturelle, et que le docteur comprit parfaitement. Il mit pourtant un temps infini à prendre sa sacoche, son parapluie, et à les suivre.

Après, il fallut encore négocier l'entrée dans l'église : les Pionniers prenaient leur rôle très au sérieux. Le docteur, ça allait, mais les filles eurent du mal à passer.

Au milieu de l'église, Adélaïde était seule, horizontale, comme un bateau au mouillage sous le mât vertical de King-Kong, debout, bras croisés. Elle récitait un chapelet, et King-Kong répondait dans ce grand vide altier ; leurs voix, comme deux vagues, allaient rebondir à la base des gros piliers.

Le médecin, qui ne voyait rien d'autre à l'horizon que ce drôle de couple, se retourna vers les filles. Elles le guidèrent derrière le petit autel de pierre.

Là, l'archiprêtre gisait sur une couche de banderoles PEACE AND LOVE et UN NOIR = UN BLANC. Très pâles, ses joues avaient commencé à virer bleu comme son costume. Il avait les yeux fermés. Séraphin, sœur Qui-Pique, qui avait déboutonné son col d'une main professionnelle, Trottinette et Mère Antoinette, étaient à genoux. Dans les cheveux crépus du prêtre noir on voyait briller comme une couronne d'épines en marbre les éclats blancs des plumes de l'aigle de Patmos ; son étiquette était cachée par une étole mauve qu'il s'était passée autour du cou. L'homme au stéthoscope, en gris, comme lui, s'accroupit en face au chevet de l'homme en bleu qu'il examina à petits gestes précis. À un moment, il lui remonta les manches jusqu'au coude : il avait une grosse trace de piqûre rouge sur le bras droit.

— Allons, debout ! Vous pouvez arrêter vos prières, dit le médecin en se relevant, il n'y a plus d'espoir, c'est fini.

— C'est tout le contraire, mon fils, répondit Séraphin immobile avec une tranquille autorité.

De grosses larmes tièdes roulaient sur le perpétuel sourire de Mère Antoinette. Elle rabattit doucement les manches de ce pauvre Raymond, croisa ses mains boudinées sur son gros ventre et passa autour, tendrement, le long chapelet qu'elle avait détaché de sa ceinture.

L'archiprêtre était mort, et il ne ressusciterait pas le troisième jour.

Stella restait stupide : c'était le troisième cadavre qu'elle voyait de sa vie, après ce malheureux Guillaume dans son arbre, et sœur Marie-Claire dans sa deux-chevaux ; cet homme-là était bien mort. Mort, mort, mort. Elle sentait le sang se retirer de ses joues, elle avait froid, peur, peut-être. À côté d'elle, Hélène pleurait. C'était étrange ; jamais Hélène n'avait manifesté d'affection particulière pour l'archiprêtre. Mais voilà, Hélène était normale... Quand quelqu'un meurt, on pleure, c'est tout. Stella, la gorge et les yeux secs, se dit encore une fois qu'elle, elle n'était pas normale et qu'un jour ça finirait bien par se voir.

Sœur Qui-Pique et Trottinette s'étaient relevées pour tenir conférence avec le médecin. Toutou aux mains torves s'approcha aussi.

— C'est sûrement son diabète... Il avait le cœur fragile aussi, c'est un gros mangeur... risqua la sœur infirmière

— Son attitude était... un peu bizarre, avant... la fin quand il a pris le fusil et qu'il a tiré... ajouta Toutou.

— Les comas hypoglycémiques, répondit le docte docteur, sont souvent précédés de crises de paranoïa, de dédoublements de la personnalité, le sujet a des réactions qu'il n'aurait jamais dans la vie normale... On m'avait prévenu qu'il était diabétique, il s'est injecté trop d'insuline, c'est clair, on voit la trace, d'ailleurs...

— Mais alors, mon Dieu c'est affreux, j'y pense maintenant, mais... sœur Qui-Pique s'agrippa aux revers du docteur, c'est moi qui lui ai fait sa piqûre ce matin ! Des larmes jaillirent contre le stéthoscope, je l'ai tué, j'ai tué monsieur l'archiprêtre, j'ai tué monsieur l'archiprêtre ! bouh, houh, houh, je l'ai tué...

— Allons, allons, madame, reprenez-vous. Les lèvres minces du médecin avaient un pli de supériorité positiviste, il dégrafa la fontaine de son veston. Ce coma intervient entre dix et vingt minutes après la prise d'insuline. Vous n'y êtes pour rien. Il aura oublié, et se sera fait une nouvelle piqûre, voilà tout !

— Vous êtes sûr ?

— Bien entendu, enfin, je ne vous permets pas...

— Mais enfin, docteur, depuis le temps qu'il en prend, pensez s'il avait l'habitude ! protesta-t-elle soudain ragaillardie et reniflante.

— Qu'est-ce que vous voulez que je vous dise, madame, ça ne fait aucun doute ! Il faut que j'y aille, mes patients m'attendent...

Le médecin était agacé. Il les prenait toutes pour des idiotes, c'était évident. Et folles, en plus, qu'est-ce que c'était que cette histoire de fusil ? Ah ce mélange d'obscurantisme et d'hystérie ! Et puis s'être fait appeler mon fils par l'autre grand nègre aux mains jointes, là... Mon frère, passe encore, mais mon fils... Pourquoi pas mon bébé, pendant qu'on y était...

La sœur infirmière le raccompagna poliment jusqu'au porche en murmurant "c'est pas possible, c'est pas possible". Mère Adélaïde la chopa du regard au passage pour lui lancer deux syllabes : "Mou-choir !". Sœur Qui-Pique épongea ses dégoulinades dans des carreaux froissés. Essuya ses lunettes. Et se tut.

— Sortez, mes enfants, voyons, dit Trottinette en poussant les filles toujours médusées par le cadavre.

— Il faut que j'aille chercher mon glorieux géniteur, murmura gaiement Jacqueline. Au turf, le père Gervais ! Ça dégringole dans le clergé en ce moment...

Elles l'auraient bien accompagnée au magasin des Pompes funèbres, surtout que Jacqueline leur avait souvent proposé, comme un jeu formidable, de leur faire essayer un cercueil, un capitonné même, mais le car était à cinq heures moins le quart, et il n'attendrait pas. De toute façon, la mort de l'archiprêtre les avait anesthésiées. Elles marchaient dans les rues dissoutes avec un voile devant les yeux et du coton dans les oreilles.

Le chauffeur, Roger, un que Stella connaissait bien, casa le vélo et la valise d'Hélène dans la soute presque vide. Pour la valise, Stella fut surprise ; ici, on ne sait pas se séparer de ses bagages, il faut toujours qu'ils vous touchent les genoux ou les pieds, comme des chiens. Cette liberté la fascina.

Pendant le trajet, elle qui se réjouissait tant de la venue d'Hélène, fut prise d'inquiétude. Et même de honte, pour la petite ferme, pour les vieilles Toupies, pour ce paysage si doux, si moins grandiose que les océans furieux, si peu susceptible d'inspirer de grands exploits sportifs, de grandes aventures comme Hélène devait les aimer... Quand on eut passé Saint-Hilaire, il y avait de l'eau des deux côtés de la route, presque à ras bord. Ç'aurait pu être bien beau mais la pluie gâchait tout. C'était sinistre, en fait.

Hélène gambergeait aussi, mais utile.

— Dis donc, je pense à une chose...

— Quoi ? fit Stella, engourdie de mélancolie boueuse.

— Monsieur l'archiprêtre, il était gaucher ?

— Bah non ! Ça m'aurait frappée quand il écrivait au tableau... Non, non, il était droitier, je suis sûre.

— La piqûre sur son bras, tu l'as vue ? Quand le toubib lui a remonté les manches, tu sais ?

— Oui, c'était bien rouge...

— Eh bien elle était sur le bras droit ! Et il ne pouvait pas se piquer sur le bras droit, c'est impossible...

— Tu as raison, mais alors il a été assassiné, lui aussi !

— Comment tu l'expliques autrement, grosse maligne ?

— Ça remet en cause toutes nos déductions...

— Pas forcément : c'est peut-être sa complice, la femme qui l'a assassiné.

— Pour le faire taire !

— Ou pour l'empêcher d'aller trop loin...

Il y eut un gros coup de trompe. C'était le chauffeur.

— Oh, ma belle, c'est-y que tu veux que je te mène jusqu'à Gennes ?

Le car était arrêté au bas de la côte de La Croix ; à droite, il y avait la borne Michelin décapitée, à gauche la jolie maison de Balzac par-dessus sa clôture de murs blancs et son jardin sage. Elles étaient arrivées. Stella prit la valise d'Hélène qui poussait son vélo à deux mains. C'est que ça montait ferme. Excitées comme elles étaient, elles marchaient vite. Surtout Hélène :

— Je résume : s'il y a deux assassins, un homme et une femme, l'homme ça ne peut être que l'archiprêtre, d'accord ?

— D'accord.

— Il a d'abord saboté la voiture, et ensuite, son complice, une femme, a fait mine d'empoisonner le riz, d'accord ?

— Non... La femme, je ne crois pas que ce soit sa complice : pourquoi elle l'aurait fait dégobiller comme ça ? C'est idiot.

— Alors ?

— Je crois que la femme a vraiment empoisonné le riz pour le tuer, après tout, c'est lui qui communie en premier, si elle avait bien calculé son coup, il serait mort tout raide, et personne d'autre n'aurait été tué puisque c'est lui qui donne la communion...

— Et comme ça a raté, elle a récidivé !

— Ce ne sont pas des complices, ce sont des assassins concurrents qui se détestent...

Hitlère se précipita dans leurs jambes et leur fit une fête grandiose avec bonds et entrechats de petit rat à l'entrée du chemin. Hélène lâcha son vélo pour fourrager dans les poils humides, odorants et mités de la vieille bergère allemande vibrante d'affection qui la barbouilla généreusement en retour de sa langue baveuse.

— Fais gaffe, comme elle est vieille, quand elle est contente, elle pisse...

— C'est marrant, dit Hélène en se mettant debout, il pleut mais on n'est pas mouillées ! Stella leva la tête et sourit, Nestor avait étendu ses ailes en parasol au-dessus d'elles. Il lui fit un clin d'œil lumineux. Hélène ne le voyait pas. Stella ne lui dit rien.

— Pas un mot aux Toupies à propos des meurtres, surtout !

Les Toupies étaient là sur le pas de la porte à les attendre en agitant leurs torchons. Depuis la dernière fois qu'Hélène les avait vues, leurs cheveux avaient pâli. Ceux de Jeanne étaient moins bleus, et ceux de Marguerite moins orange. Hélène eut droit à deux fois trois baisers, comme Stella. Les vieilles vampiresses se gavaient de chair fraîche. Jeanne prit comme d'habitude la direction des opérations

— Marguerite, baissez-nous donc Radio-Luxembourg, on ne s'entend plus ! Votre goûter est prêt, mais comme c'est Vendredi Saint, je n'ai point sorti de confiture, de chocolat, ni de ces bonnes galettes bretonnes qu'on nous a offertes...

— Ni de sucre pour notre café, soupira Marguerite, et le café sans sucre, c'est une infection !

— Ça vous l'avez dit... Mais peut-être que Mademoiselle Hélène préférerait voir ses appartements avant de se sustenter. Marguerite vous a cédé sa chambre de jeune fille, s'il vous plaît !

— Mademoiselle est servie ! fit Marguerite avec une révérence moliéresque.

Hélène, toujours pas habituée à ce ton de moquerie légère, ne savait trop quoi répondre. Elle n'avait aucune familiarité non plus avec les vieilles personnes, sauf avec sa grand-mère, et encore... Stella vint à sa rescousse.

— On va casser la graine d'abord, Jeanne, on a eu de ces émotions, aujourd'hui, si tu savais...

— Ah, ça, quand on est punies, hein, mes mignonnes !

— Une fois, j'ai eu cent lignes, je n'étais pas fière, renchérit Marguerite.

— Je ne vous parle pas de ça : l'archiprêtre est mort !

— Quoi ?

— Et pendant le Chemin de Croix en plus...

C'était plus fort que le *Courrier de l'Ouest*. Les Toupies s'attablèrent, les coudes sur la table de formica, elles aspiraient à grandes lippées bruyantes l'âcre café qui les faisait grimacer en écoutant le récit de Stella. De temps en temps, Hélène s'aventurait à parler, et Marguerite l'y encourageait en lui tapotant les avant-bras. C'était plus fort qu'elles, les Toupies, fallait toujours qu'elles vous tripotent. Petit à petit, Hélène se laissait gagner par l'affection bourrue de ces grosses mains rêches et creusées de crevasses qui lui rappelaient celles des marins. À la fin, elle faillit même se lancer trop loin à propos de la piqûre, mais Stella la retint d'un coup de pied sous la table. Jeanne claqua la langue.

— Ben, mes pauvres enfants... Remarquez que pour une archiprêtre, défuncter le Vendredi Saint, ça fait grand style.

— C'est comme qui dirait la Légion d'honneur...

— Marguerite, voyons ! allez donc plutôt montrer sa chambre à notre invitée !

Hélène monta le petit escalier de bois le nez ras la blouse de nylon de Marguerite, à hauteur de ses mollets couverts de bas opaques : il y en avait bien trois paires superposées. La vieille femme lui montra comment elle lui avait fait de la place dans la penderie de l'armoire à glace le long de ses affaires, et aussi dans le premier tiroir de la commode à gauche. Elle lui assura que le lit était bon, surtout si on dormait du côté droit. Elle lui donna aussi deux serviettes de toilette et un gant, lui indiqua que la salle d'eau était au bout du couloir, et qu'il fallait se méfier du robinet du lavabo derrière le paravent, il coulait brûlant. Hélène, un peu gauche, la complimenta sur le joli tissu à petites fleurs bleues des murs. Marguerite, qui ouvrait la fenêtre pour lui montrer à travers quelle trouée d'arbres on pouvait voir la Loire, fit un petit sourire gêné. Au moment de partir, elle rafla sur le marbre gris de la commode une bombe de laque dorée, une brosse pleine de cheveux roux, et un cadre de cuivre où un jeune matelot de la Royale en noir et blanc, le bachi en arrière, fixait timidement les lointains. Hélène, qui défaisait sa valise sur le lit, la regarda à ce moment-là.

— C'est mon fiancé, un Breton, comme vous. Vous le connaissez peut-être, il s'appelle Yves...

— Yves comment ? demanda Hélène. Mais Marguerite tira la porte sans répondre.

Quand Hélène redescendit, il était manifeste qu'elle avait fait un effort pour se coiffer. Ses cheveux bouclaient noir de chaque côté d'une raie impeccablement plaquée d'eau de Cologne. Elle tenait deux petits paquets enrubannés. Elle tendit l'un à Marguerite, et l'autre à Jeanne qui s'exclamèrent en s'essuyant machinalement les mains à leurs tabliers avant de les prendre. C'étaient des mouchoirs, avec un M brodé dessus pour Marguerite, et un J pour Jeanne. Évidemment, elles n'avaient jamais rien vu de plus beau... Hélène fut bonne pour une nouvelle tournée de baisers.

— Puis faut qu'on vous donne une pièce !

— Dame, oui, cinq centimes !

— Les mouchoirs, c'est comme les couteaux, si on ne les paie pas, ça coupe l'amitié...

— On n'arrête pas de pleurer !

— Même la reine d'Angleterre, elle donne une pièce quand on lui donne un mouchoir...

— Pour pas que ce soit l'instrument du malheur.

Le dîner fut interminable. Les filles étaient impatientes de se retrouver en tête à tête pour discuter de l'affaire, mais les Toupies ravies d'avoir une invitée... Quand Hélène se leva machinalement pour débarrasser, Stella l'en empêcha. Elle-même resta le derrière vissé à sa chaise pendant que les deux vieilles femmes s'affairaient ; c'était comme ça. Jeanne lavait, Marguerite essuyait. La noble part de la vaisselle, ça a toujours été le lavage.

— Où allez-vous coucher, Marguerite ? Ça ne vous ennuie pas, au moins, de me laisser votre chambre ?

— Vous en faites donc pas pour Marguerite, je l'ai invitée dans mon palace !

— Je vais dormir dans la chambre de Jeanne, là, derrière, au rez-de-chaussée, elle a une chambre de princesse...

— Et ça ne nous gêne pas de partager le même lit, on a l'habitude, pensez donc, tous les ans à Lourdes, au pèlerinage de monsieur le curé de Saint-Florent, c'est la même histoire !

Il y eut encore la séance Ricoré (sans sucre), les accolades (re-deux fois trois baisers), et les recommandations de ne pas se coucher trop tard. Comme le médecin pour emballer ses affaires, ça n'en finissait plus. Enfin, elles furent seules. Hélène prit la parole :

— Donc, il n'y a plus qu'un assassin, c'est une femme, et elle appartient à l'école...

— Et c'est une récidiviste !

— Et une bonne sœur, forcément.

— Et du gratin de bonne sœur : tu imagines Guili-Guili ou Trottinette en train de se lancer dans le meurtre !

— De toute façon, j'imaginais pas une bonne sœur en train de trucider son prochain...

— Et alors ? Elles arrêtent pas de nous prêcher la charité et elles radinent sur tout. Faites ce que je dis, faites pas ce que je fais... Qui vole un œuf, vole un bœuf, voilà tout !

— Tu exagères quand même !

— C'est la réalité...

— Notre suspecte principale, c'est Toutou, elle était bizarre aujourd'hui, et puis elle faisait souvent les piqûres de l'archiprêtre.

— ... Seulement, il ne s'est jamais attaqué à elle. Il s'est attaqué à Mère Adélaïde et à sœur Marie-Claire...

— Conclusion : notre suspecte, c'est Mère Adélaïde !

— C'est dingue... Mais comment est-ce qu'elle aurait empoisonné le riz, elle était à l'hôpital !

— N'empêche : c'est elle qui nous a parlé la première d'assassinats et de faire attention, et maintenant, elle veut plus qu'on s'en occupe...

— Et à l'hôpital, elle a pu trouver de l'insuline !

Elles frissonnèrent. Les volets de la cuisine n'étaient pas mis, et la nuit, si proche, était fraîche comme une lame de couteau sur la gorge.

— Je connais un moyen de confondre la coupable ! murmura Hélène.

— Quoi ? Stella sentit les poils se hérisser sur ses bras.

— Dimanche, c'est Pâques, et tout le monde va communier, d'accord ?

— Bah oui, c'est obligatoire, surtout pour les bonnes sœurs !

— Et pour communier, il faut être en état de grâce, ou au moins ne pas avoir commis de péché mortel...

— Et alors ?

— Alors le meurtre est un péché mortel, le plus gros péché mortel, même... Notre bonne sœur criminelle ne communiera pas le dimanche de Pâques ! Il suffira d'être là et d'observer.

— Et si elle s'est confessée entre-temps ? Le Samedi Saint, les confessionnaux de Saint-Paul tournent comme une usine !

— Ça m'étonnerait que pour un truc pareil on lui donne l'absolution comme ça en vingt-quatre heures. Surtout pour avoir refroidi un archiprêtre...

— Et si elle allait communier quand même ?

— Une bonne sœur ! Commettre un sacrilège ! C'est bien pire qu'un assassinat, c'est l'enfer à perpète...

L'escalier craqua.

— C'est pas bientôt fini ces patali-patalas, mes jeunes demoiselles ?

Jeanne, redescendant de la salle d'eau, était en chemise de nuit, sa trousse de toilette sous le bras et deux petites tresses bleues de chaque côté de la tête : filez vite au lit, allez, ouste !

Après des ré-ré-embrassades qui sentaient l'eau dentifrice, les filles montèrent. Chacune dans sa chambre entendait grincer le parquet de l'autre.

Pourtant Stella dormait profondément quand elle fut secouée vigoureusement par une Hélène en pyjama :
— Stella, Stella, je sais avec quoi Mère Adélaïde a empoisonné le riz !

Chapitre VIII

SCRIPTA MANENT

Nous, jeunes citoyens français, habitant les vastes pays de la Bretagne et de l'Anjou, extraordinairement réunis par nos représentants à Pontivy pour y resserrer les liens de l'amitié fraternelle que nous nous sommes mutuellement vouée, avons unanimement arrêté de former, par une coalition indissoluble, une force toujours active, dont l'aspect imposant frappe de terreur les ennemis de la régénération présente.

SERMENT DE LA FÉDÉRATION
bretonne-angevine, janvier 1790

À sept heures, pas de *Courrier de l'Ouest* ; la mobylette du porteur n'était pas passée. À la demie, pas de facteur. C'était un gros rougeaud le facteur, le tantôt, quand il livrait les colis, il pouvait être en retard, ce n'était pas le gars à refuser une chopine pour un mandat, mais le matin, il était ponctuel. Rien à redire... À huit heures, Jeanne alla voir au tournant de la côte, devant chez Marchand.

Ce qu'elle appréhendait depuis quelques jours était arrivé.

Dans la nuit, la Loire avait recouvert la route nationale. Le jardin de Balzac était englouti derrière ses murs. On ne voyait même plus l'île aux vaches, rien que la tête des arbres ; la rive nord était loin, très loin à l'horizon, comme un pays étranger. L'angélus au clocher des Rosiers, là-bas, de l'autre côté du pont suspendu des Américains, même si on l'entendait très nettement, lui paraissait tinter depuis le royaume d'Angleterre.

L'eau était partout, le ciel aussi du coup, et l'air sonore comme en cuivre. Les gens des bords de Loire n'ont jamais eu de mal à s'imaginer l'esprit de Dieu flottant au-dessus des eaux avant la Création du Monde : c'était exactement comme ça. Impressionnant et familier.

Mais la plupart, il faut bien le dire, cette merveille climatique, ça leur cassait les pieds. Jeanne s'en était retournée bien embêtée.

— Ah, nous voilà bien ! D'ici que le boulanger ne fasse pas sa tournée non plus, le fils Aigneault, hardi comme il est...

— Si encore c'était sa mère qui avait le permis !

— Moi qui lui avais commandé une grosse poule et des œufs pour les petites dimanche...

— Vous tourmentez donc point, Jeanne, allez, il y a les chocolats de Monsieur qu'on a reçus avant-hier.

— Ce n'est pas la même chose, Marguerite, vous le savez bien, il est bon ce chocolat mais...

— Ça pour être bon, il est bon !

— ... Il est carré, tout plat, il ne fait pas Pâques, comment que je vous dirais, moi, c'est du chocolat sérieux, du chocolat pour le monde qui s'en va tout de cravate !

— Allons, allons... En prenant par les hauts, on peut circuler jusqu'à Saint-Florent. Et même jusqu'en ville, c'est bien le diable que le pont du Thouet soit noyé, et encore moins celui de Bagneux !

— Avec tout ce pédalage, on va bientôt être fines prêtes pour le tour de France, 'spa, Marguerite ?

— Bah, le gendarme va bien nous monter dans sa camionnette...

— Et on aura des bleus plein les cuisses !

— Dès qu'on se promène, il faut toujours que ça soit le derrière qui prenne...

Dans la cuisine grande ouverte au jour acidulé, un peu piquant, rose et bleu, Marguerite sourit, songeuse :

— Il est encore venu me voir, cette nuit, dans mon rêve...

— Aïe donc ! Comment qu'il était cette fois ?

— C'était bien sa tête, son sourire, ses yeux, mais il avait un corps de poisson... Moi aussi, j'étais un poisson, sûrement, je ne me souviens pas trop, mais il voulait que je vienne nager avec lui, il souriait...

— Vous savez nager, Marguerite ?

Les deux vieilles, l'orange et la bleue, sursautèrent. Hélène était là, avec sa raie droite dans ses boucles noires et son odeur d'eau de Cologne. Elle leur dit bonjour en les embrassant avec énergie, mais deux fois seulement et sans arrêter de parler.

— Chez moi, en Bretagne, les marins ils font exprès de ne pas apprendre à nager. Comme ça, quand ils tombent dans l'eau glacée, la nuit, ils se noient tout de suite. S'ils savaient nager, ça leur prendrait beaucoup plus de temps pour mourir...

— On ne les repêche donc jamais ? implora Marguerite.

— D'abord faut se rendre compte qu'ils ont dessalé, après il faut faire demi-tour sans les broyer dans les hélices, après il faut les retrouver, être assez près...

— Quelle horreur, Mon Dieu, c'est-il possible, Jeanne ?

— En tout cas, continua Hélène, un chalut, de nuit, c'est très rare qu'il retrouve un homme à la mer. Le jour peut-être, ajouta-t-elle, gentille, si l'eau n'est pas trop froide, et le bruit du moteur pas trop fort.

— Taisez-vous donc, malheureuse, raconter des choses pareilles de vie et de mort de grand matin, et avec rien dans le ventre, encore, à cette pauvre Marguerite...

— Laissez, Jeanne, laissez... Vous prenez du café au lait ?

— Je vais m'en occuper. Allez donc plutôt nous sortir notre étoile de ses toiles !

Quand on entendit les gros pas de Marguerite gravir l'escalier, Jeanne prit Hélène par l'épaule : "Ne parlez jamais de misères de marins à Marguerite, ça la tourneboule !"

— À cause de son fiancé ?

— Ah, comment vous savez ça, vous ? Ben alors vous auriez pu faire attention...

— J'ai juste vu sa photo en matelot. Une vieille photo toute jaunie...

— Marguerite n'est pas de première fraîcheur non plus, ça va bien ensemble...

— Et où il est, son fiancé ? Pourquoi il ne l'a pas épousée ?

— Si vous posez des questions comme ça, vous ne risquez pas de connaître les réponses ! Vous êtes jeune pour comprendre, mais c'est plein de plis, le cœur des gens, faut humecter avant de passer le fer... Combien voulez-vous de morceaux de sucre dans votre café au lait ?

Stella descendit, aussi chiffonnée que sa chemise de nuit, la grosse paluche de Marguerite sur le bras.

— Mais laisse-moi !

— On est du mauvais pied, on dirait, commenta Jeanne.

— Pas étonnant, renchérit Marguerite. Vous verriez le chantier, là-haut ! Mademoiselle a traîné sa paillasse dans ma chambre, enfin dans la chambre de mademoiselle Hélène...

— On a bien le droit de discuter !

— Ah, c'est la peine qu'on se donne du mal, tiens... Tout le portrait de sa mère, notre grande, là !

— Un drôle de pistolet, comme dirait Monsieur...

L'expression, usée comme un vieux bonbon, les faisait sourire du fond de la gorge en ébouriffant les cheveux de Stella dans leurs gros doigts rêches. Hélène n'osait plus trop rien dire. Stella l'emmena voir le spectacle de la Loire qui voulait se faire aussi grosse que la mer. Elle était très fière de cet effort du paysage pour accueillir les visiteurs bretons. L'horizon de l'autre rive était haut comme dans une tapisserie médiévale. C'était un matin magique. Pour vous donner une idée, ça ressemblait un peu à un premier jour de neige. On s'était endormi sur la terre et réveillé en bateau, immobiles et silencieux, aux bords d'un autre monde.

Devant toute cette eau étale aux colifichets de branchages arrachés, Stella contemplait l'ange de Guillaume qui enchaînait les loopings dans un véritable festival de voltige aérienne. La vieille Hitlère à ses pieds le suivait des yeux en jappant de temps en temps. Stella rêvassait. Elle aurait aimé prolonger la conversation de la nuit après l'irruption d'Hélène, quand elle s'était soudain rappelé le muguet qu'elle avait apporté, grâce à

Soubise & fils, à l'hôpital pour Adélaïde, et surtout les vigoureuses remontrances de celle-ci... L'eau de muguet, voilà le poison ! Et sur sa table de nuit, à portée de main ! Restait à savoir qui l'avait transportée de l'hôpital à la lessiveuse de riz et comment. La Garraude, qu'Adélaïde était la seule à maîtriser ? Toutou, la tordue, qui s'était empressée de faire accuser la pauvre Guili-Guili ? Et pourquoi pas l'archiprêtre lui-même, si elle avait réussi à l'embobiner, à lui raconter que c'étaient des vitamines ou quelque chose comme ça ?

Elles en avaient parlé des heures. Pas seulement de ça, de tas d'autres choses, même des Chinois, sur lesquels elles n'en savaient pourtant pas lourd, sinon qu'ils étaient nombreux et que Trottinette prétendait que leurs bébés avaient les fesses bleues ! C'était Hélène qui avait eu l'idée de mettre leurs lits dans la même chambre. À un moment, elles s'étaient disputées à perte de vue sur Mao-Tsé-Toung, Stella s'en souvenait... C'est fou ce qu'elle avait pu dire cette nuit, allongée dans le noir. Même des idées qu'elle ne savait même pas qu'elle avait dans la tête. Ses paroles, et celles d'Hélène aussi, s'étaient déployées comme un grand ruban dans la chambre, modelant l'obscurité, comme les loopings de Séraphin dans le ciel neuf. Allongé, on ne parle pas pareil.

Au jour claquant, cette grâce avait quitté Stella ; elle était derrière sa peau comme dans une armure, et voilà tout. Beaucoup plus loin d'Hélène. D'elle-même aussi. Le monde avec ses pierres tranchantes et ses feuilles molles, sa boue collante et ses brindilles griffues, expressions d'un

Verbe indiscutable, rendait à ses mots leur petit son, faux.

— On pourra faire du bateau, tu crois ? avait demandé Hélène.

Stella ne voulait pas la décevoir, mais il y avait beau temps que tous les gens des bords de Loire avaient remisé leurs barques plates. Si, par folie, les Toupies en avaient eu une, elles n'auraient sûrement pas permis qu'on s'en serve. L'eau, c'est comme les beaux objets dans les magasins : on regarde, mais on ne touche pas. Ce n'est pas fait pour s'en servir.

— Le courant est trop fort, dit-elle.

Stella pensait, et n'osait pas le dire à Hélène, qu'il serait difficile de faire accepter aux Toupies qu'on allât à la messe de Pâques en ville, à Saint-Paul, afin de surveiller, pour les besoins de l'enquête, la communion des bonnes sœurs, et non pas à Saint-Florent, leur paroisse, beaucoup plus près, surtout par ces temps qui obligeaient les vélos à grimper les coteaux... Il faudrait bien qu'elle lui en parle pourtant.

La journée passa sans qu'elle n'arrive à le lui dire. Hélène était d'un monde où dire, faire et décider étaient faciles ; Stella d'un autre où l'on attendait. Elle avait la patience dans le sang. Une patience de pêcheur à la ligne que le poisson, après des heures d'attente, finit par déranger quand il mord. D'instinct de Loire, elle savait que la beauté de la pêche n'était pas dans la prise. Au contraire. Stella n'avait pas le nez dans les bourriches, mais quelquefois, comme ce jour-là, l'impression d'être née paralysée la minait.

Mais il faut toujours laisser faire les anges :

Stella fut sortie de ses affres silencieuses miraculeusement quand ces dames rentrèrent de leur expédition en ville sous la houlette moustachue du gendarme Marchand, alors qu'elle était, avec Hélène, en pleins devoirs dans la cuisine (« le plus vite vous n'en serez débarrassées, le plus vite vous pourrez profiter de vos vacances »). Et qui voilà-t-il pas qu'elles avaient croisé au marché place Bilange ? La famille Gervais au grand complet, et le gendarme, qui était de la connaissance de monsieur Gervais à cause de leurs professions respectives où le drame était pain quotidien, on est peu de chose, avait fait les présentations, bref, de fil en aiguille, Stella et Hélène étaient invitées d'un déjeuner pascal chez madame Gervais. Monsieur Gervais, un homme bien aimable et qui avait le sens de la plaisanterie, passerait les prendre (pas en corbillard, il n'y transportait que des morts blancs et des curés noirs !) vers dix heures et demie, qu'elles soient à temps pour la messe de Saint-Paul.

— Ça ne vous contrarie pas trop qu'on ait accepté, ma petite Stella ? Cette Jacqueline avait l'air d'une fille posée, et on a pensé que ça vous amuserait de voir du monde plutôt que vos deux vieilles Toupies...

— Comme dirait Monsieur !

Stella les embrassa. Après, elle fut gênée de cet élan, à cause d'Hélène.

À la messe de Saint-Paul, ne manquait que madame Gervais, retenue en cuisine. Les bonnes sœurs étaient au premier rang. Hélène et Stella, qui n'avaient mis Jacqueline au courant de rien, ouvrirent un œil fixe et suspicieux dès l'Offertoire. La petite clochette de l'enfant de chœur allait faire sonner l'heure de la vérité.

Mais les bonnes sœurs s'en furent communier, devant tout le monde, deux par deux, comme les alexandrins et les bœufs. Guili-Guili et Trottinette, Toutou et sœur Couture... Bientôt, tout le rang fut éclusé. Seule restait Adélaïde, amarrée à l'ancre de son gros plâtre blanc. C'était aux civils de défiler maintenant. Après que la dernière, la femme de ménage du château, une qui n'avait pas la langue dans sa poche, eut communié elle aussi, le prêtre amorça un demi-tour vers l'autel. Hélène et Stella pensaient tenir leur coupable, quand la Garraude vint l'attraper par la manche pour le conduire à Mère Adélaïde. Ce qu'il fit.

Elle communia.

C'était décourageant.

Chou blanc.

En escortant Jacqueline et monsieur Gervais jusqu'au magasin de Pompes funèbres, les filles fixaient leurs chaussures comme si elles avaient suivi un convoi, en tout cas, c'est la remarque qu'il leur en fit, rigolant comme toujours. Il était grand, monsieur Gervais, avec son beau costume sombre, son éternelle cravate noire et son grand chapeau bordé. (« Avec ce que j'ai comme cheveux, je pourrais être ministre des finances, il disait. ») Gentiment, avant de monter à l'étage, il leur montra le magasin, avec toutes ses plaques de marbre veiné bien lisses, ses jolies fleurs en porcelaine, les écriteaux "à notre cher oncle", "à ma maman chérie" et "ici repose un ange" qu'on pouvait y rajouter. C'était un homme qui aimait son métier, ça se voyait, et c'est toujours beau un homme qui aime son métier. C'était dommage qu'il n'ait pas eu de cercueil à leur faire visiter, mais la prochaine fois, c'était promis. En attendant, il leur offrit en guise de papier brouillon, comme en avait sa fille, des anciens formulaires du temps ou il y avait des enterrements à trois classes comme les trains. C'était marqué dessus "petit coussinet pour la tête, tant de francs", "molleton satiné blanc", "éviction des viscères", "maquillage du visage", il fallait cocher en face de chaque case, et en bas, on n'avait plus qu'à faire l'addition. On pouvait écrire au dos de ces papiers, et c'était vraiment bête que ça se perde, comme les beaux enterrements d'autrefois, mais ça, on n'y pouvait rien, c'était le progrès, les gens préféraient acheter des machines à laver avec l'héritage, ils n'avaient plus le temps de rien de nos jours, à peine s'ils prenaient le temps de mourir, et il n'y avait plus de chevaux, alors... Jacqueline était très fière de son papa philosophe et généreux.

La salle à manger était juste au dessus du magasin. Il y avait de grands meubles, et des tapisseries vertes sur les murs. "Des imitations de verdures d'Aubusson", dit madame Gervais, dont la bouche se coinçait vers le bas. C'était pour cacher la vilaine peinture des murs, mais elle n'allait pas se mettre en frais de repeindre un appartement de fonction, n'est-ce pas, monsieur Gervais ? Lui, il expliqua, surtout à l'attention d'Hélène, que les employés des Pompes funèbres, c'était comme les militaires, c'était nommé ici ou là, ça changeait avec le grade. Quand il avait quitté son poste précédent, en Lorraine, ses collègues lui avaient offert, il se leva pour aller le chercher dans la vitrine, un joli petit cercueil miniature, tenez, ouvrez ! Dedans, il y avait un petit squelette tout blanc avec des yeux de rubis rouge. Les filles trouvèrent ça drôle. Il offrit à la ronde un doigt de porto. On allait être pompette.

Le repas fut lourd et long. On avait mis les petites assiettes dans les grandes, tout ce qu'on avait d'argenterie autour, et tout ce qu'on avait de verres derrière. Stella, que les Toupies avaient initiée pour quand son grand-père l'emmenait au restaurant, savait que les couverts, c'est comme les artichauts, on commence par l'extérieur, et les verres, c'est comme une montre, ça va de gauche à droite, le plus grand le plus à gauche, pour l'eau, et de plus en plus fort et de plus en plus petit jusqu'au dernier à droite pour la liqueur de la fin. Surtout ne pas commencer avant la maîtresse de maison, dernière servie d'entre les femmes.

Madame Gervais, qui n'arrêtait pas de troubler cette belle ordonnance en servant elle-même ses œuvres (sur lesquelles elle était intarissable) à la ronde, mangez pendant que c'est chaud, c'est toujours ça que les Prussiens n'auront pas, questionna d'abondance Hélène à propos de sa famille, sur laquelle d'ailleurs elle semblait tout savoir : elle lui présenta même des condoléances à retardement pour la mort de sa mère survenue dix ans plus tôt. Ce tapage vibrionnant trahissait son trouble à recevoir une "de" chez elle, pensée qui n'aurait jamais effleuré ni les Toupies, ni Stella, ni même Hélène. Mais madame Gervais était une bourgeoise, ça la faisait frissonner de fréquenter les enfants de ceux qui avaient échappé à la guillotine de ses grands-pères. Elle pensait in petto que ce n'étaient pas des gens comme les autres, et qu'ils avaient le sang bleu — comme les fesses des petits Chinois ! Et puis des fois qu'on soit cousins, allez savoir... Quand son interrogatoire fut fini, elle en vint à Stella. Affable mais grinçante :

— Nous avons vu madame votre mère, l'autre fois, dans une pièce au théâtre d'Angers. C'était complètement idiot, mais on a bien ri. Et votre maman est bien jolie, si élégante !

Stella rougit, et ne dit rien. Elle ne parlait jamais de sa mère et n'aimait pas qu'on lui en parlât. Tout ce qu'elle pouvait entendre à son sujet de la bouche d'étrangers, fût-ce des compliments, lui faisait figure d'injures. D'ailleurs, à l'école, la plupart des filles ne savaient pas qu'elle était sa fille, et, l'auraient-elles su, qu'elles n'auraient pas vu qui c'était de toute façon. Même que la pièce était idiote, ça lui tordait le cœur. Plus encore que d'apprendre par cette bonne femme que sa mère était passée dans le pays sans lui faire une visite... Stella n'avait plus faim du tout pour le fromage.

Madame Gervais, qui ne s'était aperçue de rien, poursuivait sa gazette incohérente. C'était une tornade d'informations.

— Ça ne va pas du tout, l'école, en ce moment... Enfin, voir Mère Adélaïde déambuler toute la rue du Portail-Louis le Vendredi Saint dans les bras d'une demeurée ! Et dangereuse, encore ! C'est un véritable scandale...

— La chère Mère s'est cassé la jambe, mais la tête a dû donner aussi !

— Du respect, monsieur Gervais ! Enfin, ça va

encore améliorer la réputation des religieuses et à la veille des examens, qui plus est... Comme si on avait besoin de ça ! Heureusement, madame Marchadeau et d'autres dames ont réagi, et sœur Anita (très bien, cette sœur Anita) a trouvé un établissement spécialisé pour adultes, car enfin, ce n'est plus une enfant, où l'on saura mettre cette mademoiselle Garraude au pas... Il était temps, c'est un véritable danger public ! Prenez du saint-honoré, allons, c'est celui de la Duchesse Anne, il n'y a pas meilleur ! Quand je pense à ce pauvre monsieur l'archiprêtre qui se donnait tant de mal... Hier, à Saint-Paul, le père Gély est venu exprès d'au-delà des ponts, de sa paroisse rurale, pour réaliser la cérémonie pénitentielle qu'il avait imaginée.

— Cérémonie pestilentielle pour punaises de sacristie !

— Monsieur Gervais, voyons ! Est-il taquin, celui-ci... Enfin, on a tous écrit nos péchés sur des petits papiers, on a été lui montrer, entre parenthèses, avec l'éclairage de Saint-Paul, il n'a pas dû voir grand-chose... Et après, il nous a donné une absolution collective.

— Même pour les fautes d'orthographe ?

— Ah, ce monsieur Gervais... En tout cas, c'est un système moderne, jusqu'à présent, il y avait jusqu'à huit prêtres dans les confessionnaux de Saint-Paul la veille de Pâques, maintenant, un seul suffit pour tout le monde. C'est le progrès !

— Parle pas de malheur, dit monsieur Gervais.

— Et ces papiers, demanda Hélène que le gigot n'avait pas trop engourdie, qu'est-ce qu'ils sont devenus ?

— C'est amusant que vous me le demandiez !

Figurez-vous que le père Gély voulait qu'on les brûle dans le feu qu'on fait, sur le porche de Saint-Paul, pour la messe de minuit pascale...

— Une messe de minuit, à Pâques ? c'est nouveau !

— Monsieur Gervais, tu pourrais suivre l'actualité ! Ça fait au moins cinq ans : en dehors des funérailles, tu ne t'intéresses à rien... Le Samedi Saint au soir, c'est là maintenant la grand-messe pascale, on fait un feu de bois pour allumer le cierge des baptêmes, et le père Gély voulait brûler tous nos vieux péchés dedans.

— Si le péché est un bon combustible, il faut écrire à Pompidou, ça pourrait remplacer l'essence !

— Monsieur Gervais, enfin ! Ce n'est pas possible d'être sérieux avec toi...

— Et les papiers, alors ? réitéra Hélène.

— Ah oui, eh bien, figurez-vous qu'il les a oubliés dans sa cure en changeant d'imper ! Toujours tête en l'air, le père Gély, vous vous rappelez quand...

— J'espère que vous n'avez pas signé vos œuvres ! Il y a des paroissiens qui doivent être bien embêtés...

— Ceux qui n'ont pas la conscience tranquille ! approuva madame Gervais avec le rictus arrogant d'une vertu sinistre.

La pauvre femme croyait sourire.

Pour les filles, un espoir se dessinait. Il fallait mettre la main sur ces papiers, comme on disait dans leurs livres.

Mais avant, il fallut finir le gâteau trop crémeux, et faire une partie de "Mille bornes", un jeu de cartes auquel madame Gervais ne comprenait pas grand-chose, ce qui ne l'empêchait nullement de parler, bien au contraire.

Le soir, enfin à la ferme, les filles étaient hagardes de criaillements. "C'est une perruche, cette bonne femme", dit Hélène aux Toupies. Dans chacune de leurs assiettes, elles trouvèrent une grosse poule en chocolat entourée d'un ruban rose. Mais elles ne purent avaler que de la soupe de légumes. Le repas de madame Gervais continuait à s'agiter dans leur ventre en faisant de grands bruits qui ponctuaient leurs paroles dans l'obscurité de leur chambre. Au début, c'était gênant, après, elles trouvèrent ça rigolo, comme une complicité supplémentaire.

— Il nous reste une chance que l'assassine ait reconnu son crime sur l'un des papiers : toutes les bonnes sœurs ont communié, ça veut dire que la criminelle s'est confessée et qu'elle a reçu l'absolution !

— Des péchés de bonne sœur, le curé ne se sera pas méfié, il n'a même pas dû les lire !

— Tu exagères, elle a dit qu'il faisait sombre, il n'aura sans doute pas pu voir... Maintenant, il faut récupérer ces papiers dans sa poche.

— En espérant que celui de la coupable y soit...

— Où est-ce qu'il habite, ce curé ?

— De l'autre côté de la Loire en traversant par Saumur, un peu avant Saint-Lambert, à quinze bornes, je dirais... il s'est mis à la culture, avant il était prof.

— Ah oui ! Je crois que l'archiprêtre en avait parlé avec Mère Adélaïde à l'hôpital...

— Il a une barbe, mais il est gentil. Il laisse les

gens pique-niquer l'été dans sa clôture, il a même installé un banc et des chaises...

— Demain : pique-nique !

— Laissons passer un jour ou deux, que la Loire ait baissé. Sinon les Toupies ne nous permettront pas de circuler en vélo. Oh là, là, j'ai l'estomac qui gronde comme un camion !

— Encore une tentative d'empoisonnement ! Fais comme moi, mets-toi à plat ventre, ça fait chaud, ça aide à circuler... Dis donc, t'as remarqué, c'est marrant ces petits morceaux de laine sur lesquels elle marchait la perruche, j'avais jamais vu ça !

— C'est des patins, ils mettent ça en ville pour pas abîmer leurs parquets...

— Elle sait tout, cette bonne femme. Même pour ma mère, tu as vu ?... Toi, la tienne, tu la vois jamais ?

— Pas souvent, avec son métier, tu sais, elle est tout le temps en voyage.

Stella se forçait à parler normalement, comme si cette évocation lui était naturelle :

— Quand j'étais petite elle m'a emmenée une fois en Italie, mais ça je ne m'en souviens pas, c'est les Toupies qui me l'ont dit, et une fois en Suisse pour un film...

Elle se revoyait, pataude avec son bouquet de fleurs moches, écraser un baiser manqué sur un carreau de lunettes noires au départ d'un train, et plonger dans un parfum si prenant qu'il lui serrait la gorge. Son parfum. Il ne ressemblait à aucune odeur familière, à aucun sent-bon, c'était l'émanation même de l'âme si mystérieuse de sa mère, bouleversante...

— Toute la journée, elle était sur le plateau, il ne fallait pas faire de bruit, et le soir elle devait dîner avec l'équipe, c'était trop tard pour moi. Le dimanche, elle m'avait emmenée déjeuner près d'un lac, c'était très joli, il y avait du fromage fondu, des carafes de vin blanc et une nappe rouge...

Elle essaya de rajuster ses mots à ses pensées :

— Je ne sais pas comment te dire, mais elle est extraordinaire, ma mère... Je ne lui ressemble pas beaucoup. Elle est si belle, tu sais...

Stella aimait sa mère d'un amour désespéré, enfoui comme une balle perdue dans sa poitrine, et qui ressurgissait, intact et pointu, non seulement chaque fois qu'on parlait d'elle mais aussi certains soirs que les jours s'allongeaient tout roses sur la Loire et n'en finissaient pas de mourir. Les Toupies, qui n'en pensaient pas beaucoup de bien, ne lui en avaient jamais dit de mal. Heureusement. Elle la défendrait jusqu'à la mort, comme un Croisé.

— Mais quand elle est en vacances ou pour Noël, elle ne vient pas te voir ? demanda Hélène pour qui la beauté n'était pas une qualité.

— Des fois, oui... Mais elle n'est pas faite pour habiter à la campagne, enfin pas longtemps. Les artistes, c'est très sensible, ça ne vit pas comme tout le monde... À l'abri de l'obscurité, et vis-à-vis d'Hélène, Stella s'efforçait de ne pas mentir, pour une fois. Mais c'étaient des choses confuses et douloureuses tout emmêlées dans le fond qu'elle n'avait encore jamais dites à personne... Ma mère, c'est une héroïne de cinéma, mais moi j'arrête pas de grandir et de grossir. Elle, elle ne change pas, elle ne peut pas comprendre ça, que cette espèce de truc énorme qui parle et qui mange, c'est sorti d'elle. Un bébé, une petite fille, ça va encore, mais maintenant... Pour elle, je suis comme une martienne, on n'est pas sur la même planète, dans la même vie, si tu veux... Elle ne sait pas quoi faire avec moi. Ce n'est pas sa faute, les héroïnes, normalement, ça n'a pas d'enfants. Ça ne fait pas le ménage non plus, c'est pareil.

Un jour, et Stella s'en souvenait avec une acuité terrible (c'est ce jour-là qu'elle s'était gravé dans la tête sa première maxime d'adulte : "onze ans, c'est l'âge où l'on commence à souffrir, souviens-toi pour plus tard"), elle avait trouvé dans les papiers de Jeanne une interview de sa mère où elle avait lu : "Ne l'écrivez pas, mais cette enfant, c'est la plus grosse erreur que j'ai faite de ma vie." Elle n'en dit rien à Hélène, pas vraiment sûre qu'elle comprît, et tenant surtout à ce qu'elle se fît une bonne opinion de sa mère.

— Et ton père ?
— Mon père !...
— Bah oui, ton père, "Monsieur", comme disent les Toupies...
— Monsieur, c'est pas mon père, c'est mon grand-père, le père de ma mère, c'est lui qui s'occupe de moi, qui paie les Toupies, tout ça... Il a l'air sévère parce qu'il a une moustache, mais il est très gentil dans le fond. Lui, il vient me voir, il m'envoie des cadeaux.
— Attends... Quand le mien de père a téléphoné à Adélaïde pour savoir si je n'étais pas invitée chez des dangereux malfaiteurs ou quoi, elle lui a dit que tu vivais chez deux "vieilles dames

très honnêtes", que ta mère était actrice — "mais d'une très bonne famille" —, que ton grand-père, elle en a parlé aussi, était "quelqu'un de très bien" mais surtout que ton père était "un personnage très remarquable", texto !

— Adélaïde, elle connaît mon père, première nouvelle !

— Tu crois qu'elle a menti ?

— C'est pas le genre. Tuer, oui. Mentir, non, c'est mesquin.

— Pourquoi elle ne le connaîtrait pas ?

— Parce qu'officiellement, on m'a toujours dit qu'il était mort... À la guerre, même ! Encore un héros !

— Pardon, je suis vraiment désolée...

— C'est pas grave. Ça fait au moins deux ans que je sais que ce n'est pas vrai... J'ai fouillé des malles quand j'étais malade dans la chambre de Jeanne, et il y avait des vieilles lettres de mon grand-père aux Toupies où j'ai bien compris qu'il n'était pas mort.

— Et alors ?

— Et alors quoi ? Et alors rien, ça m'a fait un coup, c'est tout. Tu ne veux pas que je leur en parle, en plus, à ces pauvres vieilles ? Il y a bien un jour où elles seront obligées de me le dire. Ou mon grand-père... En plus, si ça se trouve, mon père, il sait même pas que j'existe, ou il pense que je suis morte aussi, moi, ou il a une autre femme et d'autres enfants, ce n'est pas intéressant !

Stella se retourna soudain et sauta dans le sommeil comme du plongeoir de cinq mètres. Sans se boucher le nez.

Le lendemain, Hélène lui donna une bourrade

dans l'escalier, "Toi, t'es mon copain !", qui valait tous les échanges de sang. Ces confidences de la nuit avaient scellé une amitié, une vraie. Du coup, Stella lui fit arpenter les coteaux en tous sens pour satisfaire un appétit d'activité qu'elle ne partageait pas du tout, mais imaginait énorme. Dans la journée, elles ne parlaient pas beaucoup, sinon de l'enquête ; mais le soir, dans leurs lits (Hélène avait la délicatesse de ne pas revenir sur le chapitre des héroïques parents de Stella), elles continuaient à se laisser pousser les idées. Elles en avaient sur tout. De l'éducation des enfants aux migrations des cigognes. Et ça les émerveillait.

Pendant ce temps-là, l'eau avait commencé tout doucement à baisser. Ça ne lui durait jamais trop longtemps ses fantaisies à la Loire.

Trois jours plus tard, les Toupies les laissèrent partir, vélos bien gonflés, après une litanie de précautions multiples et avec des K-Way et un pique-nique en direction de Saint-Lambert. Hélène avait prêté un pantalon à Stella, qui ne s'était jamais sentie plus libre de sa vie.

À midi moins le quart, trempées et suantes sous le K-way, elles toquaient à la porte du presbytère. Ça n'avait pas été bien dur à trouver, non plus que d'identifier le barbu qui leur ouvrit. Il portait un pull à col roulé et un gilet de laine écrue. Des chaussettes grises sortaient de sandales sur lesquelles s'accordéonnaient des pantalons de velours à grosses côtes. Avec ses poils marron et ses petites lunettes, il faisait plus hippie que curé, mais va-t-en savoir maintenant.

— Excusez-nous, mon père, mais on voulait

pique-niquer et il pleut, vous n'auriez pas une pièce abritée à nous prêter ?

Il les fit entrer d'un geste de ses petites mains fines qui n'allaient guère avec le reste, sauf le noir sous les ongles. Quand il fut de dos, Hélène attrapa Stella par la manche pour lui montrer les vestes qui pendaient en désordre, poches bâillantes, aux patères du couloir... Le curé barbu les fit asseoir dans des fauteuils un peu dépareillés. "Ça vient d'Emmaüs", dit-il en souriant comme pour s'excuser mais fièrement. Au-dessus de son bureau, il y avait un crucifix très sobre en terre cuite. Sans buis ni Jésus.

— Quels sont vos noms chrétiens ?

Hélène interloquée regarda Stella, qui, habituée au néo-dico clérical, avait traduit immédiatement : noms de baptême.

— Elle, c'est Hélène, et moi c'est Stella, mon père.

— Ne m'appelle pas père, c'est Dieu, notre père, moi je suis ton frère, Alain.

— Oui, frère Alain.

— Non, pas frère Alain, Alain tout court.

— Si vous voulez.

— Non... Son sourire s'épanouissait dans sa barbe, pas si vous voulez : si tu veux.

— ...

— Allons, ce n'est pas difficile, répète : si tu veux, Alain.

— Si tu veux Alain, dit Stella, docile aux bizarreries du clergé.

— Bien ! Hélène et Stella, est-ce que vous accepteriez de partager votre repas avec moi, si j'apporte le vin, bien sûr !

— Si vous... Si tu aimes les rillettes et les œufs mayo.

— J'adore ça, la table est à côté, vous pouvez prendre des couverts. Et enlevez vos chaussures, vous serez plus à l'aise.

— Tu crois que c'est vraiment un prêtre, ce type ? glissa Hélène à Stella en sortant des assiettes du buffet. Mais "Alain" revint avec une bouteille de bourgueil. Une bonne, ça se voyait. Il la déboucha entre ses genoux, et s'assit, les coudes sur la table de cuisine, la tête dans les mains, et tous ses poils autour. Au moment où Hélène lui tendait les œufs qu'elle avait disposés dans un arcopal, il attrapa une tranche de pain de deux et prononça d'une voix sourde, les yeux baissés : "Le Seigneur prit du pain, le bénit, le rompit et dit à ses disciples : prenez et mangez-en tous, ceci est mon corps livré pour vous..." Un brin solennel, il en tendit à chacune un morceau avec un sourire. Ne sachant si elles devaient se lever ou s'agenouiller, elles firent comme lui, et mastiquèrent, assises, à grandes dents. Après quoi il versa du bourgueil dans un duralex, enleva d'un index délicat deux miettes de bouchon, recommença la bénédiction, but une gorgée et leur présenta le verre. Stella n'hésita pas. Vaguement impressionnée, elle but. Hélène fit la grimace : tout ça n'était pas très propre, et le vin, c'était vraiment pas bon.

"Alain", les coudes sur la table, le visage enfoui dans ses mains fines auréolées d'une crinière de lion, respirait très fort. Les filles n'osaient pas se regarder. Elles n'auraient pas su dire s'il y avait quelque chose d'indécent ou de vraiment sacré là-dedans ; gênées, elles avaient surtout peur d'un fou rire. Stella fixait la trace humide de ses chaussettes sur le carrelage, comme de la buée ça faisait.

Enfin, après un dernier soupir chuintant, il leva les yeux : "C'est comme ça que les premiers chrétiens célébraient l'eucharistie", dit-il avec l'air savant d'un homme qui fume la pipe, comme s'il les avait initiées à un mystère très compliqué dont il aurait été le grand druide.

Et il se jeta sur les œufs-mayo comme un doryphore.

Qu'il soit saint ou fou, c'était rassurant, cet appétit... À la fin du repas, rapide et silencieux, un voisin vint lui demander quelque chose à propos de son tracteur. À peine était-il sorti que Stella avait plongé les mains dans ses poches béantes du couloir pendant qu'Hélène faisait le guet. Dans une canadienne, derrière un vieux mouchoir, elle trouva un paquet de petits papiers en tapon : "Ça y est !" Il était temps. Quand "Alain" rentra, trente secondes plus tard, il les trouva assises, sages comme des images. Elles proposèrent même, les hypocrites, de faire la vaisselle, la bouche en cœur...

Sur la route, en rentrant, elles pédalaient comme si elles avaient eu le diable à leurs trousses. Une petite pluie froide leur collait le pantalon aux mollets, la vapeur tiède de la sueur leur remontait par bouffées dans le cou et rigolait entre leurs seins. Elles avaient les oreilles sciées par le capuchon du K-Way et des joues rouges éclatées de starking. C'est toujours plus court de revenir que d'aller, mais ce ne fut pas vrai cette fois-là. Même Hélène dut mettre pied à terre pour monter la côte de La Croix.

Les Toupies leur firent du thé et les plongèrent, à tour de rôle, d'abord Hélène l'invitée, puis Stella l'habituée, dans un bain chaud, à coups de "c'est pas bien fin de pique-niquer de ce temps-là, a-t-on idée aussi"... Elles riaient de soulagement comme des petites filles dociles. Même qu'elles reprirent de la tarte à la rhubarbe avec de la crème au dîner, et racontèrent, très fières, que le père Gély leur avait demandé de le tutoyer. Mais comme les Toupies ne le connaissaient pas, la nouvelle fut sans grand effet.

Dans la précipitation, Stella n'avait pas fermé la poche ventrale de son K-Way où elle avait mis tous les papiers. L'eau les avait un peu collés, et en voulant les détacher, le plus souvent elle les déchirait. Hélène, agacée par cette maladresse, se chargea d'autorité de la besogne, et, avec la conscience d'une élève de l'école des Chartes, se mit à les séparer et à les étaler bien à plat sur le lit bateau de Marguerite. Certains bouts étaient effacés, d'autres, au stylo bille ou au crayon, parfaitement lisibles quoique pas toujours intelligibles. À la fin, quand ça faisait comme une couverture en patchwork sur le lit, elle commença à déchiffrer : "J'ai piqué une pomme de terre pour mon beau-père, rapport à l'héritage"... Qu'est-ce que ça veut dire ?

— C'est de la sorcellerie, répondit Stella, occupée à décoller une dernière boule de papiers oubliés bien compacts.

— "J'ai volé, mais pas gros, j'aurais pu plus." Ben dis donc... "Je ne vais plus à la messe le dimanche parce que c'est pas pareil comme dans le temps." Ça, c'est pas terrible... "J'ai fait un péché qu'on peut pas marquer, mais vous voyez ce que je veux dire..." Tu crois que c'est ça ?

— Si c'est ça, on est bien avancées, grommela Stella qui venait de déchirer une belle liste de péchés, commandement par commandement, d'une écriture nette et fine qui aurait bien pu convenir à une bonne sœur... Fichue !

— Oh, dis donc, il y en a un qui est signé ! "Comme j'ai eu l'honneur de vous le signaler l'année dernière, je trompe toujours ma femme avec la boulangère"...

— Fais voir la signature, peut-être que je le connais !

— Stella, voyons, c'est pas bien !

— Et tu crois que c'est bien, peut-être, d'avoir piqué tout ça et de le lire ?

Hélène ne répondit pas, elle déchiffrait toujours.

— Il y en a vraiment qui font des pattes de mouches exprès ! Je serais le curé... Encore un voleur ! Un qui se... mastrube... non : masturbe ! Le mot la fit rougir violemment. Elle continua vite : un qui ment, un autre qui ment aussi, ah, ils sont jolis les gens, je t'assure... Un qui vote communiste, c'est un péché, tu crois ?

— Je sais pas. Stella avait encore fichu en l'air une paperole. Mais celle-là, là, elle arriverait bien à la déplier.

— Des voleurs, des menteurs, des trompeurs... Je ne trouve toujours pas d'assassin, se plaignait Hélène.

— Attends, viens voir ! Stella avait réussi à déplier son papier, elle avait pâli : Regarde là !

Hélène se pencha et lut à voix haute : "J'ai tué Raymond Goutaines, apostat"... Merde !

Elles se turent. Le sang leur montait à la tête. Tout ce qu'elles avaient imaginé était donc vrai. La preuve était là, sur ce petit bout de papier détrempé et à demi effacé.

— Tu crois que c'est bien lui ?

— Si c'est pas lui, ça nous fait encore un autre crime sur les bras...

— Il s'appelait Raymond, ça c'est sûr, il avait demandé à l'abbé africain de l'appeler comme ça. Son nom de famille, c'est facile à vérifier à Saint-Paul, il y a les étiquettes sur les confessionnaux... Apostat, c'est un autre nom pour archiprêtre, tu crois ?

— Ça ressemble à apôtre, en tout cas, c'est quelque chose qui a à voir avec la religion, pas de doute...

— Le papier, pour sûr, c'est du papier d'école, il a des carreaux !

— Bah, même les épiciers en ont ! Ça vient d'un carnet, regarde, il y a les traces de la spirale.

— Et c'est marqué en script, impossible de reconnaître l'écriture...

Une bonne odeur d'herbe fraîche montait par la fenêtre, une douce odeur d'après la pluie dans la nuit.

— J'ai tué Raymond Goutaines apostat, répéta Stella. Et elle ferma les volets.

Chapitre IX

STABAT MATER DOLOROSA

Las guitarras suenan solas
para San Gabriel Arcángel
domador de palomillas
y enemigo de los sauces
San Gabriel : el niño llora
en el vientre de su madre
No olvides que los gitanos
te regalaron el traje

Les guitares jouent seules
Pour l'archange saint Gabriel
Dompteur de mites
Et ennemi des saules.
Saint Gabriel : l'enfant pleure
Dans le ventre de sa mère.
N'oublie pas que les gitans
T'ont offert ton costume.

FEDERICO GARCÍA LORCA
Romancero gitano

Quand le timbre de la sonnette électrique éructa son cri sinistre de paon catarrheux, à huit heures pile, Stella vit la Garraude se couvrir les oreilles de ses mains poilues, mais toujours pas d'Hélène. Évidemment, elle allait déboucher en trombe au dernier moment, chaussettes aux chevilles et cartable à la hanche, hirsute, pour doubler quatre à quatre les rangs des autres dans l'escalier, et franchir, comme une ligne d'arrivée, la porte de la classe juste avant qu'on ne la ferme complètement. Si Hélène ne se dépêchait pas, elle ne se sentait pas vivre. Tout le monde ne peut pas être né sur les bords de Loire. Toutou, qui avait visiblement aussi des nerfs d'une autre province, croisa le regard de vigie de Stella, immobilisée sur la quatrième marche :

— Ne restez pas plantée là, votre classe monte, allez ! Et donnez ça à Catherine Garraude pour ses parents de ma part, c'est très urgent, filez !

En prenant l'enveloppe de papier bulle, cachetée, où le nom et l'adresse étaient écrits au stylo bille, Stella soupira heurtée par cette triple grossièreté. Et c'était prof...

— C'est quoi ces airs de sainte-nitouche, ça ne vous a pas suffi, quatre heures de colle ?

Stella monta lentement. Elle n'avait pas vu Hélène depuis quatre jours, quand son père et ses quatre frères étaient venus la chercher avec leur grand break, à la ferme, au passage, en rentrant de Bretagne. On n'avait réussi à les asseoir que dix minutes, le père avec un verre de blanc (Jeanne disait que le whisky sentait la punaise écrasée), et les garçons avec du vérigoud orange ; ils auraient préféré du coca-cola, on n'en avait pas non plus, mais leur père expliqua que le coca, ç'avait goût de médicament, c'était un truc d'Américains, ces types qui se croyaient les plus forts du monde, tiens, vous allez voir ce qu'ils vont prendre avec les Viets malgré leurs B 52...

— Papa a fait l'Indo, dit Hélène, très fière en regardant ce grand homme carré dont les cheveux blancs soulignaient curieusement cet air gamin que dispense toujours l'armée sur les visages de ceux qui la servent. Les Toupies le trouvaient beau gars, mais elles avaient trop de cousins, d'oncles, et même de simples connaissances gravés par ordre alphabétique sur des monuments aux morts pour aimer entretenir ce genre de conversation.

Stella, elle, n'avait pas compris. Hélène parlait avec ses frères un langage codé où il était question de dériveurs et de démanilleurs, de bacilles rouges et de tricots noirs. Leurs yeux brillaient. Les garçons ressemblaient aux illustrations des vieux "Signes de piste" moisis de la bibliothèque pour tous de Saint-Florent. De longues mèches dans leurs cheveux courts avaient été décolorées par la mer et le vent, leurs jambes étaient pleines de griffures et de cicatrices, et leurs chandails marins pas boutonnés à l'épaule sentaient l'aventure... Le père remercia en se levant, et ils partirent tous d'un bloc reformé autour d'Hélène, comme un iceberg, sans se retourner, en claquant fort les portes de leur voiture.

— La guerre, toujours la guerre, dit Jeanne en rentrant les verres, croyez-vous donc point que notre grande aurait pas l'âge maintenant que Monsieur lui dise pour son père ? Les cachotteries, ce n'est guère bon pour la croissance, ça vous fait pousser l'âme à l'ombre, tout de travers...

— Ah, les hommes ! fit Marguerite en écho fidèle.

La ferme soupira en retrouvant ses aises avec cette vague tristesse et ce profond soulagement qu'on éprouve au départ des invités. Marguerite ramena dans sa chambre sa bombe de laque dorée, sa brosse pleine de cheveux roux et le portrait de son fiancé, Yves ; d'une main familière, elle tâta sans malice les ressorts de son bon lit qui avait servi de pilori à toutes les turpitudes de la paroisse Saint-Paul.

Et la nuit, sorti de sa cachette, le dentier de Jeanne put à nouveau flotter librement sur la commode de la salle de bains, dans l'aquarium rosé d'un verre d'eau dentifrice...

Le lendemain avait apporté à la ferme la lettre de château, banale et réglementaire, d'Hélène aux Toupies. Rien pour Stella sinon "ses amitiés" à la fin. Ce pluriel lui avait donné du vague à l'âme. Assise devant la Loire, qui avait aussi retrouvé son lit, et découvert des prés gras de verdure jonchés de branchages oubliés en désordre comme des barrettes sur une coiffeuse, Stella avait récapitulé longuement l'affaire en grattant le crâne avide de la vieille Hitlère, mi-pour elle-même, mi-pour l'ange de Guillaume perché-accroupi sur la borne Michelin étêtée : On s'est demandé s'il fallait avertir la police... Le papier que nous avons est une preuve, bien sûr, mais une preuve qui ne prouve rien : il n'est évidemment pas signé. L'assassin n'est pas une imbécile. Et puis un flic ne manquera pas de demander comment on se l'est procuré... Elle entendit l'ange pousser un énorme soupir. Les livres sont tous formels : dès qu'un mineur s'adresse aux gendarmes, les gendarmes se moquent de lui, ne le croient jamais et disent à ses parents de le surveiller, alors... Comme les autres, nous devrons continuer toutes seules pour démasquer la coupable, mais ça va être dangereux !

— Allez donc voir Séraphin ! répliqua l'ange, agacé.

— Séraphin ! le curé noir ?

Il n'avait rien ajouté. Il ne parlait décidément que quand on ne lui posait pas de questions, celui-là ! Stella avait l'impression désagréable qu'il la trouvait un peu lente de la comprenette. Mais son idée n'était pas mauvaise ; l'abbé était là depuis trop peu de temps pour être mêlé à toute cette histoire, et en même temps, il connaissait tout le monde. C'était un adulte, lui, et même s'il était noir, les flics le croiraient... Plus qu'elles, en tout cas, surtout qu'il était prêtre. D'un autre côté, comment être sûre qu'il n'irait pas tout dire aux bonnes sœurs... Un confessionnal aux curieux rideaux vieux rose s'imposa soudain devant les yeux de Stella. L'ange lui fit un clin d'œil : les images, ça allait plus vite que les mots. Si elle parlait au prêtre noir sous le sceau du secret de la confession, évidemment...

— Élémentaire, mon cher Nestor ! dit-elle en lui rendant son clin d'œil. L'ange émit son petit rire de clochettes.

— Mon nom est Holech Al Haaretz, pour vous servir, Mademoiselle, fit-il en saluant comme s'il avait un chapeau à plumes.

— Oleg comment ?

— Non : Holechhhhhhh...

Stella essaya de répéter mais ce "ch" qu'il prononçait comme un chat qui crache ne passait pas son gosier. Il eut beau recommencer en prenant la forme d'un gros ballon qui se dégonfle et tourne sur lui-même, Stella n'y arrivait pas. Seule Hitlère, qui le suivait des yeux en essayant de faire des nœuds avec son cou de bergère allemande, semblait apprécier ce son bizarre.

— Celui Qui Marche Sur La Terre... traduisit-il finalement.

— Marche-à-Terre ? dit Stella, illuminée. Je connais, c'est un nom chouan !

— Wouh, hou, hou ! fit l'ange en s'éloignant à tire-d'aile. Hitlère le poursuivit en jappant. Drôle de façon de marcher... C'était décidément impossible d'être sérieux cinq minutes avec cet ange, mais Stella prit son nom pour ce qu'il était : un cadeau du ciel.

Et ses suggestions aussi, pensait-elle quand Hélène, à qui elle aurait voulu en faire part, la bouscula en fin de course, essoufflée, au moment d'entrer en classe.

— Tiens, j'ai une lettre de Toutou pour les

parents de King-Kong, t'as qu'à lui donner, elle t'aime bien, toi.

— Elle ne garde plus Belphégor ?

— Non, ils l'ont mise dans notre classe aujourd'hui...

— De toute façon, il faut qu'on lui parle pour vérifier l'hypothèse de l'eau de muguet : si j'ai raison, c'est elle qui l'a transportée... En tout cas, ça doit pas être des bonnes nouvelles, cette lettre, si on en croit la perruche... Tu sais ce qu'on leur faisait en Grèce aux messagers qui apportaient de mauvaises nouvelles ?

— Couic, couic, laiteusse ouèrke, enfin ! s'impatientait Mrs Desk déjà derrière son bureau sous l'effet de la petite bouffée d'énergie que lui procurait toujours la rentrée. Depuis qu'Adélaïde avait passé la main en se cassant la jambe, aucun professeur, "civil" du moins, ne faisait plus de prière, même au début de la première heure, ce qui avait définitivement résolu la délicate question de la traduction du *Pater*.

Hélène traversa calmement la classe jusqu'à la Garraude, assise dans le fond, son unique et épais sourcil froncé. Devant ses bras bien croisés, elle avait aligné en rang d'oignons tout le contenu de sa trousse, de la gomme rose à la règle verte. Pendant les vacances, on avait coupé ses épais cheveux noirs au carré juste sous les oreilles, et son large cou de taureau à la glotte saillante était bien dégagé. Elle fit un grand sourire à Hélène. On ne lui avait pas brossé les dents, toujours aussi jaunes...

— Tu m'apportes une carte postale ?

— Non, c'est une lettre de sœur Anita pour tes parents...

Le monstre, peiné, l'enfourna dans la poche de sa blouse.

— Excuse-moi, dit Hélène.

À la récréation de dix heures, sans parler de l'ange Marche-à-terre, Stella eut vite convaincu Hélène que Séraphin était l'homme de la situation ; même douze visites au barbu "Alain" n'auraient pu entamer sa confiance dans les prêtres, plus grande encore que celle qu'elle vouait à l'armée française. L'abbé palabrait d'importance avec Toutou sur les marches du bureau directorial dans "le costume de clergyman en élégant tergal" qu'il avait décrit à Mère Adélaïde, et étrenné pour le rôle de Jésus-Martin-Luther-King lors du fatal Chemin de Croix. Les filles se précipitèrent, juste au moment où le timbre électrique faisait entendre son braillement enroué.

— Mon père, mon père, il faut nous confesser !

— En classe, mesdemoiselles, allons ! jappa Toutou.

— Mon père, mon père, s'il vous plaît !

— Vous confesser, immédiatement, toutes les deux ?

— Oh oui, ensemble, s'il vous plaît, mon père !

Toutou rougit jusqu'à la racine du voile, se rappelant soudain le mot qu'elle avait intercepté avant les vacances.

— Assez d'enfantillages, laissez le père tranquille et filez en classe !

— Ma sœur, le sacrement de pénitence n'est pas un enfantillage, voyons, et Notre Seigneur n'a-t-il pas dit "laissez venir à moi les petits enfants", hê ?

— Il y a un temps pour tout, balbutia Toutou, brique.

— Je sais, moi aussi j'ai lu *L'Ecclésiaste*, ma sœur. Petites demoiselles, il faut prendre rendez-vous, et une par une ! C'est in-di-vi-du-el !

— Quand vous voudrez, le plus vite possible !

— Hê, j'ai rarement rencontré de pénitentes aussi empressées... ni si enthousiastes ! Disons avant le déjeuner, pendant l'étude, si sœur Anita permet que vous fassiez un peu l'école buissonnière...

Toutou, débranchée par l'étonnante nouvelle qu'elle avait pu faire une citation, n'eut aucune réaction.

— D'accord ! dit Stella.

— Moi je ne peux pas, je ne suis pas demi-pensionnaire...

— Alors, pour vous, voyons...

— On verra ça une autre fois, le coupa Hélène, viens Stella, on va vraiment être en retard...

— À tout à l'heure, alors, mon père ! cria joyeusement Stella, embarquée par Hélène qui lui chuchotait c'est pas la peine qu'on soit deux à lui raconter la même histoire...

— Et qu'est-ce que je vais lui dire exactement d'ailleurs ?

Le grand Nègre et la petite sœur restèrent là plantés comme deux ronds de flan, Séraphin poussant des "Hê" amusés et médusés, Toutou bien décidée à ne plus jamais jamais laisser ces deux-là côte à côte où que ce soit. Sous aucun prétexte.

Stella avait deux heures pour préparer sa

confession avec Hélène ; elles se mirent immédiatement à échanger un courrier abondant au dos du funèbre papier brouillon offert par monsieur Gervais. La Garraude, qui les observait du fond de la classe en léchant de la colle scotch sur le dos de sa main velue, voulut jouer aussi. Qu'allait-elle écrire ? Elle mâcha avec ardeur un crayon bleu qui s'étala en petites écailles sur ses joues avant de songer qu'elle avait une lettre tout écrite dans sa poche, celle de Toutou ! Elle la dépiauta, écrivit au verso "pour Hélène" de sa ronde enfantine, et la passa à sa voisine de devant (personne n'avait voulu s'asseoir à côté d'elle) avec un grand sourire de gencives marron et de chicots jaunes pailletés de bleu. Hélène lut :

"Mes chers Monsieur et Madame Garraude,

Afin de vérifier si votre fille Catherine a bien le niveau requis pour suivre les cours de notre établissement, étant donné qu'elle aura bientôt 16 ans, âge où l'enseignement n'est plus obligatoire, elle subira cet après-midi un examen de contrôle.

Votre dévouée sœur Anita, directrice par intérim. »

Toutou n'avait jamais été une littéraire. Mais Hélène ne la pensait pas si vache. Quel examen pouvait réussir le pauvre monstre ? Était-ce un appel au secours de sa part ? Elle répondit : "Merci de ta lettre. Il faudra la donner à tes parents. Je te la garde, attends-moi à la fin des cours. H." Par le même courrier, via la discrète Jacqueline Gervais, elle fit partir pour Stella au stylo quatre-couleurs ces trois règles d'or issues de leurs cogitations :

> 1) SILENCE (en rouge).
> S'assurer que c'est bien une confession et que l'abbé ne pourra rien répéter aux sisters (en bleu).
> 2) LES FAITS, RIEN QUE LES FAITS (en rouge).
> Partir du petit mot, s'en tenir à l'archiprêtre, oublier le riz et la 2 CV (en noir).
> 3) LES FAITS, PAS TOUS LES FAITS (en rouge).
> On aurait pu trouver ce petit mot le jour de Pâques à Saint-Paul dans un coin mal balayé, ça simplifie, de toute façon le Père barbu n'est pas très ordonné (en vert).

N'empêche, quand le timbre de l'étude cracha pour réunir les demi-pensionnaires, stylo-débouché-langue-tendue-ventre-grondant, dans la chapelle résonnante sous la houlette tricoteuse de la pionne une demi-heure avant le déjeuner, Stella avait le trac. Au pied du mur, elle eut un peu peur du grand Noir. Il remuait les lèvres en lisant son bréviaire sur un banc ; à sa vue, il se déploya d'un coup. Dieu quel géant !

— Puisqu'il n'y a plus de confessionnaux, je vous propose d'aller dans le bureau de la Mère directrice.

— Oh non, pas là !

— Et pourquoi donc ?

— On entend tout du couloir...

— Tiens donc, on écoute aux portes, jeune fille ?

— Non, on entend en passant, d'autres peuvent écouter.

— Hê ! La finesse angevine, fit l'abbé ravi. Bon, est-ce que le récit de vos crimes abominables supporterait l'isolement de l'infirmerie ?

— Mais c'est là où est Mère Adélaïde !

— Pas aujourd'hui : Mère Adélaïde passe des examens à l'hôpital d'Angers.

Ils descendirent deux marches et se retrouvèrent dans la petite pièce sombre avec ses deux divans faits au carré, son vieux Pleyel à bougeoirs vides, et son armoire à pharmacie. L'abbé sortit une étole mauve, l'embrassa, et s'assit sur le tabouret de piano. Au-dessus de sa tête les deux caniches-bouteilles de sœur Couture et de sœur Qui-Pique dardaient fixement Stella de leur regard vide en boutons de culotte.

— Eh bien, jeune pénitente, vous ne savez pas quoi faire de vos genoux, tiens !

D'un long bras, Séraphin attrapa un coussin au crochet sur un divan pour Stella. Elle s'agenouilla dessus aux pieds de l'abbé. Instable, elle fonça dans le rituel tête baissée :

— Bénissez-moi, mon père, parce que j'ai péché.

— De quand date votre dernière confession ?

— Quinze jours, dit-elle au hasard. Une bonne mesure : ni trop, ni trop peu. Et elle sortit de sa poche la pièce à conviction : voilà !

— Qu'est-ce que c'est que ce papier, auriez-vous soudain perdu la langue, ma fille ?

— Non, mon père.

— Alors ?

— Lisez, vous verrez !

— Mais vous n'êtes pas là pour me donner des ordres ni moi pour jouer aux devinettes ! Lisez vous-même, si c'est si important...

— J'ai tué Raymond Goutaines...

— Un peu de respect, soyez convenable, vous pourriez dire "monsieur l'archiprêtre"... Vous avez tué monsieur l'archiprêtre, ben dites donc !

— Mais non, c'est la personne qui a écrit le papier !

— Ce n'est pas vous, alors ?

— Bah non, évidemment !

Cette réponse eut le don d'enrager soudain l'abbé. Il se leva d'un bond en renversant le tabouret qui alla dinguer contre le piano.

— Mais alors c'est de la délation que vous faites là ! De qui se moque-t-on ? Ah, bravo, c'est du joli !

— Non, non, je voulais juste vous informer...

— M'informer de quoi ? Malheur à celui par qui le scandale arrive ! Génération incrédule et pervertie ! Engeance de vipères ! Ses yeux roulaient des éclairs, sa gorge tonnait de bronze et le piano grondait. Tous les jours des insensés foulent de leurs pieds fourchus les Tables de la Loi pour égorger tranquillement leur voisin, et vous croyez que N'Dongondo Séraphin l'ignore ? Que je ne lis pas la Sainte Bible ? Ou le *Courrier de l'Ouest* ? Il attrapa son étole à deux mains. On ne vient pas se confesser pour avouer les fautes des autres, c'est un détournement sacrilège !

Au bord des larmes, à genoux, Stella murmura :

— C'est un ange qui m'a dit de venir vous voir...

— Hê ! Enfin une parole sensée ! J'entends le son de la vérité. Voyons...

Subitement calmé, l'abbé ramassa le tabouret de piano et s'y assit, bras croisés.

— Bon, je suppose que cet ange ne vous a pas conseillé de me raconter des billevesées, à moins que... Est-ce qu'il vous a dit ce que vous deviez me dire et comment me le dire ?

— Non, il m'a dit d'aller vous voir, c'est tout.

— Moi ?

— Il a dit : Séraphin.

— Séraphin tout court ?

— Oui, je lui avais parlé de vous une fois... Il trouve que vous avez un joli prénom...

L'abbé rit doucement.

— Mais ni pourquoi ni comment ?

— Non, il ne répond pas aux questions, ou alors à côté.

— Excellent signe, seuls les démons sont raisonneurs... Séraphin partit de son rire énorme : Pour les anges, notre discours logique, c'est du petit-nègre ! Et se calma, didactique : c'est tout naturel, les anges ont l'intuition immédiate et totale de la vérité... Savez-vous son nom ?

— Marche-à-terre : c'était l'ange gardien d'un cultivateur qui s'est suicidé il y a un an, Guillaume...

— Pauvre ange, quelle offense pour lui ! Et qu'est-ce qu'il fait toujours là ?

— Je ne sais pas ; il joue avec la chienne de Guillaume, il fait de la musique, il danse en l'air.

— Bien, bien, bien, dit l'abbé apparemment satisfait. Et vous, dites-moi...

Stella raconta l'histoire à Séraphin en se tenant à la version modifiée : Hélène et elle avaient trouvé cette confession à Saint-Paul, le dimanche de Pâques. Ça signifiait qu'un assassin rôdait tout près... L'abbé fit claquer trois fois sa langue "Dszz, dszz, dszz !".

— Ce papier ne vous était pas destiné, vous le saviez ?

— Oui, mon père.

— Vous saviez qu'il contenait les aveux d'un pécheur ?

— Oui, mon père.

— Et vous l'avez pris pour le lire ?

— Oui, mon père.

— Dszz, dszz, dszz !

Vol et violation du secret de la confession pensa Stella, ça va chercher dans les combien... Elle ne tarda pas à le savoir : trois rosaires. C'est-à-dire trois fois trois chapelets à réciter en méditant sur les Mystères joyeux, les Mystères douloureux et les Mystères glorieux de la vie de N. S. J. C. à travers celle de Sa Très Sainte Mère expliqua l'abbé... Stella, pour qui réciter plus d'un "Je vous salue Marie" relevait du Haut Moyen Âge ou du grand âge, n'avait de sa vie reçu une telle pénitence. Elle maudit l'ange in petto. Surtout qu'après l'absolution, alors qu'elle était encore agenouillée de travers sur son coussin, l'abbé se leva, prit le papier qu'il avait posé sur le Pleyel, et l'alluma avec un cricket noir.

— Tout chrétien doit être prêt à l'arrivée inopinée du Maître, "vous ne savez ni le jour, ni l'heure !". Veillez et priez, et ne jouez plus les vierges folles avec votre copine ! dit-il en lâchant la pièce à conviction enflammée sur le carrelage avant qu'elle ne lui brûlât les doigts. Il écrasa les morceaux calcinés avec le talon de ses sandales et s'accroupit pour les ramasser soigneusement dans une feuille de papier bien pliée. Pendant qu'il était à terre, Stella en profita pour glisser :

— Pour les chapelets, je pourrais les dire en plusieurs fois ?

— Je n'ai pas dit "chapelets", j'ai dit "rosaires"... D'accord pour l'échelonnement de la dette, mais il n'y aura pas de ristourne, nous ne sommes pas au marché de Cotonou ! Pas de marchandage avec le Bon Dieu ! Tenez : vous enterrerez ça vous-même dans un massif après le déjeuner. Ne vous mettez pas en retard surtout, ça vient de sonner. Dieu veut que l'homme soit bien nourri ! Il rit encore : Et la femme aussi, éventuellement ! Quand Stella abasourdie fut sur le seuil de l'infirmerie avec la pièce à conviction en cendres dans sa poche, glissée entre réglisses collés et vieux mouchoirs, il ajouta :

— Saluez l'ange pour moi, et demandez-lui quand je pourrai aller le visiter. Allez en paix !

En paix, en paix, fulminait Stella furieuse contre le ciel et le terre. Elle se réfugia sur une île au bout du monde battue par les vents d'où elle les narguait tous, la peau burinée, le regard méprisant et un anneau dans l'oreille.

Hélène vint l'y rejoindre à deux heures moins dix.

— Alors ?

— Alors destruction de la preuve plus pénitence interminable, la tuile ! Des dizaines et des dizaines de chapelet, je n'ai même pas compté.

— Je t'en ferai la moitié !

— C'est gentil.

— Non, c'est normal... Décidément, c'est un mauvais jour, je n'ai pas pu parler à King-Kong.

Jacqueline Gervais s'approchait, Hélène enchaîna :

— Faut qu'on écrive à ta mère pour le déjeuner !

— Pourquoi, es-tu sûre de tenir vraiment à revenir ? Jacqueline manquait vraiment d'illusions pour son âge.

— Vous vous souvenez de ce qu'elle a dit à propos de Catherine Garraude ? Eh bien, ça y est, Toutou lui fait passer un examen cet après-midi, j'ai lu la lettre...

— Ah, la sale hypocrite, elle a attendu que Belphégor ait le dos tourné...

— C'est dégueulasse...

— Attendez, j'ai peut-être une solution : regardez le mot de ma sainte mère, dispensée de gym : je suis indisposée ! s'écria Jacqueline triomphalement. Je pourrais l'aider !

— Et s'il y a des maths ? Il y aura sûrement des maths et tu es nulle en maths...

— Mes enfants, je sens que je vais me tordre la cheville, dit Hélène...

Ses frères, qui faisaient tous du judo, avaient appris l'art de la chute à Hélène ; elle n'eut aucun mal à faire un impeccable roulé-boulé dans l'escalier suivi de grimaces admirables qui lui valurent, comme prévu, de passer l'heure de gym en étude à la chapelle.

Des centaines de petites poussières suspendues se doraient doucement dans les colonnes de lumière colorées qui tombaient des vitraux, et

Hélène faillit machinalement prendre de l'eau au bénitier ; elle s'arrêta à mi-geste. Surplombant les travées de table vides, derrière le petit autel dont elle se servait comme d'un bureau, Toutou clouait du regard la massive Garraude assise seule au milieu du silence, et qui se débattait sous ses yeux comme un gros papillon sous l'aiguille, sans un cri, dans des gisements de morve, des jaillissements de larmes, des suintements de bave et des geysers de sueur épaisse produits par la seule arme qu'avait pu lui fournir sa pauvre mère face à l'épreuve, un bidon d'eau de Lourdes bien frais, englouti d'un trait.

Toute la force bouillante du monstre respectueux coulait en lave impuissante devant la cruauté mentale de la faible sœur Anita.

Jacqueline, derrière, contre le mur de droite, était transparente, comme toujours.

Hélène s'avança, et ne parvint à distraire le regard d'enfant arracheur d'ailes de mouches de la "directrice par intérim" qu'à mi-parcours. Elle devait avoir l'air horrifié, car la sœur rosit un instant avant de se reprendre :

— Encore punie, mademoiselle de Carmandal !

À ce nom, le monstre retourna une paire d'yeux soulagés derrière de grosses larmes. Et elle ouvrit ses puissantes mandibules pour broyer un crayon vert dont les résidus se mirent à lui couler, en fins filets, sur le menton.

— Non, ma sœur, je me suis tordu la cheville à la gym.

— Mnastique, mademoiselle de Carmandal, la gymnastique !

— 'mnastique, oui, ma sœur.

— Pas d'insolence ! Vous ne vous tordriez pas les chevilles si vous n'étiez pas tout le temps en train de courir.

— Oui, ma sœur, dit Hélène, s'empêchant de répondre que le cours de gym était justement fait pour courir.

— Ma sœur, pourquoi moi je suis punie ? renifla le monstre enhardi.

— Vous n'êtes pas punie, Catherine, enfin, vous passez un examen ; c'est normal dans la vie d'une étudiante.

— Je suis puni-i-i-i-heu ! haleta King-Kong en libérant des litres d'épaisse sève verte, bois, bave et mine mêlés.

— Ma sœur, je peux me mettre à côté de Jacqueline, je n'ai pas tous mes livres ? demanda Hélène.

— Je suis puni-i-i-i-heu !

— Comment, ma sœur ?

— Oui, oui, Hélène, répondit Toutou qui ne songeait plus qu'à arrêter les hurlements de King-Kong dans la chapelle vide et cette dégoûtante hémorragie verdâtre sur sa blouse de nylon bleu ; Jacqueline Gervais, de toute façon, était "un très bon élément" sans aucun danger...

— Et concentrez-vous, mademoiselle Garraude, ce n'est pas comme ça que vous allez réussir ! Je veux du silence, compris ? Vous aussi mesdemoiselles !

Prenant modèle sur les deux autres, King-Kong passa sa tronche détrempée de dégoulinades printanières sur sa manche et fixa, comme hypnotisée, la feuille blanche où elle n'avait pu noter que des bribes du problème dicté par Toutou. Malgré ses efforts, elle ne pouvait retenir la sueur qui lui suintait du front si fort qu'elle passait le barrage de son épais sourcil pour s'écraser en grosses gouttes d'orage sur le papier, diluant les rangées de chiffres qui dansaient dans le brouillard. Au bout d'un moment, Toutou n'osa plus affronter son regard de reproche angoissé, des doigts plein la bouche. Pour un peu, elle serait presque allée l'aider.

Dans leur coin, Hélène et Jacqueline, à l'ombre du même livre grand ouvert, communiquaient au crayon sur une feuille de papier funéraire retourné, placée entre elles, et qu'elles gommaient au fur et à mesure. Hélène mit bien une demi-heure à résoudre le problème énoncé par Toutou que Jacqueline, fine mouche, avait très bien pris en note, même si, somme toute, il lui était aussi obscur qu'à la pauvre Garraude. Ce n'était pas facile. Et maintenant ?

Hélène regarda King-Kong qui s'était pacifiquement mise à colorier sa feuille avec ce qu'il lui restait de crayons de couleurs non dévorés, se souvenant sans doute d'une lointaine activité sur papier qui lui avait valu jadis des félicitations jamais renouvelées. Il fallait détourner l'attention de Toutou. Et espérer que le monstre eût le temps de tout copier avant la sonnerie ; il ne restait qu'un tout petit quart d'heure.

"Demande à aller aux toilettes, et reviens en disant à Toutou qu'un parent veut lui parler", écrivit Hélène

« Pourquoi moi ? » répondit Jacqueline, peu habituée à attaquer les autorités de front.

« Because : 1) Toi, elle te laissera sortir, 2)

Ensuite, elle te croira, 3) Moi, King-Kong m'obéira. »

Jacqueline demanda donc à sortir en rougissant (c'était la première fois de sa vie qu'on pouvait l'accuser de "ne pas avoir pris ses précautions") et sœur Anita l'y autorisa en rougissant aussi, à cause du petit mot de sa mère. Hélène gomma les traces de leur correspondance en regardant sa montre. Jacqueline n'en finissait pas... Et si cette mijaurée s'était mis en tête de vraiment aller aux toilettes pour avoir un alibi... King-Kong faisait de gros pois roses sur sa feuille... Plus que cinq minutes, et elles n'auraient aucune excuse pour sauter le cours suivant, musique... Enfin la porte grinça. Hélène se retourna en espérant que Jacqueline s'en sortirait dans le mensonge.

Elle sursauta.

Pas de Jacqueline derrière le bénitier, mais la haute silhouette, maigre, pointue et verticale de Belphégor. L'assassine présumée était debout. Par un réflexe conditionné, Hélène, King-Kong et même Toutou furent aussitôt sur leurs pieds aussi. "Bonjour, ma Mère" hurlèrent d'une même voix Hélène et le monstre sous la voûte vide, King-Kong avec bonheur, Hélène avec terreur.

— Voulez-vous que je vous aide, ma Mère ? murmura derrière la voix appliquée de Jacqueline.

— Inutile, répondit Mère Adélaïde qui entreprit de cingler cahin-caha vers l'avant de la chapelle. On lui avait mis un plâtre de marche à Angers, et elle maniait la béquille avec moins de nervosité qu'on aurait pu le craindre. Toutou, immobile, se tordait les mains.

Ding-boum, ding-boum ! Les pas de Mère Adélaïde résonnaient sinistrement dans la chapelle vide. Toutou, Hélène et Jacqueline ne respiraient pas plus que les statues. Même King-Kong était immobile. Ce n'était plus Belphégor, c'était Long John Silver qui s'avançait, il ne lui manquait plus que le perroquet sur l'épaule, se dit Hélène, qui trembla comme Jim, le jeune matelot, en retournant machinalement la feuille de papier sur laquelle elle avait correspondu avec Jacqueline. C'était idiot, elle avait tout gommé. Et pas assez rapide ; l'œil de lynx de Mère Adélaïde avait intercepté son geste. Arrivée à hauteur d'Hélène sa main libre de béquille saisit la feuille, rapide comme un cobra. Elle la parcourut en soupirant mezza voce et cependant très fort (à cause du vide, sans doute) : "petit coussin pour la tête", "éviction des viscères", "cercueil capitonné" ; à la fin, elle persifla en regardant Hélène droit dans les yeux :

— Eh bien, Hélène mon helléniste, monsieur Gervais nous a envoyé sa réclame... Nous avons un cadavre sur les bras ?

Hélène, glacée, sentit sa carcasse promise aux mers traîtresses du Sud, les boyaux bouffés par les requins et les yeux par les vers, quand King-Kong, roucoulant de la glotte, se précipita vers Long John Silver :

— C'est pour vous ma Mère, dit-elle en lui tendant de son bras charmillé de verdures figées une feuille couverte de chiffres chancelants d'humidité chamarrés de tendres couleurs pastel.

— Oh, fit Mère Adélaïde, comme c'est joli ! Regardez, cette belle aquarelle, sœur Anita.

Toutou dut aussi pousser un "oh" d'admiration à la Louis de Funès devant les gribouillis du monstre qui se balançait d'un pied sur l'autre dans un contentement animal. Soudain le timbre grésilla ses miasmes électriques, et elle se boucha les oreilles.

— Merci, ma petite Catherine, dit Mère Adélaïde à King-Kong qui la dépassait d'une tête. Allez vous débarbouiller, et vous autres, serrez vos affaires, et filez en classe !

Elles ne se le firent pas dire deux fois. Sans plus s'occuper d'elles, Mère Adélaïde se tourna alors vers Toutou aux mains torves :

— Aviez-vous vraiment besoin de ça ?

Par ça, elle désignait du caoutchouc de sa béquille le pâlot palimpseste de l'examen de maths, et aussi tous ces bureaux qui remplissaient bas la chapelle vide, d'un geste las.

En sortant, Jacqueline était très fière d'avoir réussi brillamment sa première mission, du moins le pensait-elle, en amenant à la rescousse Mère Adélaïde sous le prétexte, qui n'était pas un mensonge, que Catherine Garraude avait grand besoin d'elle. Elle s'attendait à des félicitations d'Hélène. Elle eut droit à un soupir vaguement méprisant, mais il en fallait plus pour la vexer.

— N'oublie pas de continuer à boiter, dit-elle, toujours obligeante. Hélène sourit enfin, mais elle ne pouvait quand même pas lui dire que Mère Adélaïde était, selon toute vraisemblance, une criminelle chevronnée ; Jacqueline se serait sûrement évanouie.

Mademoiselle Sylvie, mélomane au poil noir et long, à la peau boutonneuse et aux lunettes épaisses, avait renoncé sagement avant sa première dépression nerveuse à enseigner quoi que ce fût. Armée d'un énorme tourne-disque, elle se bornait à passer des versions économiques de chefs-d'œuvre en sourdine (sinon les autres profs râlaient) et à obtenir que le niveau sonore des conversations ne fût pas supérieur à celui de la musique, grande la musique, comme il se doit. Là, elle commença par interpréter elle-même une petite pièce à la flûte alto, qui n'empêchait personne de parler, et lui permettait de s'entraîner pour le conservatoire municipal.

— Mozart ! dit Hélène. Juste derrière, entre son bureau et le mur du fond, la Garraude se mit à danser, en agitant lentement ses grands bras et ses grandes jambes. Par peur de ses réactions, on étouffa vite les foyers de ricanement, et mademoiselle Sylvie, flattée de charmer, se garda bien d'intervenir. Quand elle s'arrêta à bout de souffle vingt minutes plus tard, elle interrompit King-Kong entre sol et plafond, au beau milieu d'un gros saut pataud de très lointaine inspiration bolchoïenne. En trois enjambées, le monstre en nage fut à son bureau avec un regard de taureau furieux.

— Musique ! Vite !

Mademoiselle Sylvie fit tourner dare-dare à trente-trois tours le chiffon rouge de la Vème Symphonie de Beethoven.

— Pom, pom, pom, pom ! chanta King-Kong enchantée en retournant à ses entrechats.

— Les coups du destin, commenta Hélène.

Le deuxième mouvement déhanchait son ample balancement quand la musique s'arrêta net, dzionwouong, faisant resurgir illico la Garraude à l'avant-scène.

— Je n'y peux rien, c'est une panne d'électricité, gémit mademoiselle Sylvie après quelques traficotis dans l'appareil. Il était presque quatre heures. La Garraude sortit en claquant la porte. Personne ne la retint. Cinq minutes plus tard, l'absence de sonnerie parut étrange. Dans une école, tout le monde a le nez sur sa montre, surtout à l'heure sacrée de la récréation. Des blouses commencèrent à paraître aux fenêtres, d'autres se répandirent dans les couloirs pour regarder, sur la pointe des pieds, les malheureuses prisonnières de leurs profs, "tant que ça n'a pas sonné, mesdemoiselles, je vous demande de ne pas bouger !". Bientôt, la moitié du collège était dans la cour, et l'autre en train de descendre, perdue en conjectures papotantes, quand un autre son se fit entendre :

— Dong ! Dong !... Dong ! Dong !

— Une cloche ? s'étonnèrent les pensionnaires, stupéfaites.

— Je croyais qu'on l'avait démontée, dit Anne-la-Vache, ma sœur aînée m'a dit qu'il y en avait une...

— Ma sœur aussi, mais elle était déjà toute vermoulue quand ils ont posé la sonnette électrique !

— Bah, tu connais les bonnes sœurs, elles l'auront sûrement laissée se recouvrir de vigne vierge. De toute façon la chaîne était trop haute pour qu'on l'attrape, il n'y avait que les filles de seconde qui y arrivaient, la grande Gazeau, la cousine à Claire, celle du cuisinier, tu te rappelles ?

— Qu'est-ce que tu mâches ?

— Une racine qui fait les dents blanches.

— Tu devrais en filer à la Garraude...

— Elle a qu'à crocheter des écharpes, répondit Anne-la-Vache, mystérieuse et fière de l'être.

La foule de blouses bleues s'était instinctivement dirigée dans la cour d'où venait le son de cloche. Devant un mur de vigne vierge, hurlant de rire, la Garraude sautait en l'air, pendue à la chaîne comme un moinillon.

— DONG-DONG !... DONG-DONG !...

Quand elle redescendait, la vitesse lui soulevait les jupes, et l'on voyait sa gigantesque culotte blanche.

— DONG-DONG !... DONG-DONG !...

À chaque fois qu'elle était en bas, elle en profitait pour avancer ses mains sur la chaîne et pouvoir s'élancer, avec le puissant ressort de ses jambes musclées et poilues, toujours plus haut vers le ciel.

— DONG-DONG !... DONG-DONG !...

Entre les coups de battant, on entendait son rire énorme. Elle allait de plus en plus vite, à plus de quatre mètres en l'air, et le cercle des blouses bleues autour, comme au théâtre, assourdi, avait la bouche ouverte. La petite Trottinette, avec ses couinements de souris, eut un mal fou à se frayer un passage vers le premier rang.

— DONG-DONG !... DONG-DONG !...

Toutou, Guili-Guili, Mère Adélaïde l'avaient suivie : toutes les sœurs hurlaient de leurs petites voix impuissantes à la Garraude d'arrêter : la cloche était mal fixée, il allait arriver un malheur.

— DONG-DONG !... DONG-DONG ! ...

Que pouvait bien couiner la petite Trottinette en bas ? Et Toutou derrière, qui agitait les bras comme des ailes de moulin ? Et Mère Adélaïde avec son plâtre et sa béquille devant qui tout le monde s'écartait ? Coucou, ma Mère, je vole !

— DONG-DONG !... DONG-DONG !... DOINNG !

Soudain Catherine rebondit dans le ciel s'éloignant du mur de feuilles comme au bout d'un élastique. La cloche partit vers la gauche. Le battant vers la droite dans une fenêtre du premier. Et Catherine, jupes en l'air, vers le bas.

— HHHHAAAH ! fit la foule en se reculant dessus.

La chute fut brutale. Catherine ne lâcha pas la chaîne. La cloche lui tomba sur la tête comme un chapeau trop grand.

Il y eut une minute de silence.

Elle était affaissée à angle droit contre le mur. Mais c'était le milieu de son dos qui faisait l'angle. Sa tête avait disparu sous la cloche et du sang coulait, doucement, faisant le tour de sa grosse glotte, dans le creux de son cou.

D'un ample geste Mère Adélaïde figea la foule en envoyant valdinguer sa béquille au beau milieu, avant de clopiner vers le pauvre grand mannequin dézingué sous les feuilles.

Un genou à terre et la patte au plâtre tendue, Mère Adélaïde essayait de soulever la lourde cloche en implorant "Catherine, mon petit" à tout petits gémissements quand Séraphin, réveillé de sa sieste par l'intrusion soudaine du battant, énorme missile de fonte, sur le pied de son lit, l'écarta doucement, et, avec d'infinies précautions, de toute la force maîtrisée de son corps d'homme, lentement, parvint à décoiffer la pauvre Garraude de sa cloche comme on démoule un gâteau.

Son crâne avait pris la forme d'un pain de sucre

comme en donnent parfois les forceps aux nouveau-nés. Son visage tuméfié n'était plus qu'une plaie bavante d'humeurs et de sang dont surgissaient deux yeux noirs grands ouverts. Quelques mots abîmés passèrent pourtant le barrage de ses dents brisées.

— Ma mère, je vole... De grands frissons électriques agitèrent encore ses longs bras de singe de quelques soubresauts désordonnés. Puis des bulles, et un torrent de sang du vermillon le plus éclatant, le plus faux, jaillirent de ses lèvres, figées pour toujours dans un sourire ébahi.

Plus tard, dans sa cahute, Trottinette pesta violemment auprès de Guili-Guili contre la personne qui lui avait fauché les clefs de l'armoire aux compteurs tout à l'heure (elle disait "subtilisé") quand elle voulait vérifier l'origine de la panne d'électricité, et venait de les y remettre ; on la prenait vraiment pour une gâteuse ou quoi ? Guili-Guili, qui avait subi une rude épreuve en la matière avec la lessiveuse de riz, hochait vigoureusement son approbation de la tête. Elle sursauta malgré sa surdité naissante au cri que poussa Trottinette quand elle ouvrit l'armoire pour mettre son nez dans les appareils : il n'y avait jamais eu de panne, quelqu'un avait coupé le disjoncteur exprès. Voilà tout. Et en se servant des clefs de Trottinette, c'était gros.

— De nos jours, soupira Guili-Guili...

— Mais qui a bien pu dire à cette malheureuse infirme d'aller tirer la cloche ? Et où la trouver surtout, avec toutes les feuilles qu'il y avait dessus...

Assise par terre contre la vigne vierge, Mère Adélaïde berça longtemps dans ses bras la trogne de gargouille de Catherine Garraude, sans essayer d'essuyer le flot de larmes sous ses lunettes, ni tout ce sang qui coulait rouge vif, trop rouge et trop vif, jusque sur son plâtre blanc.

Chapitre X
DIES IRAE

Dieu, celui que tout le monde connaît, de nom.
JULES RENARD
Journal, 14 avril 1894

Quand lama fâché, lui toujours faire ainsi.
HERGÉ
Tintin et le temple du soleil

Avec Catherine Garraude, Mère Adélaïde avait perdu le seul être humain qu'elle aimât vraiment. Les autres, son prochain, elle les aimait bien sûr comme elle-même, selon le commandement ; c'est-à-dire pas beaucoup.

Autant qu'on puisse s'en faire une idée, Mère Adélaïde avait un cœur de pruneau séché avec le noyau dedans. Mais elle avait été la seule ou presque à avoir perçu le regard d'une petite Catherine sous le sourcil unique de la Garraude, une âmelette glabre et pure sous la carapace velue et noiraude de King-Kong : à moins qu'elle ne l'eût pas fait, après tout, et qu'elle l'eût adoptée, comme d'autres vieilles filles un chat tacheté ou un chien bâtard, et s'y fût attachée de la même façon, exclusive et maniaque.

Dans son malheur, il ne lui restait plus que Dieu. Dieu seul. Son roc, son récif dans la tempête. Désormais rien ni personne ne pourrait la distraire de Lui. Elle serait un martyr de la foi.

Et l'école aussi, du même coup.

Le lendemain de la mort atroce de la pauvre idiote, alors que le chagrin avait poudré ses joues d'un léger frimas de pâleur émue, Mère Adélaïde réunit dès l'aube un chapitre exceptionnel.

Trottinette, dont ce n'était guère l'habitude, demanda la parole en premier pour raconter son histoire de clefs et de compteur. Elle était très préoccupée. Si c'était une farce, non seulement elle était mauvaise, mais elle était préméditée, et jusqu'à présent en tout cas, jamais les élèves n'avaient témoigné d'une telle ingéniosité dans le mal, ni dans le bien d'ailleurs. Et puis qui avait bien pu indiquer à cette malheureuse l'emplacement de la vieille cloche ? Toutes celles qui ne l'avaient pas oubliée, et qui ne pouvaient être, elle avait le regret de le dire, que des membres de la congrégation, la savaient dangereuse... Il y avait de la grosse malveillance là-dessous. « Et ce n'est pas la première fois dans cette maison », ajouta Guili-Guili, le cœur toujours cruellement collé au riz de sa lessiveuse, en lançant par la petite fente de ses paupières rouillées, et qu'elle avait eu tant de mal à ouvrir si tôt, un regard presque aveugle mais lourd de reproches vers l'injuste Toutou.

Adélaïde fit claquer le montant métallique de sa béquille sur la table. Elle avait désormais la force de reprendre les rênes et se chargerait de tout, les choses allaient rentrer dans l'ordre, il était grand temps, cette maison en avait bien besoin, d'autant que le BEPC, elle en était consciente, et la Profession de foi approchaient à grands pas. Elle renvoya donc Toutou à ses cornues, rétablit Guili-Guili dans une vague fonction de "surveillance générale de la cantine" (titre ronflant qui comportait surtout en fait l'agitation de la clochette, là-dessus elle insista, "pas de gabegie"), annonça une tournée d'inspection dans les classes, demanda aux esprits de se calmer et entama une longue prière de clôture à la mémoire de sa protégée.

Anne-la-Vache, qui avait collé ses oreilles emmitouflées derrière la porte, quitta son poste au premier *Ave* pour transmettre aux lavabos le communiqué suivant : « Attention, le vengeur masqué va frapper ! » Les pensionnaires dont l'ardeur à se brosser les dents, déjà ontologiquement très faible, était encore émoussée par l'absence de surveillance, crachèrent d'un même jet une mousse de bulles blanches d'inquiétude.

Au petit déjeuner, Guili-Guili avait repris tranquillement sa place à l'entrée du réfectoire avec l'air modeste du capitaine Dreyfus au retour de l'Île du Diable.

La tournée d'inspection directoriale commença juste après, par les classes du premier étage. Ce n'était pas par fatigue, ni encore moins par paresse, comme on s'en doute, que Long John Silver avait décidé de ne pas grimper plus haut, ding-boum, ding-boum, rampe et béquille ; c'était par choix stratégique. Mère Adélaïde, qui connaissait par cœur son *De bello Gallico,* parait au plus pressé sur ses deux fronts menacés. Au premier se trouvaient, en effet, à la fois les troisièmes, candidates au BEPC, et les sixième, candidates à la profession de foi. Toujours classique, Adélaïde pensait que le monarque doit davantage se faire craindre que se faire aimer, et elle le prouvait. Professeurs comme élèves la redoutaient plus encore que le mythique inspecteur. Chez elle partout, elle frappait aux portes des classes alors qu'elle y était déjà moitié entrée, et que l'irruption de sa demi-silhouette avait suffi à faire jaillir les élèves de leurs chaises dans un tonitruant « Bonjour, ma Mère ! » digne des Marines américains.

À huit heures douze, le caoutchouc de sa béquille ne faisant aucun bruit sur le linoléum du couloir, elle réussit à merveille son habituelle entrée fracassante en sixième 1, alors que Mère Antoinette y surveillait le coloriage du cours de catéchèse. Très Raminagrobis, elle étendit devant la classe debout son fin sourire d'une oreille à l'autre comme un chewing-gum, et entreprit de regarder ses "chères enfants" qu'elle n'avait "pas vues depuis si longtemps" avec affection, ce qui acheva de les terroriser. La pile de carnets de notes gris était là, au bord du bureau, et Adélaïde avait un talent particulier pour transformer leur distribution en cataclysme cosmo-planétaire. Curieusement, après avoir accepté la chaise de Mère Antoinette, elle s'en désintéressa.

— Eh bien, mes enfants, nous étions en cours de catéchisme, que faisions-nous, voyons, Alice Chantonneau ?

Ladite Alice, brune et ronde, se leva, rougissant sous ses taches de rousseur, les mains bien appuyées sur sa table.

— On cherchait des faits de vie pour le Bon Samaritain.

— Votre bureau ne va pas s'envoler ! Tenez-vous droite, voyons... Des faits de vie, comme c'est intéressant, qu'est-ce que c'est ?

— Des personnes dans le monde d'aujourd'hui qui se comportent comme le Bon Samaritain...

— À la bonne heure ! et où trouvez-vous ça ?

— Dans les gens qu'on connaît, dans le journal... Après, on les dessine ou on les colle...

— Portez-moi ça, je vous prie !

Alice Chantonneau s'avança prudemment vers le bureau, tendit son cahier, et vlan ! s'en prit au retour un grand coup sur la main. Le silence vibrait.

— Bravo, mademoiselle, je vous félicite. C'est comme ça qu'on vous élève ? On n'offre jamais rien avec la main gauche !

— Mais, ma Mère, je suis gauchère...

— Il n'y a pas de mais ! Quand quelqu'un vous dit bonjour, vous lui serrez peut-être la main gauche aussi, petite impolie !

Alice Chantonneau fondit évidemment en larmes pendant que Mère Adélaïde jetait un œil d'acier sur ses œuvres.

— C'est quoi là, ce grotesque tout vert ?

— Le-heu'heu ! Bon-hon ! Samaritain-hain'hain...

— Eh bien, il a l'air aussi en forme que son blessé... Je suppose que ce vaillant pompier que vous avez collé à côté est l'image que vous vous faites d'un Bon Samaritain moderne ?

La malheureuse opina de la tête. Adélaïde soupira.

— Seigneur ! Gardez vos larmes pour plus tard, Picasso ! Mère Antoinette, comment notez-vous ces dessins ? Sur leur qualité artistique ?

Mère Antoinette entendait la bouilloire siffler à ses oreilles, Adélaïde retendit son fin sourire.

— Mes enfants, vous savez que cette année est très importante pour vous. Vous allez faire votre profession de foi, c'est-à-dire que vous allez renouveler les vœux de votre baptême, et affirmer publiquement votre foi. Voyons, qui est la première, ici, c'est vous n'est-ce pas, Agnès ?

— Oui, ma Mère, répondit une blonde en se levant, bien droite, les bras croisés.

— Bon, Agnès, croyez-vous en Dieu ?

— Oui, ma Mère.

— Voilà un début encourageant, et qu'est-ce que Dieu ?

— Dieu est amour... répondit Agnès sans se mouiller.

— Mais encore ?

— C'est notre Père.

— Bien sûr, mais ensuite ? Quelle est Sa nature ? Qu'a-t-Il fait ? Quelle est Sa volonté ?

— Bah, il a créé tout l'univers, il nous aime... Il est gentil...

— ... GENTIL ? GENTIL ! Comment pouvez-vous dire une chose pareille, malheureuse ! Vous avez entendu, Mère Antoinette : Dieu est gentil... Mère Adélaïde glapissait d'une colère noire. Et c'était gentil, peut-être, petite sotte, de détruire Sodome et Gomorrhe ? C'était gentil, le déluge ? C'était gentil de demander à Abraham de sacrifier son fils ?

Et un grand coup de béquille sur le bureau. Silence.

— Sachez, jeunes filles, que Dieu n'est pas gentil, il est bon. Dieu n'est pas niais... Qu'est-ce qu'on leur a appris à ces petites, excepté à découper le journal ?

— C'est la méthode inductive, ma Mère, on part de la vie, et les enfants découvrent Dieu qui est dans leur cœur...

— Mère Antoinette, mais les enfants ne découvrent rien, ils inventent, c'est tout ! Voilà deux mille ans que nous connaissons les réponses, et nous les laissons tâtonner ? patauger dans les méandres de leurs petites cervelles de souris ! Ah, c'est charitable...

Elle souffla un grand coup dans son nez plat, et ses narines vibrèrent comme les trompettes du Jugement dernier.

— Agnès, allez me chercher une troisième... Non pas une troisième, elles préparent l'examen... Voyons, il me faut une quatrième qui ait redoublé... Elles étaient quatre, et Mère Adélaïde qui n'ignorait rien le savait très bien, à avoir redoublé leur sixième, dont Hélène, par force, et Stella par faiblesse. Quatre à avoir bénéficié un an de l'enseignement de l'ancien catéchisme, du latin et des mathématiques traditionnelles, ces trois piliers de la sagesse disparus d'un coup sous les effets conjugués, quoique non concertés, d'Edgar Faure, de Mai 68 et du Concile.

— Filez me chercher Hélène de Carmandal et Stella aussi !

Hélène et Stella furent ravies d'être arrachées au cours d'histoire, plus lent encore que celui de la Loire.

— Ah, Hélène, mon helléniste, qu'est-ce que Dieu ?

— Dieu est un pur esprit, infiniment parfait,

éternel, créateur et souverain maître de toutes choses, répondit Hélène avec le ton gna-gna-gna des *Fables* de La Fontaine.

— Et qu'est-ce que l'homme ?

— L'homme est une créature raisonnable composée d'une âme et d'un corps.

— Raisonnable, mademoiselle Chantonneau, vous avez entendu, raisonnable, même vous ! C'est dur à croire, parfois, le catéchisme, persifla Adélaïde en coin avant de reprendre l'interrogatoire : Bien. Pouvons-nous par notre seule raison connaître Dieu parfaitement ?

— Non, nous ne pouvons pas, par notre seule raison, connaître Dieu parfaitement parce que notre raison est bornée et que Dieu est sans bornes.

— Ah, mais voilà qui est très intéressant, Mère Antoinette, n'est-ce pas ? fit Adélaïde, feignant de découvrir ces phrases qu'elle connaissait bien évidemment par cœur. C.Q.F.D., Mère Antoinette, vade retro "méthode inductive", rien ne vaut la méthode instructive ! Elle ne put s'empêcher de hasarder une dernière question, plus difficile, le bouquet final avant la sortie de ses acrobates.

— Pouvez-vous me citer le nom des fils de Jacob ?

C'était risqué. Hors programme. Pourtant Stella récita pendant qu'Adélaïde comptait sur ses doigts :

— Jacob eut douze fils : Rubéon, Siméon, Lévi, Judas, Issachar, Zabulon, Dan, Nephtali, Gad, Azer...

— Il nous en manque deux, les fils de Rachel, allons ?

... Joseph et Benjamin !

— Et voilà ! fit-elle, fiérote comme un montreur de foire. Mesdemoiselles, j'espère que vous êtes conscientes de votre outrecuidance à prétendre faire votre profession de foi. Comment témoigneriez-vous d'une religion dont vous ignorez tout ? Hein ? Votre retraite prévue dans la douce oisiveté du couvent de Saint-Maur sera remplacée par un week-end ici, au collège, qui sera suivi d'un examen religieux. Si vous ne le réussissez pas, vous ferez votre profession de foi l'an prochain, voilà tout !

Là-dessus elle se leva, aussi brusque dans le départ que dans l'arrivée. Les dos s'affaissaient déjà dans un grand soupir de soulagement quand elle se retourna soudain sur le seuil :

— Fini, maintenant, les crayons de couleurs !

Après avoir jeté cet anathème, blaoum ! elle claqua la porte et fila en troisième, ding-boum, ding-boum, avec sa béquille, semer l'ordre et la consternation. Là, après son habituelle entrée fracassante évoquée plus haut, elle se mit à distribuer les carnets de notes à sa terrible façon, en commençant par les dernières, qu'elle accablait de sarcasmes, et en terminant par les premières, qui n'avaient droit qu'à son indulgence pointilleuse, et encore. L'attente était atroce, tout le monde rêvait d'entendre son nom le plus tard possible, jamais même, s'il vous plaît, mon Dieu. Stéphanie Brigeau écopa de quatre heures de colle pour ongles vernis (précédées dans l'immédiat par une séance de dissolvant chez Trottinette, qui vit dans l'arrivée de cette dévergondée un signe évident de reprise des affaires), Béatrice Brichart de trois heures, pour avoir été aperçue seule, baguenaudant à Prisunic "en bas" (Adélaïde ignorait l'existence des collants), et la dernière comme la première de deux heures pour flemme ("quand on n'est pas douée, il faut bûcher ; raison de plus quand on est douée"), elle n'épargna que les Togolaises, comme toujours, quoique leurs résultats fussent loin d'être mirobolants... À la fin de son tour d'horizon, quand toutes, nez baissés, furent matées, il parut évident à l'avisée Adélaïde que le point faible pour le BEPC, c'étaient les maths. Elle fut égale à sa réputation, géniale.

— Brigitte Cravideau !
— Oui, ma Mère.
— Votre frère jumeau est bien en troisième au lycée d'État ? Savez-vous ce qu'il étudie en mathématiques ? Sur quel point le professeur insiste-t-il ?
— Oh, ils en sont plus loin que nous, à la dernière partie du programme, aux fonctions. Ils ne font que ça.
— Ça confirme mes autres informations. Parfait. Dorénavant, vous aurez tous les mardis et tous les jeudis soirs après les cours deux heures intensives de fonctions !
— Oooh ! fit la classe.
— Pas de protestations ! Et sachez que je m'opposerai au passage en seconde de celles qui n'auront pas leur BEPC !

Après avoir posé cette dernière bombe à retardement, elle sortit, ding-boum, ding-boum, pour descendre les escaliers, ce qui était plus long et plus pénible que de les monter, avant le flot de la récréation de dix heures.

Hélène et Stella s'y retrouvèrent sur un banc, encore toutes bizarres de la mort du monstre. Plus encore que l'accident lui-même (par Anne-la-Vache, elles en avaient eu la confirmation : encore un meurtre, un de plus !), c'était d'avoir vu Adélaïde pleurer qui les avait bouleversées. De leurs souvenirs si crus, si confus encore, émergeait l'image de cette étrange Pietà plâtrée ; et elles avaient besoin de se la raconter encore et encore pour l'apprivoiser. Rétrospectivement, elles s'en voulaient de l'avoir prise pour une assassine. Mais qui était ce criminel qui frappait même les enfants ? Car enfin, même si elle n'y ressemblait guère, la Garraude était une enfant, en tout cas quelqu'un qui n'était pas de taille à mourir pensaient-elles, comme s'il y avait eu un âge pour ça comme pour le permis de conduire ou le service militaire... Maintenant, c'était sûr, personne n'était à l'abri. Elles non plus, d'ailleurs.

— Résumons-nous, dit Hélène pour ne pas se laisser contaminer par la trouille de Stella, nous en étions arrivées par élimination à deux suspectes, Adélaïde et Toutou. Si ce n'est pas Adélaïde, c'est simple, c'est Toutou ! Tu ne l'as pas vue, toi, la façon dont elle regardait King-Kong à la chapelle ! Je t'assure que c'était terrible...

— Pourquoi elle l'aurait tuée ? Elle aurait pu s'en débarrasser en la virant après son examen !

— Pas si Adélaïde s'y opposait ! Et n'oublie pas que, si c'est elle l'assassin depuis le début, c'est Adélaïde qu'elle vise et qu'elle a ratée dans l'accident de la deuche piégée... La Garraude était le garde du corps d'Adélaïde, sans garde du corps, elle est beaucoup plus vulnérable.

— Et les autres ? Comment elle aurait empoisonné le riz ?

— Elle est prof de chimie, ce n'est pas dur, avec Guili-Guili qui ne voit pas le bout de son nez ! Pareil pour la voiture, la mécanique c'est rien quand tu connais la physique ! Et puis, de toute façon, Adélaïde est bien trop maligne pour se mettre au volant d'une voiture piégée...

— Et pour l'archiprêtre, c'est vrai qu'elle lui faisait souvent ses piqûres... Une dose un peu forte, hop !

— Ce qu'il nous manque, c'est le mobile...

— Toutou, son obsession, c'est d'être chef, on a bien vu quand Adélaïde était pas là... Elle devait vouloir les deux casquettes, comme elle : directrice et supérieure, et l'archiprêtre ne devait pas la trouver assez forte en religion pour être supérieure, il ne faisait confiance qu'à l'ancienne avec qui il était tout le temps fourré, Mère Antoinette. D'ailleurs elle aurait dû repartir après l'opération Sahel, et elle est toujours là...

— En tuant la Garraude, elle faisait d'une pierre deux coups : elle faisait plaisir aux parents d'élèves, et elle découvrait Adélaïde...

— Qu'est-ce qu'on peut faire, maintenant ? Ça sert à rien d'aller dire à Adélaïde qu'elle est en danger, elle nous enverra aux pelotes comme la dernière fois. L'abbé africain n'y comprend rien...

— Ah, tiens, je t'ai fait une dizaine de chapelet hier !

— Merci, il m'en reste combien ?

— Ben cinq dizaines pour un chapelet, trois chapelets pour un rosaire, trois rosaires ça nous

fait trois fois trois, neuf chapelets, soit quarante-cinq dizaines, moins une : quarante-quatre !
— C'est le bagne !
— T'as toujours pas commencé ! Je peux t'aider : si à la récré, on fait une dizaine chacune par jour, on liquide deux chapelets par semaine...
— Et on aura fini quand ?
— Dans un mois et deux-trois jours, selon...
— C'est vachement long !
— Les filles, les filles, Mère Adélaïde veut vous voir !
— Là tout de suite ?
— Pour le moment, elle est avec le grand abbé noir, dès qu'elle aura fini... Anne-la-Vache était tout essoufflée.
— Avec le temps qu'il fait, tu pourrais quitter ton écharpe !
— Ça va pas, regarde ce qu'il m'a fait mon titi samedi !
— C'est quoi ce bleu ? demanda Hélène.
— Bébé va ! répondit Anne-la-Vache en s'éloignant, fière de son suçon comme un étudiant autrichien de ses balafres de duel. Stella lui expliqua, et elles conclurent en se levant que, décidément, l'amour, ça rendait complètement idiot.

Le timbre de la sonnette grinça son cri sinistre, les rangs se formèrent. Toutou, dont l'œil s'alluma à la vue de ces deux-là encore ensemble et pas encore alignées, voulut les réprimander, mais une convocation chez Belphégor dispensait de toute obligation scolaire. Elles se firent une joie de le lui dire. Et cette nouvelle ravit secrètement Toutou, bien payée pour savoir qu'Adélaïde conviait rarement les gens dans son bureau pour les féliciter.

Cependant, grâce à leur parfait numéro de duettistes catéchistes, Hélène et Stella attendaient pour la première fois de leur vie cette confrontation en toute sérénité ; elles ne pensaient même pas à ajuster leur mise... Derrière la porte, elles écoutèrent attentivement les propos exaspérés d'Adélaïde à Séraphin :

— Monsieur l'abbé, la situation est grave ! Pour une bonne moitié des élèves, la profession de foi est l'ultime étape d'une vie religieuse qui se terminera avec l'enfance. L'année prochaine, Jésus ira rejoindre le Père Noël dans le même tiroir de leur petit coffre à jouets mental. Elles ne remettront plus les pieds à l'église avant leur mariage !

— Mais vous croyez qu'en apprenant par cœur...

— Ah non, pas l'*Émile* quand même, pas vous ! Vous ne comprenez pas ce qu'est un "arbre perché", peut-être ? Je vous en supplie, ne me faites pas votre petit Rousseau...

— C'est naturel, rugit l'abbé en exagérant son accent africain, je suis un bon sauvage, alors dis donc !

— Arrêtez, ça ne me fait pas rire du tout ! j'ai assez de Mère Antoinette pour croire que l'homme est naturellement bon, du moins quand il est petite fille...

— Allons, allons ! Vous êtes trop pessimiste, ma Mère. On leur a bien appris quelque chose à ces demoiselles...

— Même pas à dessiner convenablement ! Tout ce qu'elles savent c'est "aimez-vous les uns les autres", point final.

— Ce n'est déjà pas mal, si...

— Pas si mal, mais c'est tronqué, oui ! "Hoc est praeceptum meum ut diligatis invicem..." elle tapa du poing sur la table "sicut dilexi vos !"*.

— Comme je vous ai aimés...

— Oui ! "Sicut dilexi vos" a été jeté aux orties avec les soutanes. Pfft ! plus de "sicut dilexi vos" ! Mais qu'est-ce que c'est que cette charité qui n'ose plus dire son nom ? Cet amour du prochain qui ne prend pas sa source dans l'amour de Dieu ? Rien ! Un songe creux, de l'humanisme, du narcissisme, du communisme, tout ce que vous voudrez, ça revient au même ! Un sourire du Malin, la parodie odieuse du grand pipeur de dés... Et c'est ici qu'on enseigne ça ! Merci, messieurs les Révolutionnaires, mais nous n'avons plus besoin de vos services pour transformer nos chapelles en hangars à bestiaux, nous le faisons nous-mêmes !

— Allons, ma Mère, calmez vous !

— Me calmer ? Me calmer, alors qu'au lieu de préparer une génération de fidèles, nous fabriquons au mieux des infirmières qui partiront soigner les lépreux du bout du monde sans savoir pourquoi, pire, en se faisant excuser de croire en Dieu parce que ce serait espérer une récompense dans les Cieux, et que ça manquerait d'allure ! Nous faisons des renégates, des ignares, des militantes syndicales, des chrétiennes honteuses. Encore des chrétiennes, si l'on peut dire, elles pensent que Notre Seigneur est une sorte de hippy mollasse... Oui, il faut qu'elles apprennent par cœur, et comment ! Ce qu'on apprend par cœur à

---

* "C'est mon commandement que vous vous aimiez les uns les autres comme je vous ai aimés", Jean, XV, 12.

cet âge-là reste un trésor pour la vie dans lequel elles pourront toujours puiser plus tard quand la Providence se manifestera, qui sait ?

— Ubi enim thesaurus vester est ibi et cor vestrum erit* !

— Je ne vous le fais pas dire ! soupira Adélaïde sur qui le latin produisait toujours un puissant effet neuroleptique.

— Dis donc, ça barde, chuchota Stella à Hélène, elle nous a oubliées, tu crois ?

Derrière la porte, Séraphin poursuivait dans les graves de sa voix de violoncelle sa thérapie à la Vulgate.

— Ma mère, allons, gardons-nous surtout du péché contre l'Espérance, c'est le pire. N'oubliez pas la louange de Jésus sur la route de Jérusalem "Confiteor tibi Pater Domine caeli et terrae quia absconditi haec a sapientibus et prudentibis et revelasti ea parvulis**", les apôtres n'avaient pas beaucoup d'instruction, au contraire, on le leur a assez reproché !

— Sans doute, mon père, mais ils étaient à bonne école, eux ! Et Notre Seigneur n'a guère attendu avant de recruter le redoutable élève du grand rabbin Gamaliel sur le chemin de Damas ! Il ne manquait pas d'instruction, celui-là, non ? Que serait devenue l'Église sans saint Paul ?

---

* "Car où est votre trésor, là aussi sera votre cœur", Luc, XII, 34.
**"Je te bénis, Père, Seigneur du ciel et de la terre, d'avoir caché ces choses aux sages et aux instruits, et de les avoir révélées aux tout-petits", Matthieu, XI, 25.

— Je n'entends plus rien, dit Stella, ils ne s'attrapent plus. Tu crois qu'on doit toquer ?

Elles n'eurent pas à le faire ; quelques instants plus tard, le grand abbé noir leur ouvrit soudain la porte au nez. Adélaïde, qui n'oubliait jamais rien ni personne, était derrière son bureau, la béquille posée en travers. Elle se taisait. Dans un instant d'abattement, le calme rétabli, son deuil lui était monté au visage, et elle avait cet air de léger rhume et de profond mystère fréquent à ceux qui viennent de frôler la mort. Elle était presque attendrissante. Ça ne dura pas. Elle releva les yeux à mi-hauteur.

— Dites-moi, Stella, qu'est-ce que c'est que cette poche décousue ? C'est une tenue peut-être ? Et vous Hélène, vous avez perdu la ceinture de votre blouse ? Bravo, mesdemoiselles, moi qui comptais sur vous pour donner l'exemple...

— Ma Mère !

— Pas de "ma Mère", je vous prie ! Une jeune fille doit être nette. Qui est négligent dans les détails l'est aussi dans l'essentiel, n'est-ce pas ?

— Qui fidelis est in minimo et in majori fidelis est, fit l'abbé avec une sonorité de bronze.

— ... et qui in modico iniquus est in majori iniquus est* ! reprit Adélaïde.

Ils se lancèrent un regard de satisfaction mutuelle. Les filles étaient atterrées, c'était quoi, ce cirque ?

— Mesdemoiselles, vous passerez le week-end

---

* "Celui qui est fidèle dans les petites choses l'est aussi dans les grandes et celui qui est malhonnête dans les petites choses l'est aussi dans les grandes", Luc XVI, 10.

ici pour encadrer la retraite de profession de foi que prêchera monsieur l'abbé N'Dongondo. Prévenez vos familles et prévoyez des draps. C'est une mission de confiance, maintenant si vous tenez à ce que je la transforme en punition...

La menace était claire. Hélène et Stella se turent. En un sens, cette corvée pouvait se révéler formidable pour l'enquête. Adélaïde conclut l'entretien à sa manière, en se levant pour entamer une dizaine de chapelet qu'ils reprirent bien sagement tous quatre en chœur, sous la domination du mâle organe de Séraphin. Face à la Vierge en plâtre dans sa fausse grotte, béquille coincée contre la hanche, Long John Silver pensait sans doute que jamais plus personne ne lui apporterait de bidons d'eau de Lourdes, car une larme coulait, seule, petite goutte d'eau de mer, sur sa joue gauche, sèche, jaune et plissée comme un plan de pirates.

Stella n'avait pas fait trois pas dans la cour que Séraphin l'attrapa par l'épaule. Elle sursauta.

— Dites-moi, jeune demoiselle, qu'en est-il de mon rendez-vous avec l'ange ?

— Ah zut ! Oh, pardon, excusez-moi, mais avec tout ça, j'ai oublié de lui en parler...

— Mais !... Il ne faut pas oublier, voyons ! C'est très urgent, extrêmement urgent et extrêmement important !

— Oui, mon père, je n'y manquerai pas. Pardon, mais je suis pressée, ajouta-t-elle en se dégageant. Il lui faisait un peu peur comme ça quand il roulait des yeux, surtout depuis sa terrible pénitence.

— On en est où dans nos chapelets, maintenant ? demanda-t-elle à Hélène dans l'escalier.

— Avec ces deux-là, cadeaux de Long John Silver (je nous en compte chacune une, t'es d'accord ?), il nous reste quarante-deux dizaines !

— Ça va pas vite...

Elles décidèrent de tenir un compte sur la dernière page de leurs petits carnets à spirales.

L'après-midi, le bureau de Mère Adélaïde fut assiégé pendant des heures par des délégations de mères furibardes. Sous le coup de l'émotion (après tout, l'accident de la Garraude aurait pu arriver à leurs filles, encore une chance !), et de ses récents propos comminatoires, ces dames commencèrent à arriver, une puis une autre, juste après le déjeuner. Vers quatre heures et demie, elles étaient une bonne trentaine dans la cour.

Le hasard, la Providence ou le calcul, allez savoir, voulut que sœur Anita passât par là, ses livres sous le bras. Ces dames se précipitèrent sur elle avec de petits cris d'aise et d'espoir pour l'encercler de leurs récriminations. Chacune voulait être au centre et dire un mot. "Bien sûr, bien sûr", faisait Toutou, en hochant un voile de compréhension. Celles du pourtour essayaient d'entendre, mais elles se parlaient dessus, toutes en même temps, quand la voix suraiguë de madame Marchadeau réussit à couvrir les autres en résumant les souhaits de la société : "Enfin, ma sœur, ne pourriez-vous pas raisonner Mère Adélaïde ?"

— Mesdames, voyons, un peu de silence ! Il y a des enfants qui essaient de travailler ici, enfin !

Elles se retournèrent en rougissant comme des petites filles prises en faute. Toutou se serait tordu les mains si elle n'avait eu autant de livres dans les bras. Adélaïde, appuyée contre sa béquille, avait surgi en haut des marches de son donjon, prête à déverser l'huile bouillante.

— Votre bras, sœur Anita, je vous prie !

Toutou se précipita. Mais Adélaïde choisit de s'appuyer sur son épaule pour descendre, comme une vieille impératrice fatiguée face au cercle brisé de sa cour soudain muette.

— Mesdames, si je vous ai bien entendues, et je vous ai bien entendue, madame Marchadeau, dit-elle en se tournant vers la mère de l'odieuse Nelly dont les autres s'écartèrent immédiatement d'un pas, j'aurais perdu la tête... Non, non, ne protestez pas, c'est inutile, vous avez parfaitement raison, j'ai perdu la tête... Elle contempla l'effet de ses paroles en jetant un regard circulaire et brillant d'ironie sur l'assistance.

— Mais pas en me cassant la jambe, madame ! J'ai perdu la tête il y a trente-deux ans en prenant le voile pour Lui ! Elle désigna avec le vieux caoutchouc de sa béquille l'élégante petite croix d'argent qui pendait sur le corsage empesé de madame Marchadeau. Et j'ai la faiblesse de croire, madame, que si nous portons le même étendard, nous servons le même Roi des Légions célestes ! Ou alors je me demande, et je vous demande à toutes, ce que font vos filles dans... (deux coups de béquille sur le sol)... cette école !

Toutou hochait toujours du même voile de compréhension servile, mais tourné cette fois vers sa Supérieure.

— Pour la profession de foi, la communion solennelle, comme vous dites, je sais ce que vous allez me dire, je l'ai déjà entendu. Je sais que vous avez acheté des aubes très chères, que vous avez invité toute la famille, même de Paris et de l'étranger, que vous avez déjà tué le veau gras ou retenu un restaurant, que vous avez choisi la montre chez le bijoutier, j'espère que je n'oublie rien... Mais moi je vous dis : la communion solennelle n'est pas la Saint-Lucullus ! (cette allusion échappa à l'assistance). C'est une cérémonie religieuse ! (recoup de béquille). Pas un balthazar ! Et c'est mon devoir à moi, le devoir de l'école et ce devrait être le vôtre aussi — et le vôtre surtout ! — que de le faire comprendre à vos enfants ! Suis-je claire ?

Tout le monde approuva de la tête. Toutou aussi. Adélaïde avait le don de vous faire rentrer dans les socquettes de votre enfance.

— Ça ne sera pas si terrible, allons, sourit-elle avec ostentation. Et tout le monde sourit, bien sûr. Elle prit une grande inspiration qui fit vibrer ses plates narines.

— Quant au BEPC... Dans le silence, on entendait les gorges déglutir. Pour réussir un examen, il faut trois choses : un tiers de chance, et pour ça nous avons le Saint-Esprit (ces dames n'osèrent pas piper), un tiers de santé — et là vous ne craignez rien puisque vos filles ne déjeunent pas à la cantine ! (là, Adélaïde sourit si fort qu'elles

s'esclaffèrent toutes), et un tiers de travail...
Hélas ! là, ni vous ni moi n'y pouvons rien. Il faudra qu'elles cravachent... Et ne vous y trompez pas, c'est notre intérêt commun : même si vous aviez l'intention de les inscrire dans un autre établissement l'année prochaine (ne niez pas, surtout !), on ne les y acceptera pas sans un excellent niveau. L'examen d'entrée en seconde au lycée est autrement plus difficile que le BEPC, croyez-moi !

Le timbre sonna. Adélaïde remercia courtoisement ces dames pour leur visite, et leurs filles, qui les avaient vues si en colère à midi, les trouvèrent en train d'espérer à force ronds de jambes ne l'avoir pas trop fatiguée. Avant de s'éclipser ding-boum, ding-boum, Adélaïde pinça quelques joues d'élèves, et leurs mères, privilégiées, accueillirent ce geste comme autant de Légions d'honneur. Long John Silver avait maté la mutinerie.

Le vendredi soir, après le poisson carré du dîner, Stella longeait les murs de l'école comme le rat musqué du conte de Kipling. Le lendemain matin, exceptionnellement, il n'y aurait pas classe, donc pas de car, et les Toupies l'avaient envoyée dormir à l'école pour qu'elle fût à pied d'œuvre catéchistique. Hélène lui avait bien offert de la loger, mais tous ces garçons qui l'entouraient, leur agilité, leur regard clair et leurs mots tranchants l'effarouchaient un peu. Pour refuser, elle avait prétexté l'intérêt supérieur de l'enquête. Ne restaient dans l'école que les futures communiantes de sixième, trop jeunes pour elle, et les altières

Togolaises qui n'étaient pas d'une grande compagnie.

Stella errait donc seule dans l'obscurité montante ; l'ordre habituel des choses était trop perturbé pour qu'on lui prêtât attention. Sans but précis, elle marchait sur le bord des choses, et sa main droite, dans sa poche, serrait sa pile électrique éteinte. Les couloirs aux fantômes de blouses pendues, les classes éteintes, les bureaux tachés d'encre, les cuisines brillantes, le grand réfectoire, tous ces lieux familiers, vides, lui semblaient étranges. Comme si elle les découvrait après une catastrophe qui eût anéanti leurs occupants habituels. Pas désertés, quittés, mais vraiment abandonnés, comme on dit dans les chansons qu'une femme s'abandonne. D'infinis liens, nus, les attachaient sans pudeur aux absents, et Stella touchait de sa main aveugle les coins arrondis des tables, les murs grenus, vivants d'une vie inconnue et si habitée de présences invisibles qu'ils en étaient presque chauds.

Dehors, le vent agitait les paniers de basket. La nuit tombait avec une douceur fraternelle. C'était drôle d'entendre le clocher de Saint-Paul si proche, et le ronflement de voitures aussi. Ses nuits à la ferme étaient pleines d'aboiements de chiens fous et de cocoricos de coqs déphasés. Les nuits des villes, car c'était sa première nuit en ville (elle décida de s'en souvenir pour toujours), étaient pleines du bruit de ces humains tout proches aux yeux grands ouverts, comme elle ; c'était trop bête de dormir.

À cause de la lumière, dans le fond, qui sortait du bureau de Mère Adélaïde, on voyait mal les étoiles au-dessus de la cour. Veilleur solitaire, Stella se sentit aimantée par cette présence que le deuil auréolait d'un charme mystérieux. Sans allumer sa loupiote, elle s'approcha des fenêtres. Elle distinguait des voix graves, des voix mâles, deux ou trois, mais pas celle de l'abbé noir, pourtant, il parlait beaucoup celui-là... Sur la pointe des pieds, elle essaya de regarder à l'intérieur, mais elle n'était pas assez haute. Sur quoi pourrait-elle monter ? Près de la porte du bureau, il y avait les grosses poubelles en fer qu'on sortirait pour le ramassage dès l'aube. Bonne idée. Une veine, pour une fois, cette radinerie congénitale des bonnes sœurs qui les poussait à faire dormir leurs poubelles à la maison de peur qu'on ne les leur fauche ! Elle alla, courbée en deux, retenant sa respiration qui faisait un bruit d'orgue dans sa tête, en chercher une. Trop lourde.

La troisième, plus petite, fut la bonne, elle arrivait à la soulever. Elle se cognait les genoux à chaque pas. Heureusement que ses clarks étaient parfaitement silencieuses, de vraies chaussures d'Indiens. À mi-chemin, c'était pourtant pas long, elle dut la poser, doucement, doucement sur le bord. Elle était en nage. Dans le bureau, une voix disait "Nous avons été fous de venir ici", au moment où Stella reprit la poubelle, le couvercle faillit tomber, il s'en fallut de peu... Finalement, elle s'agrippa au rebord de la fenêtre, et réussit à caler ses pieds sur les poignées, de chaque côté.

Elle avait si chaud qu'elle faisait de la buée sur la vitre. Heureusement : elle était juste dans l'axe du regard d'Adélaïde. Elle pencha vite la tête à gauche, à l'abri du voilage. Dieu merci, accoudée à son bureau, Adélaïde avait les yeux mi-clos, les mains jointes, et le nez posé dessus. Pour une fois, elle ne priait pas, elle écoutait.

Face à elle, il y avait quatre hommes assis, de dos. Stella en reconnut deux : le fils du pasteur, un grand dadais boutonneux d'une vingtaine d'années avec des petites lunettes ; l'autre au bout c'était le garagiste pieux, le copain d'Henri, le neveu de Jeanne : celui qui avait rajouté du liquide à freins ! Les deux autres types étaient des inconnus. Aucun doute, Adélaïde poursuivait l'enquête à son idée, la mort de la Garraude avait dû la réactiver.

— J'ai une excellente nouvelle à vous annoncer, dit l'inconnu de gauche, avec une voix métallique et précise, un peu une voix de docteur, une nouvelle que je tiens de Suisse, et qui risque de faire basculer la situation : un personnage d'envergure et qui n'est pas sans rayonnement sur l'opinion va bientôt prononcer ses vœux... Il pense comme nous, et, sous l'habit religieux, sa voix sera d'un grand poids, on l'entendra en haut lieu.

— Allons, mon vieux, ne nous faites pas languir, dit l'autre inconnu, qui avait des pellicules dans le dos.

— ... Grand résistant, héros de Diên Biên Phû, de l'OAS...

— Pas lui ? s'exclama Mère Adélaïde, comme si elle avait pris un coup de fusil dans l'estomac. Mais il est banni, non ?

— Lui-même, répondit fièrement le premier inconnu docteur, il a été amnistié il y a deux ans, comme les autres : le commandant Mader !

Derrière sa vitre, Stella poussa un cri. Immédiatement, le regard d'Adélaïde se planta dans ses yeux, terrible, comme un phare. Les jambes en coton, Stella allait perdre l'équilibre quand une main de fer se plaqua sur sa bouche. Des bras puissants et durs l'enserrèrent très fort, et elle fut embarquée soudain très haut dans les airs. Elle ne pouvait bouger que les pieds, et elle n'y songeait pas. On la balança sans ménagement dans un recoin bien noir du réfectoire, comme un colis sur un quai.

Stella étouffait. Au-dessus d'elle, elle distingua le blanc vif des yeux de Séraphin qui la bâillonnait en lui pinçant le nez.

— Silence ! dit-il tout bas. Il enleva sa main : Qu'est-ce que vous fabriquiez ici, vous ?

— J'étais venue en renfort, elle hoquetait.

— En renfort ? Ah, c'est malin ! Personne ne vous a vue au moins ? Surtout ne bougez pas !

Il disparut. Essuyant ses larmes avec ses poignets de manches, Stella resta affalée par terre sur le carrelage froid. Elle n'entendait plus rien, elle ne voyait plus rien, elle ne sentait plus rien. Dans sa tête, ça résonnait *commandant Mader, commandant Mader, commandant Mader,* comme un bruit de train... C'était le nom qu'elle avait lu sur les cartes postales, autrefois. En avait-elle rêvé de celui-là ! Mais c'était la première fois qu'elle l'entendait, que quelqu'un prononçait son nom devant elle. *Commandant Mader, commandant Mader, commandant Mader...* Alors il n'était vraiment pas mort du tout ! Mais que venait-il faire dans cette histoire ? Que venait-il faire dans son histoire ? *Commandant Mader, commandant Mader, commandant Mader...* Allait-on l'obliger à le voir ? Comment faudrait-il l'appeler : papa ? *Commandant Mader, commandant Mader, commandant Mader...* Elle sortit en courant et vomit sur la pelouse.

Tout était noir. Il n'y avait plus personne. Saint-Nicolas sonnait onze heures, dong ! dong ! près de la gare routière, au sud-est, dong ! dong ! et Stella, qui savait que les anges des cloches agissent aussi loin qu'on peut les entendre, se fit raccompagner par leur présence invisible et apaisante, sa loupiote à la main, jusqu'à un lit rêche et sans draps au bout du dortoir des sixième.

Pour la première fois de sa vie, elle se coucha tout habillée.

Chapitre XI

ET EXPECTO RESURRECTIONEM MORTUORUM

Je mets ma confiance,
Vierge, en votre secours.
Soyez ma défense,
Prenez soin de mes jours.
Et quand ma dernière heure
Viendra fixer mon sort,
Obtenez que je meure
De la plus sainte mort.

    Vieux cantique angevin

La miette faisait du surf derrière le manche en inox sur des crêtes beigeasses et crémeuses. Ça faisait sept tours qu'elle résistait sans couler. La précédente, mais elle était plus petite, moins plate, avait tenu neuf tours, on verrait bien. Stella fit tourner plus vite sa cuillère dans le bol transparent ; une buée douceâtre lui montait aux joues. Huit tours. À côté d'elle, les coudes sur la table, les Togolaises trempaient leurs tartine en échangeant à l'oreille quelques mots pointus de leur langue bizarre ; dans le fond du réfectoire, les sixième faisaient un boucan matinal. Quelles gamines... Neuf tours ! record égalé. Stella accéléra encore le rythme de la Ricoré au lait. Même pas de café. Ne parlons pas de chocolat ou de thé, produits luxurieux du jardin d'Éden. Pas de beurre non plus, ici, c'était beurre ou confiture, et aujourd'hui compote de pommes. Mettre de la compote sur du pain, a-t-on idée ? Faut être grippe-sous comme une bonne sœur... Dix tours ! Ça devenait trop facile pour la miette, on allait lui compliquer la vie à cette insubmersible. Le tourbillon monta haut sur le bord du bol. Onze tours, coulée, ouais !

— À quoi tu penses, à la mort de Louis XVI ?

Stella leva la tête pleine de vapeur tiédasse, et prit en plein nez une bonne bouffée d'étable, forte et aigre ; Anne-la-Vache était au-dessus d'elle.

— T'es gaga, ma pauvre fille... Regarde ce que t'as fait !

Dans le raz de marée, un flot de Ricoré avait débordé la digue de pyrex jusque sur le formica rouge.

— Eh, vous deux, pas de messe basse sans curé, c'est malpoli ! jeta-t-elle aux Togolaises qui déployèrent de longs cous de girafes offensées. Anne-la-Vache revint s'asseoir avec une éponge auprès de Stella.

— Tu fais le caté, toi aussi ?

— Ça va pas ! Non, moi, les B.S. voulaient me virer hier au soir avec les autres pensionnaires, mais le train de Tours n'arrête pas à Port-Boulet le vendredi et on a d'autres chats à fouetter là-bas que de me charroyer. Je pars à midi, comme d'habitude. Tu ne manges rien ?

— J'aime pas la compote. Et puis j'ai été malade...

— Tu veux mon écharpe ? Ça se voit presque plus mon truc.

— Non, tu es gentille, mais je n'ai pas la grippe. J'ai eu mal au cœur, c'est rien, dit Stella comme si ç'avait été un exploit mais qu'elle fût restée très simple malgré tout.

— T'as rendu ? Les narines d'Anne-la-Vache se mirent à palpiter, cette affaire sentait le linge de femelle, son parfum préféré... Les Anglais ont débarqué ? ajouta-t-elle, complice, utilisant à nouveau le langage codé des pensionnaires ("la mort de Louis XVI" était pour quelqu'un qui regardait dans le vague, "les B. S." pour les bonnes sœurs, "les Anglais" pour le mal de ventre) ; du coup, Stella, très fière, se sentit triplement adoubée dans ce corps prestigieux. Une nuit au dortoir, et ça y était.

— Non, mais je ne peux pas te dire, c'est un secret...

— Oh là, là, si tu savais combien j'en connais de secrets, ma pauvre, je pourrais en faire un livre gros comme le catalogue de la Redoute ! Je sais même des secrets de seconde : où elles planquent leurs clopes sous les lavabos, pourquoi Catherine Sigelle a été renvoyée, pourquoi Marie Raynouard ne le sera jamais...

— Pourquoi elle le serait, d'abord ?

Anne-la-Vache zyeuta Stella et haussa les épaules.

— Tu es un peu jeune, mais bon... Eh bien, Catherine a été renvoyée parce qu'elle était enceinte.

— Hein ?

— C'est la vie... Et Marie ne risque rien, parce que sa mère est venue voir la prof de français, la jeune, tu sais, celle qu'est mariée avec un gars de *La Nouvelle République*, pour lui demander si elle pouvait lui donner la pilule. Vu l'engin que c'est Marie, toujours à traînailler de droite et de gauche, à s'échapper de l'étude sous prétexte de garder son petit frère (il y a vraiment que Ginette pour pas savoir qu'il est à la crèche, le môme !), sa mère peut plus la tenir, surtout qu'elle travaille tard à l'hôpital. La prof elle a dit oui, tu penses...

— Évidemment, fit Stella, entendue.

— Mais de surtout pas le répéter à Belphégor, sans ça c'est elle qui se ferait virer !

— Ah bon ! pourquoi ?

— Ben, parce que le Pape est contre la pilule, patate ! Remarque, à part les bonnes sœurs, tout le monde s'en fiche pas mal de son opinion au grand Popaul. Et elles, de toute façon, la pilule, ça ne leur serait pas d'une grande utilité.

Stella abordait, ébahie et mal réveillée, la partie immergée du collège. Pour elle, Marie était une grande aux airs mystérieux qui un jour lui avait passé la main sur la joue en disant "Tu as la peau douce, une vraie peau de bébé !"; et elle riait. Stella s'était sentie vaguement gênée. Anne-la-Vache mastiquait, paisible comme si tout ça n'avait rien d'extraordinaire.

— Il faut toujours dire ses secrets, que si tu les dis pas, ils te restent en travers de la gorge et tu ne peux plus manger, la preuve ! Elle allongea le menton vers les tranches intactes empilées devant Stella qui n'avait même pas fait mine de les émietter. On ne joue pas avec le pain.

Au lieu de penser que son histoire serait bien vite éventée dans ce tonneau des Danaïdes ouvert par les oreilles et percé par la bouche qu'était Anne-la-Vache, qui considérait que garder un secret consistait à ne le répéter, sous le sceau du serment, qu'à des gens qu'il ne touchait pas directement (pour éviter qu'il ne revienne à sa source trop tôt, avant d'être répandu au point qu'il fût impossible d'identifier l'origine de la fuite), Stella brûlait sourdement de tout lui raconter ; elle en savait si long sur la vie, plus long même peut-être que les Toupies... Son secret était aussi le seul trésor que Stella possédât pour payer son octroi à l'entrée de ce nouveau monde, le vrai.

Aux yeux d'Anne-la-Vache, le secret de Stella n'était qu'un secret de quatrième, donc un peu maigrelet, forcément, mais il était tout frais, ce qui lui conférait une certaine valeur pour sa collection à condition qu'elle pût le diffuser assez rapidement. Or, le soir même, elle avait rendez-vous avec deux des cinq sœurs Gaillard au presbytère de Bourgueil où le curé jouerait *Autant en emporte le vent*...

— Tu ne veux toujours rien me dire ? Ça te ferait du bien, je t'assure. C'est comme pleurer, ça soulage.

Cette sage maxime confirma Stella dans son inclination.

— Tu me jures que tu ne le répéteras pas ?
— Je te jure : je suis une vraie tombe !
— Crache !

Elle cracha, rouak ptt ! et Stella raconta comment le nom de son père, dont elle avait compris, sans qu'on le lui eût jamais dit, qu'il n'était pas mort, s'était retrouvé dans la bouche de Belphégor, appelé à jouer un rôle dans un mystérieux complot. Elle ne dit pas pour la prison, pour l'enquête, pour les crimes. Juste son père. Et encore, elle n'arrivait pas à prononcer son nom. Comme s'il risquait de déchirer les cieux.

— Qu'est-ce que tu vas faire, maintenant ?
— Je ne sais pas, qu'est-ce que tu ferais, toi ?
— J'irais voir Adélaïde, et je lui demanderais.

En vérité, jamais Anne-la-Vache n'aurait fait une chose pareille, elle aurait tournicoté. Mais là, l'histoire de Stella, sans conclusion, ça ne ressemblait à rien...

— Et si elle me dit que mon père est un méchant ?

— Ça n'existe pas les méchants, c'est dans les livres ! Et puis au moins tu sauras ; puisque tu ne le connais pas, qu'est-ce que ça peut te faire ?

Anne-la-Vache, qui s'en fichait, avait la solution lapidaire ; et Stella décida avec gravité de se conformer à un avis aussi autorisé.

Entre-temps, la cour s'était remplie de piaillements. Les sixième externes, nez et doigts collés aux vitres, contemplaient leurs compagnes attablées devant des bols vides avec la curiosité craintive qu'elles réservaient d'habitude à la lente digestion des gros boas du zoo de Doué La Fontaine dans leurs aquariums de verre jaune. De la cantine, on leur renvoyait le même regard que les prisonniers de Fontevrau accordaient aux touristes en guide bleu venus visiter les gisants polychromes.

Ce petit déjeuner n'en finissait pas.

La raison en était affalée sur une chaise, la tête versée sur l'épaule : Guili-Guili, enfin sûre d'elle après tant d'émotions, s'était endormie, sa clochette sur les genoux.

Sur un fond de gloussements, l'abbé Séraphin N'Dongondo pénétra dans le réfectoire. Comme un arlequin, il mit un doigt devant sa bouche, s'approcha de Guili-Guili à pas de loup géants, saisit la clochette et l'agita à son oreille en hurlant : « Terminus ! Tous les voyageurs descendent de voiture ! » Guili-Guili sursauta parmi les éclats de rire et ouvrit en direction de sa grosse bille noire, nouveau boulet de canon à frôler son voile, des yeux aussi globuleux que pathétiques.

— Pitié, mon père !

L'abbé fit sortir tout le monde à gestes de gendarme, la clochette suspendue au bout d'un bras comme une boule à un arbre de Noël. Il la rendit enfin à la pauvre vieille :

— N'aie pas peur, grand-mère, je ne dirai rien, parole !

Mais il ne cracha pas par terre.

Dehors, du haut des trois marches de son bureau, appuyée contre sa béquille, une Adélaïde impériale haranguait déjà ses troupes. Comme la Gaule de son cher Jules, elle allait les diviser en trois parties. Le premier groupe passerait la matinée avec elle pour prendre connaissance de l'Ancien Testament ; le second avec l'abbé, chargé du Nouveau, et le troisième avec sœur Anita et cinquante questions à apprendre par cœur (au moins celles en caractères gras) sur le Dogme. L'après-midi, on tournerait, et le programme serait donc bouclé le lendemain dimanche à midi, après quoi, il y aurait examen écrit, messe, et répétition générale de la cérémonie à Saint-Paul. À marches forcées, on atteindrait donc la profession de foi dans les temps. Amen !

— Il me faut une aide pour porter mes cartes... conclut-elle en laissant flotter son regard sur l'assistance. Stella leva le bras, mais l'abbé le lui attrapa au vol.

— ... Moi aussi, et je prends celle-ci, dit-il en agitant la main de Stella en l'air. Elle essaya de protester, mais il avait une sacrée poigne qui serrait dur, l'animal. Adélaïde allongea le nez. Hélène, arrivée bonne dernière, à son habitude, et hirsute comme un chrysanthème de Toussaint, hérita donc de ses grands rouleaux plastifiés.

— C'est malin, glissa-t-elle à Stella dans l'escalier, il n'y a personne pour surveiller Toutou...

Dieu merci, sœur Anita s'abstint de tout assassinat avant le déjeuner, trop occupée sans doute à faire bachoter ses élèves qui arrivèrent à la cantine exaspérées. Celles qui avaient eu Séraphin, au contraire, n'avaient pas vu le temps passer, l'abbé ayant rythmé chaque épisode de l'Évangile par des refrains de son invention dont certains, comme Attention Pierrot au cocorico !, connurent un succès qui dura bien au-delà du dessert (pêches au sirop). Stella râlait.

— Je me demande pourquoi il m'a fait venir, il n'avait ni cartes, ni diapos, rien... Tu sais ce qu'il m'a dit ? Vous les empêcherez de sucer leur pouce !

— Te plains pas... Long John Silver a été appelée au moins six fois au téléphone... À l'heure qu'il est, les Hébreux sont toujours coincés par Pharaon en Égypte. La terre promise n'est pas encore en vue !

— Quoi ? Vous n'en êtes même pas à la moitié !

— Eh non, soupira Hélène, la terre promise, c'est comme l'Alléluia dans le *Messie* de Haendel, les gens croient que c'est la fin, mais ça continue encore longtemps après...

— La fin, c'est les Macchabées, dit Stella pour

ne pas être en reste ; les Toupies n'avaient pas de tourne-disque et Radio Luxembourg ne faisait guère dans le clavecin.

— À propos de macchabées...

— Pas ici, dehors !

Après les pêches au sirop, elles allèrent s'asseoir dans la cour des petites, sur une grosse pierre de tuf qui servait surtout pour chat perché, où personne ne risquait de venir les débusquer. Les sixièmes tournaient leurs cordes de l'autre côté ; par une sorte d'hommage posthume, depuis la mort de la Garraude, alors qu'on aurait enfin pu faire des parties équitables, on ne jouait plus au ballon prisonnier.

— ... Belphégor était là avec le garagiste louche, celui qui a remis du liquide à freins dans la deuche, le fils du pasteur protestant et deux autres types, sûrement des francs-maçons : elle continue l'enquête avec ses vieilles idées...

— C'est idiot : le criminel est quelqu'un de l'intérieur de la maison, et elle le sait, elle aussi, maintenant, avec l'assassinat de King-Kong !

— Peut-être qu'elle pense qu'il a un complice, que tout ça c'est téléguidé de l'extérieur...

— En tout cas, c'est vachement culotté de faire venir les suspects la nuit dans son bureau... Elle est dingue, elle aurait pu se faire trucider, c'est elle, la cible !

— Attends, elle est maligne, elle avait le grand abbé caché en renfort. Dans le noir on le voit pas. Remarque lui, il m'a vue, il m'a attrapée... J'ai sans doute failli faire échouer leur plan. Elle devait vouloir les faire avouer...

— Toutou n'était pas là ?

— Non..... Je l'aurais vue.

— Peut-être que c'est ça qu'elle voulait leur faire avouer : l'identité de leur complice à l'intérieur de la maison ! Elle ne doit pas savoir qui c'est ! dit Hélène, sous l'effet d'une illumination. Il faudrait lui dire, mais elle ne va encore pas nous croire.

— Tant pis, c'est trop grave, il faut essayer. Je m'en charge, si tu veux. On n'a qu'à échanger nos places ce tantôt. Toi, tu vas avec l'abbé noir, et moi avec Belphégor.

— Eh ben, courage, ma vieille ! dit Hélène en flanquant à Stella une bourrade de bon camarade.

Stella avait le trac de sa future conversation entre hommes avec Adélaïde, qu'elle attendait pourtant en même temps avec une étrange impatience ; de toute façon, elle était ravie de se débarrasser de cette glu de Séraphin qui lui collait aux basques. Si elle avait avoué à Hélène qu'il l'avait surprise, ce qui n'était guère glorieux mais faisait partie des risques inhérents au métier de détective, elle ne lui dit rien à propos de son père. Que se serait-elle imaginé, avec sa famille droite comme un poteau de téléphone ? Pour Stella, et elle l'admirait aussi pour ça, Hélène appartenait au monde franc, lumineux et inconnu des hommes ; poignées de mains, claques dans le dos et regard clair, c'était plus un garçon qu'une fille, et elle n'aurait sûrement rien compris à ces mystères flous et poisseux... D'ailleurs Stella elle-même n'y comprenait pas grand-chose, et depuis que son secret avait pris le train pour Port-Boulet, de l'autre côté du fleuve, comme une lettre à la poste, elle ne ressentait plus dans le fond de l'estomac son poids vaguement écœurant ; juste, par moments, quand elle n'y pensait pas, une espèce de bouffée rouge qui flambait soudain ses joues avec la gorge en dessous qui lui battait *Commandant Mader-commandant Mader...* Dans ces moments-là, elle aurait souhaité que le soleil fonde, que la nuit tombe enfin sur un ciel rose et tendre dans un de ces soirs si doux qu'ils pulvérisent en rouille toutes ces douleurs pointues qu'on a dans le cœur comme des lames de couteaux. Mais il n'était encore même pas deux heures de l'après-midi à sa montre, l'heure la plus bête de la journée, et les bonnes sœurs, les plus bêtes des êtres humains, avaient repris leur agitation de fourmis inutiles. C'était reparti.

— Ma Mère, c'est moi qui vous assisterai cet après-midi, si vous le permettez, dit Stella avec un sourire servile et mielleux, un vrai sourire de bonne sœur.

— Hê ! Et moi, alors ? On me fait des infidélités, maintenant ! Qu'est-ce que je vais devenir ? tonna Séraphin, poings sur les hanches.

— Je suis là, mon père ! répondit Hélène.

— Non, non, non, non, certainement pas, je suis vexé comme le pou maintenant ! Vous, vous accompagnerez votre camarade : Mère Adélaïde n'aura pas trop de deux personnes pour lui tenir la jambe... N'est-ce pas ?

Il était difficile de savoir si sa colère était feinte ou réelle tant sa voix très forte emportait tout ; cependant, quand il se tut, ce qui vibrait autour de lui ressemblait à de l'ironie. Cette onde, comme celle d'un piano qu'on referme, suffit à couper le pauvre sifflet à deux notes, fausses toutes les deux, de Toutou qui essayait de dire qu'elle voudrait bien récupérer une assistante, tant qu'à faire, elle aussi ; sa phrase à peine ébauchée resta suspendue à une branche basse du cerisier comme une fusée en papier.

Adélaïde ne fit même pas mine de l'en décrocher.

Sa main sèche s'agrippa fermement à l'omoplate de Stella.

— En avant !

Hélène, la cartographe, ouvrait la marche. En bon chef, Long John Silver aurait voulu la fermer, mais Séraphin, galant, se mit derrière elle. Stella sentait l'ombre de son immense silhouette lui peser dans le dos. Et la serre d'Adélaïde sur son épaule comme un aigle.

Les marches ne lui avaient jamais semblé si hautes.

— Stella, mon petit, vous peinez. Du reste vous avez mauvaise mine... Le manque de sommeil sans doute ! persifla Long John Silver en resserrant la pression de sa main.

— Laissez-moi vous aider ! dit Séraphin, bousculant d'un coup Stella pour prendre sa place. Ma Mère, je crois que cette enfant a des végétations. Ça ronflait si fort cette nuit au-dessus de ma tête que je suis allé voir : c'était elle ! Eh oui ! Je n'aurais jamais cru qu'une jeune fille puisse faire autant de bruit avec son nez !

— Voyez-vous ça...

— Absolument ! Je crois qu'il faut l'emmener chez le docteur très vite : avec votre permission, je l'accompagnerai dès ce soir après la classe.

— Monsieur l'abbé, souffla Adélaïde en franchissant la dernière marche du palier, je suis très touchée que vous vous préoccupiez de la santé des élèves, mais ce n'est pas votre rôle ! Quelle que soit la terrible maladie dont souffre Stella, elle peut attendre lundi. Si vous tenez absolument à dormir, bouchez-vous les oreilles avec du coton !

— Mais, ma Mère...
— Merci, monsieur l'abbé !

Stella était bouche bée. Scandalisée. Qu'est-ce que c'était que cette farce grotesque ? Elle ronflait ? Elle ronflait ! Non mais ça alors... Combien de temps allait-il encore se moquer d'elle, celui-là ? Vraiment, il la cherchait, ou quoi ? Eh bien il la trouverait, bouillonnait-elle, bras croisés, en récitant, comme on fait des longueurs de piscine, les innombrables *Ave* par lesquels Belphégor inaugura l'après-midi, et que les filles comptabilisèrent mentalement pour leurs carnets, avant de recommencer l'Histoire Sainte à la Création du Monde. La première fois que Trottinette vint interrompre le cours, en plein sacrifice d'Abraham, Adélaïde lui annonça qu'elle ne répondrait plus au téléphone, ce qui permit à Moïse d'atteindre le Mont Sinaï avant la récréation.

Quand toutes furent sorties, sauf Hélène qui effaçait le tableau, Stella s'approcha de l'estrade où elle trônait, béquille en travers du bureau, lissant du plat de la main les gravures d'un vieux livre très abîmé.

— Oui ?
— Ma Mère...
— Un instant ! Hélène, mon helléniste, descendez-moi ça dans mon bureau, je vous prie !

Hélène fila, le bouquin sous le bras.

— Grand cheval échappé, va ! fit Adélaïde en soupirant vers la porte avant de tourner vers Stella des yeux qu'elle fit passer, menton bas, par-dessus la barre de ses lunettes.

— À nous, maintenant... Alors, jeune noctambule, nous sommes malade ?

— Non, enfin, je ne crois pas, je ne sais pas, mais...

— Ah, nous ne savons pas !

— Mais, ma Mère...

— Il n'y a pas de "mais, ma Mère", singea-t-elle.

— Ma mère, il faut que je vous parle...

— C'est ce que vous êtes en train de faire, il me semble ! On dirait de ces gens qui commencent leurs lettres par "Je vous écris pour vous dire"... On le voit bien qu'ils écrivent ! Ils n'ont pas besoin de le signaler. D'abord, il ne faut jamais commencer une lettre par "Je", c'est très incorrect !

— Oui, ma Mère.

— Et vous, ce n'est pas parce que nous rentrons d'un long exode qu'il faut me faire un long exorde ! Son jeu de mots, dont elle était la seule à profiter, lui fit un quart d'instant plisser les rides du coin de l'œil...

— Au fait, allons, pressons !

— Ma Mère...

— Tenons-nous droite, je vous prie !

— Je voulais vous dire...

— Et sortez-moi cette main de votre poche !

— C'est à propos de...

— Quoi, enfin ? "Ce qui se conçoit bien s'énonce clairement, et ?..."

— Euh...

— ... Et les mots pour le dire arrivent aisément !" exhala Adélaïde en lançant loin un regard exaspéré qui alla se fixer sur la bibliothèque du fond pendant que la terrible cavalerie de ses ongles partait à fond de train sur le bord du bureau.
— J'attends !
— Voilà, je voulais...
— Quand vous voudrez...
— Je voulais vous parler de mon père ! C'était sorti. Dans le silence qui suivit, Stella s'aperçut qu'elle avait presque crié ; elle rougit.
— Votre père, vraiment ? Je ne pense pas que vous le connaissiez davantage que vous ne connaissez Boileau... Le quadrige infernal repartit au petit trot sur le bureau.
— Et saint Louis de Gonzague, jeune ignorante, ça vous dit quelque chose, hmm ?
— Le rai de lumière qui s'échappait, fin comme une pupille de chat, entre les paupières d'Adélaïde rappela soudain à Stella son terrible regard de la nuit, quand elle était sur sa poubelle derrière la fenêtre... Elle l'avait oublié. Son corps disparut dans un creux, elle ne le sentait plus, elle était devenue un grand vide avec deux gros yeux et des joues qui brûlaient ; le reste était invisible, sûrement.
— Savez-vous ce que répondit le jeune Louis de Gonzague qui jouait à la balle quand on lui demanda ce qu'il ferait s'il savait qu'il n'avait plus que quelques minutes à vivre ?
— Euh, non...
Les doigts passèrent au galop de charge ; c'était Reichshoffen.
— ... non, ma Mère !

— Il répondit : "Je continuerais à jouer à la balle !"
— Ah ?
— Ha !... Allez donc jouer à la balle, c'est l'heure de la récréation. Quand vous aurez mis de l'ordre dans vos idées, si toutefois vous y parvenez, vous passerez me voir à mon bureau ce soir. Mais pas avant neuf heures, j'ai du travail.
— Oui, ma Mère.
— Ouste !

Stella fonça dehors et courut, tête baissée sans respirer ; au coin du couloir, elle buta contre l'énorme torse de Séraphin. Le choc fut violent. Stella crut tomber en poussière comme une momie qu'on déroule.

— Hê, là, fit-il en la retenant par le bras.
— Lâchez-moi, vous, ça suffit !
— La colère est mauvaise conseillère, petite demoiselle.
— Je ne suis pas une petite demoiselle, et je ne ronfle pas, d'abord ! Lâchez mon bras, je vous dis !
— Je ne vous lâcherai pas avant que vous ne soyez calmée, respirez un grand coup et écoutez-moi gentiment.
— Fichez-moi la paix, j'en ai assez à la fin, pourquoi vous êtes toujours après moi ? Qu'est-ce que je vous ai fait à vous aussi ? De gros hoquets de larmes franchirent par surprise le grand barrage de volonté que Stella avait pourtant étayé contre ses émotions, semaine après semaine, avec une patience de castor. Ça faisait deux ans qu'elle n'avait pas pleuré, depuis la dernière visite de sa mère exactement ; elle avait alors interprété sa douleur, ou plutôt cette conscience nouvelle

qu'elle avait de souffrir, comme un signe de croissance, et elle avait décidé d'arrêter de pleurer, comme autrefois de ne plus sucer son pouce, du jour au lendemain, et s'y était tenue ; ce n'était plus de son âge. Quand on a de la fierté, il n'y a rien de plus facile à perdre qu'une habitude. Mais dès les premières larmes, le goût lui en revint, puissant comme un océan, et aussi fatal qu'un petit verre, même un tout petit, pour un alcoolique repenti. C'était si bon et si fort.

— Allons, allons, viens t'asseoir, petite sœur, il faut que je te parle et les paroles assises sont plus douces et plus sages que les grands mots debout.

— Vous n'avez pas le droit de me dire tu ! fit-elle dans un sursaut d'orgueil reniflant.

— D'accord, d'accord... Il la prit par l'épaule et l'assit à côté de lui sur la plus haute marche de l'escalier.

— Premièrement, j'ai une question à vous poser : où perche l'ange qui marche sur la terre, très précisément ?

— Marche-à-Terre ? Elle sortit de sa poche son vieux mouchoir et se mit à chercher un coin qui ne fût pas trop collé de réglisse. Dans un gros arbre, un châtaignier si vous avez de ça dans votre pays, au milieu de la côte de La Croix, à droite après le deuxième tournant quand on monte, juste avant le chemin de la ferme.

— Comment va-t-on là-bas ?

— Vous traversez le Thouet par le pont de Bagneux ou par le pont de Saint-Florent, c'est plus court, et vous prenez la route de Gennes...

— C'est dans quelle direction au soleil ?

— D'ici ? Sans détourner la tête elle se moucha, le temps de réfléchir. C'est discourtois d'avoir l'air de se cacher quand on se mouche, sauf en Chine où sortir un mouchoir en public revient à peu près à montrer sa petite culotte ; Trottinette qui lui avait expliqué ça un jour ne lui avait pas dit pour l'Afrique...

— C'est vers le soleil couchant, je crois.
— Vers l'ouest, donc ?
— En direction d'Angers, quoi... Vous filez six sept kilomètres environ le long de la Loire, et vous verrez la route monter en plein sur la gauche, juste au coin d'une grande maison toute blanche qui regarde la Loire, la maison de Balzac, on l'appelle. Si vous arrivez au panneau de La Mimerolle, vous êtes trop loin, il faut faire demi-tour.
— Bon, je monte la côte, et c'est après le deuxième tournant, c'est bien ça ?
— Oui, vous ne pouvez pas vous tromper.
— Parfait. Maintenant, écoutez-moi bien, c'est très important. Moi, je vais aller voir cet ange du ciel qui marche sur la terre, mais vous, vous devrez rester parmi les démons : on vous a vue hier soir, et maintenant votre vie est en danger, en très grave péril !

Stella frissonna ; l'abbé n'avait plus du tout son air facétieux.

— N'ayez pas peur, écoutez-moi. D'abord, ne dites rien à personne, le bien ne fait pas de bruit et le bruit ne fait pas de bien. Ensuite, comme vous n'êtes pas forte, soyez rusée. Quand il y a des trous dans la peau du lion, il faut la rapetasser avec la peau du renard, d'accord ?
— D'accord, fit Stella d'une voix blanche.
— Bon. Premièrement : surtout ne vous endor-

mez pas avant mon retour ! Deuxièmement : n'absorbez aucune nourriture ni aucune boisson sans avoir vu quelqu'un en manger ou en boire devant vos yeux. Troisièmement : soyez bien entourée ; ne quittez pas votre petite camarade mal peignée, emmenez-la partout avec vous ! Ne restez jamais seule avec des grandes personnes, jamais, vous m'entendez ? Cachez-vous parmi les autres enfants, veillez et priez !

Stella pensa à ses dizaines de dizaines.

— Les prières ça m'endormirait plutôt...

— Bravo ! Pour une catéchiste, c'est champion ! Alors ne priez pas, faites n'importe quoi, mais ne vous endormez pas, et à la plus petite étrangeté, même minuscule, hurlez pour alerter tout le monde. Baissez la tête, maintenant !

Séraphin avait sorti de sa poche une petite médaille miraculeuse en fer-blanc qu'il lui noua autour du cou avec une mince ficelle bleue ; il prit ses mains dans les siennes avant que Stella n'aie vu ce que c'était.

— Maintenant répétez après moi : "Ô Marie conçue sans péché, priez pour nous qui avons recours-z-à vous"

— Ô Marie conçue sans péché, priez pour nous qui avons recours-z-àvous ?

— Encore !

— Ô Marie conçue sans péché, priez pour nous qui avons recours-z-àvous.

— Encore !

— Ô Marie conçue sans péché, priez pour nous qui avons recours-z-àvous !

— Très bien. Vous vous en souviendrez ?

— Quand même, c'est pas long !

— À la moindre alerte, dites trois fois cette phrase.

— C'est une formule magique ?

— Non ! Il éclata de rire, dressa un doigt doctoral, et, roulant les yeux et les R : c'est beaucoûp'plus puissânt', gRande médecine de gRand sorcier du Bon D'ieu ! Allons, petite sœur, la cloche sonne, haut les cœurs ! Il lui donna une tape dans le dos, encore une.

Le flot des élèves montait à leur rencontre. Laissant Séraphin en haut des marches, debout et bras croisés comme sur une photo, Stella descendit l'escalier par le côté, pardon, pardon, en soulevant des vaguelettes de protestation. Elle n'avait pas vidé ses comptes avec l'abbé.

— Que pensez-vous que vous allez faire là ? lui fit Toutou de sa voix de fausset en l'arrêtant par la manche. Stella sursauta.

— Je cherche Hélène !

— Ça m'aurait étonnée, aussi ! Ce n'est pas le moment, remontez !

— Mais ma sœur il faut absolument que je la voie maintenant ! Il faut qu'elle témoigne devant monsieur l'abbé que je ne ronfle pas. Elle le sait : on a dormi ensemble !

Toutou devint aubergine.

— Demi-tour immédiatement, vous m'entendez ! Ça suffit !

Elle obéit en traînant les pieds, comme se traîna infiniment la deuxième partie de l'après-midi. Pendant que Jésus ressuscitait dans la classe de Séraphin et que Toutou ânonnait la question quarante ("Les démons ne cherchent-ils pas à nous nuire ?"*), les Hébreux poursuivaient leurs tribulations sous la houlette énergique de Belphégor qui extirpait Daniel de la fosse aux lions et plongeait Isaïe dans sa citerne avec une dextérité de prestidigitateur. Stella, battue et abattue comme l'enfant d'éléphant, subissait ses tours sans regarder ni penser, se bornant à éviter son œil agile et redoutable à l'interception des messages. De temps en temps *Commandant Mader-commandant Mader* lui battait à l'intérieur des tympans, et elle le chassait en se pinçant la peau sur le dessus de la main gauche. À la sonnerie, Jonas était sorti de la baleine, mais elle n'avait toujours pas parlé avec Hélène.

Ce n'est que par-dessus la tête des sixième qui les emportaient dans la cohue grondante de leur appétit vers les bannettes de pain du goûter qu'elle put enfin lui demander au moins si elle l'avait jamais entendue ronfler à la ferme.

— Ça va pas ! C'est les hommes qui ronflent...
— Ah, j'en étais sûre, grouille-toi !

Séraphin était fin prêt dans la cour, superbement équipé de sa tenue d'auto-stop, soutane blanche et parapluie noir ; mais le temps de prendre leur pain et leur pâte de fruits, et de se dépêtrer des gamines, Trottinette avait déjà refermé la grosse porte sur les talons roses de l'abbé noir. Aucune des supplications des filles ne parvint à l'émouvoir. Depuis l'histoire de la Garraude, elle était d'une méfiance absolue envers tout ce qui touchait aux serrures et aux clefs.

---

* R. Oui, les démons cherchent à nous nuire, surtout en nous portant au mal par la tentation.

— Mais si, ma sœur, vous allez ouvrir, et comment ! fit soudain Toutou derrière elles, avec sa voix de lait caillé. Trottinette se pencha sur le côté pour prendre ses ordres de son souverain légitime dont la silhouette tripode avançait au loin, en cahotant lentement. Toutou suivit son regard.

— Mère Adélaïde elle-même autorise Hélène de Carmandal à rentrer dormir chez elle. Elle part immédiatement. Les cours sont terminés, nous n'aurons pas besoin d'elle avant demain.

— Tant qu'à ouvrir le porche, autant que Mère Adélaïde soit là : Mère Antoinette l'attend dans le couloir depuis une heure pour la saluer avant d'aller prendre son train. Mère Antoinette ! MÈRE ANTOINETTE !

Elle surgit, empressée, avec son éternel sourire et une de ces valises brique en carton bouilli avec les coins en métal peint assorti. Un imper bleu clair couvrait son habit, encore sous le genou mais pas trop ; elle ressemblait à un paquet de dragées pansu et jovial.

— Ah ! dit-elle à Belphégor, bras ouverts.

— Pas d'effusions, pas d'effusions surtout ! fit l'autre, face de Ramsès jaune un peu suintante. Si vous me permettez une remontrance fraternelle, je vous rappellerai cette parole de Notre Seigneur à ses disciples : "Vous êtes le sel de la terre !"; il s'agit, comme vous ne l'ignorez pas, du moins je l'espère, d'un optatif : soyez le sel de la terre ! Le sel, vous entendez, le sel ! Pas le sucre ! Adieu, Mère Antoinette. Vous pouvez ouvrir la porte, ma sœur.

Trottinette obéit.

— Le sel, cria encore Adélaïde pendant que le

lourd battant de bois se refermait, le sel, pas le sucre !

Sans autre forme de salutations, la ronde religieuse se retrouva donc sur le trottoir avec son sourire et sa valise ; Hélène avec son vélo, son duvet et son goûter. Comme la sœur n'avait pu embrasser personne, elle déposa sur les joues d'Hélène les traces de son sourire, humides et tièdes.

De l'autre côté, Stella contemplait le porche, hébétée. Dans son dos, elle entendit Trottinette signaler à Belphégor que l'abbé aussi était sorti et qu'il avait demandé qu'on ne l'attendît pas pour dîner. "Décidément, siffla Adélaïde entre ses dents, les voies du Seigneur ne sont pas si impénétrables, n'est-ce pas ?" La question semblait adressée à Toutou qui ne répondit pas ; la mine grise, elle se tordait les mains.

Stella était seule désormais. Sans Hélène, son poteau solide, elle réalisa qu'elle avait peur. Après un regard aux trois sœurs qui l'encerclaient, elle fila en courant.

Sur la route, contrairement à ce qu'elle pensait, l'abbé Séraphin N'Dongondo ne faisait pas d'auto-stop, ce n'eût pas été digne de sa condition ; il tendait la perche, c'est-à-dire qu'il marchait avec calme et ampleur, au long pas de ses grandes jambes, en tenant à l'épaule son parapluie dont la canne se détachait sur le ciel comme un hameçon vertical en forme de point d'interrogation. Sa première prise, un facteur en fin de tournée, le déposa à Saint-Florent. La deuxième, madame Bouvreuil, une pauvre femme qui ramenait ses enfants moitié débiles de l'école dans une carriole attelée à sa mobylette, le trimballa, couvert de mômes et les jambes pendantes sur le macadam, jusqu'au carrefour de La Petite-Fontaine ; le moteur peinait par trop pour aller plus loin. L'abbé remercia, s'époussetta, et se remit à marcher vers le ponant. Par moments, au-delà des prés à main droite, l'ange du fleuve lui faisait des clins d'œil entre les peupliers.

Quand une vieille deux-chevaux bleue couverte d'autocollants I like swipe en forme de cœurs freina dans un nuage de graviers, il ne comprit pas immédiatement que c'était pour lui ; la marquise de Bois-Joli avait beau bien viser (et c'était un excellent fusil, tout le monde vous le dira), sa chère Titine, douée d'une personnalité autonome et authentiquement automobile, s'arrêtait souvent loin de sa cible. Séraphin se retrouva assis sur la botte de paille qui remplaçait depuis longtemps une banquette disgracieuse, les oreilles léchées par deux chiots couleur vache normande.

— Vous allez à Jéricho*, monsieur l'abbé ?
Séraphin regarda avec surprise son Bon Samaritain qui replaçait d'une main gantée les mèches blanches échappées de son foulard de chasse en enchaînant, sur un bruit d'embrayage infernal, "Nous autres parpaillots, nous connaissons nos textes !" Alors que la deux-chevaux allait de son pas sautillant dangereusement brouter les bas-côtés de la nationale et que Séraphin tentait de

---

* Le blessé que recueille le Bon Samaritain descendait de Jérusalem à Jéricho (Luc X, 30).

sauver ses lobes noirs des dents de lait canines tout en calant les cartons qui lui tombaient sur les épaules à chaque tournant, la marquise lui faisait des discours sur les vertus de l'œcuménisme. La seule chose, soutenait-elle, la seule qui la dérangeât vraiment chez les catholiques c'était leur évident manque de goût ; ainsi elle-même, après avoir emmené ses amies papistes en pèlerinage au Désert, lieu sobre et austère du martyre huguenot, s'était-elle retrouvée à Lourdes, dans un hôtel modeste ; ce n'était pas la catégorie de l'endroit qui l'avait gênée, personne n'était là pour faire ripaille et l'on avait connu la guerre, mais la propension de la lampe de chevet, en forme de Vierge Marie, à tourner sur elle-même en jouant l'*Ave Maria* chaque fois qu'on avait le malheur de vouloir l'allumer...

Même s'il y avait déjà en ces temps-là de moins en moins de gens qui pussent entretenir un équipage, ce n'était pas la nécessité qui jetait ainsi la marquise sur les routes, mais l'atavisme. De ses ancêtres protestants, dont elle tirait juste et grande fierté, la marquise avait hérité la bosse du commerce qui la propulsait à soixante à l'heure à travers le département proposer aux jeunes femmes force boîtes en plastique étanches et produits ménagers "américains", ou supposés tels, censés leur apporter hygiène et bonheur en échange de sommes très raisonnables. Séraphin, ayant appris à prononcer Tupperware (teupèrouaire) de manière satisfaisante, la marquise ne put s'empêcher de lui vanter les mérites de son dernier détachant miracle, Swipe (souaïpe), qui nettoyait tout du sol au plafond, et dont une partie du stock lui parvenait régulièrement dans les vertèbres.

Autant sauter à l'élastique, s'était dit Stella. Elle avait toujours détesté ça, mais avec des sixième, c'était l'occasion ou jamais de gagner. On en était à "cou" dans la deuxième partie, et malgré sa taille et sa rage montante, elle allait perdre face à ces puces vibrionnantes quand Guili-Guili s'accrocha de toute sa tension à la clochette du dîner qu'elle agita avec une sorte de fureur tremblante. Stella, en nage, essaya de se fondre parmi les autres dans le réfectoire aux trois quarts vide. Elle y était presque parvenue quand Toutou la délogea pour la placer à la table des Togolaises ; elle était là, entre les deux, exposée comme un volume non découpé dans un presse-livre. Évidente, comme en exergue, monstrueusement blanche...

Avant de déposer Séraphin à destination, et elle voyait très bien la maison de Balzac dont malheureusement les nouveaux propriétaires étaient d'un obscurantisme résolu face à toute forme de progrès même domestique, la marquise devait s'arrêter en chemin chez des esprits éclairés prêts à apprécier les incontestables mérites de Swipe. Elle proposa à Séraphin de l'y accompagner, ces gens char-mants ayant une fille religieuse et missionnaire à Madagascar je crois, mais l'abbé décida de continuer à pied. Au bord de la route, la marquise tint absolument à lui offrir le chiot qui plantait des canines joyeuses dans sa soutane, l'un des deux derniers de la portée que sa vieille Frida avait mise bas six semaines plus tôt dans la baignoire du second, une précaution élémentaire si l'on ne voulait pas que le mâle, tel Saturne, dévorât sa progéniture à la naissance.

— Prenez-le, j'insiste, c'est l'année des T, il s'appelle Tobie !

— Grand merci, madame, répondit l'abbé, la main sur l'oreille, mais apprenez que je me prénomme Séraphin et non Raphaël... On peut être catholique et ne pas ignorer totalement les Saintes Écritures ! ajouta-t-il avec son grand rire.

— Joli revers, quinze à ! répliqua la marquise très sport en lui tendant par-dessus le volant une droite solide mais courtoisement dégantée. Le sens de cette expression échappa à Séraphin ; en marchant, il finit par se dire que les protestants devaient avoir une autre façon de numéroter les chapitres de l'Ancien Testament.

Appliquant les consignes de Séraphin et au-delà, Stella barbouilla son assiette sans rien manger ; comme elles n'étaient que trois à une table de huit, les restes ne la trahiraient pas, et si les Togolaises se plaignaient en permanence de choses ou d'autres auprès des bonnes sœurs, il fallait reconnaître qu'elles ne dénonçaient jamais leurs camarades ; elles ne les voyaient même pas. Stella essayait de réfléchir à toute vitesse au moyen de disparaître pendant la récréation d'après-dîner au milieu d'une foule de petites sans que sa tête émergeât au-dessus des leurs comme une balle qui sort de l'eau. Les tempes lui battaient, Hélène lui manquait, les joues lui brûlaient, c'était très difficile de réfléchir à toute vitesse.

Séraphin était proche du but. À sa main droite, le fleuve, gorgé de soleil couchant, éclatait d'un tyrien extatique auquel répondait à gauche, en contrebas, le rose plus clair d'un verger de pommiers en fleurs ; l'abbé noir dans sa robe blanche avançait sur la route bleue comme sur une jetée, tel un nouveau Moïse qui aurait ouvert les flots cramoisis d'un coup de son parapluie, rejetant sur les bords l'écume vert tendre d'herbes folâtres. Malgré son allure martiale, Séraphin laissait la douceur du paysage se blottir dans son cœur, et louait le Seigneur. Au fond, il reconnut la maison de Balzac, grande et pâle malgré le fard d'un rosier grimpant. En face, sur un socle, à un mètre du sol, tournait une étrange toupie colorée de mille feux dont les formes lui apparurent peu à peu.

Le sommet était constitué d'un bonnet difforme et multicolore en crochet d'où s'échappaient force tresses crépues. Le type à qui elles appartenaient, aussi noir que Séraphin, s'amusait à faire voler à toute vitesse ses jambes autour de son tronc immobile, soulevant tour à tour ses mains qui reposaient sur ce qui semblait être une borne Michelin décapitée. Craignant de l'être aussi par l'hélice presque invisible de ses baskets, Séraphin s'arrêta à distance respectueuse, et donna sur le sol un léger coup de parapluie. Un vieux chien-loup vint frotter affectueusement son pelage de paillasson déplumé contre sa soutane blanche ; décidément.

Stella avait couru. Encore. Elle était allée se réfugier dans la salle de bains. Recroquevillée contre le mur, avec le rideau de plastique tiré, il était impossible qu'on la vît de la porte. L'idée de cette cachette lui était venue au souvenir de sa conversation du matin avec Anne-la-Vache, si c'était là que les pensionnaires se cachaient pour fumer... Levant les yeux vers la gauche, elle distingua, coincée derrière le siphon du troisième lavabo, une serviette-éponge blanche aux formes curieuses. Elle rampa sur le linoléum gondolé, et trouva dedans un paquet de cigarettes à la menthe avec une grosse boîte d'allumettes familiale sur laquelle était collée une fiche rose quadrillée, de celles qu'on se fabrique pour les révisions. D'une grosse écriture ronde, avec des points sur les i comme des bulles, c'était marqué : « Instructions : 1) Ouvrir la fenêtre. 2) Ouvrir le robinet. 3) Enlever la bonde du lavabo. 4) Allumer. 5) Replacer le matériel dans la serviette. 6) En cas d'alerte éteindre au robinet et laisser tomber dans la bonde. 7) Dire qu'on se lavait les mains. » Cette note entoura Stella dans sa solitude d'une invisible fraternité. Elle s'employa à l'appliquer point par point.

À la troisième cigarette, elle avait la tête qui lui tournait un peu et *Commandant Mader-commandant Mader* lui traversait la cervelle avec un fracas de train de marchandises. La tombée du soir ne lui apportait aucun réconfort, au contraire, depuis que les cris de martinets joyeux des enfants s'étaient tus, il y avait quelque chose de poignant dans ce ciel rouge qui coulait sur les murs par la fenêtre ouverte. Les sixième étaient allées se coucher. Malgré les courbatures, Stella n'osait plus bouger de sous son lavabo. *Commandant Mader-commandant Mader*, dans le fond, il y avait un autre bruit, petit, lointain. *Commandant Mader-commandant Mader*, mais si, le bruit montait. *Commandant Mader-commandant Mader*, ça s'approchait, des pas ! *Commandant Mader-commandant Mader*, quelqu'un venait, debout, vite, le mégot, là, dans le lavabo. *Commandant Mader-commandant Mader*, non, pas ça ! surtout pas ! c'était quoi déjà, la formule de l'abbé ? Attention Pierrot au cocorico ? Non !

La porte s'ouvrit. Stella plongea la tête sous l'eau.

— Hi, man ! fit le curieux personnage sautant aux pieds de l'abbé, toutes nattes dressées autour de son bonnet criard.

— Sorry, I do not speak english, répondit Séraphin, poliment scolaire.

— No sweat, man ! répliqua l'autre qui s'éleva illico vrombissant dans les airs jusqu'à toucher les nuages, tourna sur lui-même en s'allongeant comme un sucre d'orge multicolore, étira de longues ailes floconneuses d'un bord à l'autre de la Loire, et redescendit doucement devant Séraphin, mains jointes, robe chatoyante, cheveux d'or flamboyant, sourire doux. De ses lèvres s'échappaient de longs rubans de paroles divines dont les entrelacs de soieries mordorées bouclaient jusque sur les coteaux là-haut.

— Gloire à Dieu au plus haut des cieux ! s'exclama Séraphin épaté.

— Et paix sur la terre aux hommes de bonne volonté, répondit gracieusement Marche-à-Terre qui replia ses longues ailes dans un bruissement de flûtes et de trompettes célestes.

— Franchement, Séraphin, est-ce ainsi que vous vous figurez les anges ?

— Ça alors, vous m'avez bien eu !

— Reconnaissons que si vous êtes un peu conventionnel, j'ai parfois de fâcheuses tendances à en faire trop...

L'homme noir et l'ange blond éclatèrent ensemble d'un rire africain.

Dans le miroir, Stella vit derrière elle l'ombre grise de Toutou aux mains torves se découper sur l'encadrement de la porte, baignée par les derniers rayons sanglants du soleil. Courbée sur son lavabo, elle frissonna dans un délire d'ablutions supplémentaires.

— Que faites-vous ici ?

— Je me lave les mains, répondit-elle en s'aspergeant le visage d'eau.

— À cette heure-ci, vous devriez être couchée, insinua Toutou qui s'avançait dans son dos. Regardez-moi quand je vous parle ! Une main tendue approchait, menaçante, de l'épaule de Stella. Elle allait la toucher.

— J'ai rendez-vous avec Mère Adélaïde ! hurla Stella levant la tête ; le fil bleu de sa médaille miraculeuse, accrochant le robinet, cassa ; la gueule du siphon engloutit son talisman dans un ricanement sinistre. Elle bouscula Toutou d'un coup pour courir dehors, encore. Quand elle reprit son souffle contre un mur, abritée par l'obscurité de la nuit tombante, elle se sentit toute nue.

Chapitre XII

SURSUM CORDA

Confessez-vous, Monsieur, je vous en prions, car j'avons pitié de votre âme. Confessez-vous, car il faudra bien que je vous tuions.

*Un soldat de Cathelineau
au juge Clémenceau, son prisonnier,
après la prise de Cholet le 14 mars 1793.
(Cité par* ANDRÉ MERLAUD, *Les Martyrs d'Angers)*

Stella se tapit dans le renfoncement d'une porte, et bloqua sa respiration. À ses trousses, Toutou avait perdu du temps en ne descendant pas l'escalier sur la rampe ; les marches, même quatre à quatre, c'était plus long. Elle arrivait, elle arrivait ! La tête plaquée de profil, les mains à plat, Stella ferma les yeux. Toutou la frôla d'une manche ballante sans la voir ni même, chose incroyable, entendre l'énorme boucan de son cœur contre sa cage de côtes... Quand Stella ouvrit les yeux, Toutou poursuivait son chemin à petites foulées saccadées, droit à travers la cour vers le bureau de Mère Adélaïde ; le cardigan qu'elle retenait, coudes en avant, sur ses épaules, flottait comme un drapeau sinistre sous le fanion de son voile.

Longeant les murs dans la nuit presque close, Stella la suivit à distance ; elle s'arrêta aux cabinets des petites. Les gonds ne grincèrent pas, la sueur, dans son dos, refroidit. Debout sur la cuvette, les mains accrochées en haut des planches de la porte bien verrouillée, Stella voyait de loin la silhouette noire de sœur Anita s'agiter dans la fenêtre éclairée ; Mère Adélaïde devait être assise, bien sûr, avec sa jambe... Et si Toutou allait la trucider ? Non. Sans ses complices, elle n'oserait pas, sinon ce serait déjà fait depuis le temps.

Et que je te cause, et que je te cause, et que je m'agite... Dieu savait quel monceau d'horreurs abominables l'autre affreuse criminelle était sûrement en train de débiter sur son compte ! Ah, madame Toutou parlait ! eh bien elle n'était pas la seule à avoir des choses à dire, il y en avait une autre aussi qui avait des révélations à faire, et des grandes encore, et elle les ferait, dût-elle y passer toute la nuit avec cette manie qu'avait Belphégor de vous couper toujours les mots sous la bouche, elle dirait tout, elle n'aurait pas peur, ça non alors ! Cause toujours, ma vieille, vas-y, crache ton venin, rira bien qui rira le dernier, on verra qui c'est qui finira la tête tranchée, parce que pour la grâce du père Charles, tu pourras faire tintin, ma belle, c'est fini le temps des aristos qui font des manières avec les dames et les soutanes ! Pompidou, lui, avec ses gros sourcils de grigou, c'est un républicain, un habit bleu, un vrai de vrai, un guillotineur de femmes, même de bonnes sœurs, surtout même de bonnes sœurs ! Pas de bol, ma cocotte !

Toutou, furtive, sortit enfin ; Stella, du haut de son trône, les yeux ras la porte, rythma son passage en martelant entre ses dents, bouche contre le bois, la vieille marche chouanne *Les Bleus sont là, le canon gronde, dites les gars, avez-vous peur ?*, mais pas trop fort quand même. Ça y est, Toutou était loin, et si elle allait revenir ? *Les Bleus chez vous, dansant la ronde, boiront le sang de votre cœur*, entre les cabinets et le bureau, il y avait bien plus de cent mètres à découvert, et les derniers étaient éclairés. *Vos corps seront jetés à l'onde, vos noms voués au déshonneur*, pourvu que les gonds ne grincent pas, qu'est-ce qu'il pouvait faire noir, maintenant ! *Allez les gars, le canon gronde, partez les gars, soyez vainqueurs !* Elle se jeta en avant et courut, courut, courut vers la lumière du bureau. *Nous n'avons qu'une gloire au monde, c'est la victoire du Seigneur*, elle touchait enfin la poignée du bureau de Mère Adélaïde, ouf, sauvée ! Vite, entrer, vite !

— Ma Mère, d'abord c'est même pas vrai ce qu'elle a dit, je n'ai pas fumé ! Et puis...

— On frappe avant d'entrer, jeune fille ! Dehors, allez !

— Ma mère...

— Dehors, j'ai dit.

Stella sortit dans la nuit hostile, referma la porte et, après quelques instants de réflexion, toqua, entendit « oui entrez », et rentra. Adélaïde souriait.

— Ah, c'est vous Stella, quelle bonne surprise, c'est le Ciel qui vous envoie !

On aurait dit une pièce de théâtre.

— Ma Mère, reprit Stella du début, je n'ai pas fumé, et...

— Approchez, mon enfant, approchez, plus près, plus près, là, bien. Baissez la tête, maintenant.

Stella se courba sur le bureau envahi de dossiers roses ; les doigts d'Adélaïde s'enfoncèrent comme les mâchoires d'un piège dans les bords de son crâne et l'attirèrent fermement vers la faux de son nez qui plongea dans ses cheveux. Trois reniflements secs, elle desserra les doigts et lui repoussa la tête comme on lance un ballon de basket.

— Mais si, vous avez fumé, et vous m'avez menti. J'ai horreur qu'on me raconte des histoires, mon petit !

Stella baissa les yeux et serra les poings ; cette fois-ci, elle ne devait pas se laisser avoir par Belphégor, elle parlerait.

— Eu égard aux circonstances particulières, je ne vous blâme que sur ce second point ; il était tout naturel que vous fumiez une cigarette, vous auriez même pu boire un verre de rhum, s'il y en avait eu dans la maison, c'est la tradition, sœur Anita ne pouvait pas le savoir, la malheureuse...

— Sœur Anita est un assassin ! contre-attaqua Stella.

— Ah non ! ça suffit. Je veux bien vous pardonner un mensonge, mais n'y ajoutez pas la calomnie !

— C'est une criminelle dangereuse, et une récidiviste ! Elle a tué sœur Marie-Claire en essayant de vous tuer...

— Ne dites donc point de sottises !

— ... elle a tué l'archiprêtre, elle a tué Catherine Garraude...

— Bécassine, va !

— ... et elle veut nous tuer toutes les deux, moi et vous !

— On dit vous et moi, quand on est bien élevé, et...

— C'est elle, la mystérieuse complice des francs-maçons !

— Ça, je vous l'accorde, mais croyez bien

qu'elle n'en a aucune conscience et je ne vois là aucun mystère...

— Et des protestants, et du garagiste aussi !

— Et pourquoi pas du roi de Prusse, pendant que vous y êtes ? Bon, c'est bientôt fini ces sornettes ? Vous êtes vraiment désespérante, Stella, vous ne comprenez rien. Tenez, soyez assez aimable pour m'aider à soulever ma jambe et m'accompagner à la bibliothèque des professeurs.

— Mais c'est au troisième étage !

— Enfin nous retombons dans les vérités premières, je suppose que c'est bon signe ! Oui, cette bibliothèque est bien au troisième étage, je le sais, imaginez-vous !

— Mais c'est par le petit escalier en colimaçon, avec votre béquille...

— Flûte, Stella, à la fin !

C'était la plus grosse injure qu'on eût jamais entendue de sa bouche ; elle résonna comme un sifflet de gendarme aux oreilles de Stella qui s'agenouilla immédiatement sur le parquet ciré devant le tabouret où reposait, comme une relique, le pied de Belphégor. Berque ! Les orteils dépassaient, tout jaunes, du plâtre où le sang de King-Kong s'était oxydé en larges taches brunâtres, et leurs ongles pas coupés se tordaient en griffes de corne fourchue.

Stella déposa ce truc par terre en faisant la grimace. Belphégor rabattit sa longue robe par-dessus, se leva, et agrippa l'omoplate de Stella qu'elle dirigea sans un mot, d'une serre ferme, vers l'obscurité du petit escalier...

Pour Séraphin, l'ange avait illuminé la nuit de centaines de petites lampes à huile qui brillaient chaudement suspendues en l'air autour d'eux, mais ne se reflétaient pas sur le fleuve où régnait l'éclat de la lune argentée. La chienne Hitlère était couchée aux pieds de l'abbé qui caressait d'une main son dos pouilleux.

— L'homme est moitié ange, moitié bête. L'ange est sauvé par sa connaissance, et l'animal par son ignorance ; entre les deux, l'homme reste en litige, cita Séraphin, rêveusement.

— Vous n'êtes guère catholique, ce soir, monsieur l'abbé !

— C'est d'un poète persan qui ignorait la Révélation...

— Dieu s'est fait homme, quelle histoire !

— Ça a dû être une sacrée bagarre parmi vous, pas vrai ?

— Vous n'imaginez pas ! une satanée bagarre...

— Dzzzz, dzzz... fit Séraphin en hochant la tête. Tout près, une chouette hulula doucement, au loin on entendait le long soupir d'un train de nuit.

— J'ai un grave problème, dit-il enfin.

— Laissez dormir votre inquiétude, Séraphin, écoutez-moi.

On ne discute pas avec un ange.

— Séraphin, apprenez que je ne suis pas un grand parmi les anges, de ceux qui portent votre nom incandescent et brûlent d'amour pour le Très-Haut au sommet des trois hiérarchies, oh non !

— Oh non ! répéta Séraphin en écho.

— Séraphin, il ne faut pas me chercher non plus ni parmi les Chérubins, ni parmi les Trônes, ni parmi les Dominations, ni parmi les Vertus, ni parmi les Puissances, ni parmi les Principautés, ni parmi les Archanges, oh non !

— Oh non !

— Séraphin, je ne connais pas les secrets du Tout-Puissant, je ne gouverne pas, je suis un exécutant et des plus petits parmi les exécutants, oh oui !

— Oh oui !

— Séraphin, il faut me chercher en bas de l'échelle, tout en bas, c'est là que perche Holech Al Haaretz, Celui-qui-marche-sur-la-terre, c'est sa place et elle est bonne pour lui, car L'Infiniment Bon l'a faite pour lui, et lui pour elle.

— Amen !

— Séraphin, je suis l'ange gardien d'un homme nommé Guillaume dont l'âme gémit au bord du châtiment éternel.

— Aïe !

— Séraphin, il m'est pénible de vous avouer que cet homme a mis fin lui-même à sa vie terrestre en se pendant par le cou à la branche de l'un de ces arbres qu'on nomme châtaigniers.

— Aïe, aïe, aïe !

— Séraphin, s'ôter la vie est la plus grande liberté que le Créateur ait donnée à l'homme, une liberté dont ne jouit aucune autre de ses créatures, visible ou invisible !

— Amen !

— Séraphin, c'est le plus grand soufflet qu'un homme puisse appliquer sur la face immarcescible de l'Éternel !

— Amen !

— Séraphin, c'est aussi la plus grande claque que puisse se prendre un ange gardien.

— Aïe !

— Et, Séraphin, celle-là, je ne l'avais pas volée !

— Aïe, aie, aïe !

— Séraphin, la femme de Guillaume était habitée par un affreux petit démon, très bavard, très venimeux, très puant, du genre de ceux qu'on appelle lubriques, un soi-disant nommé Zéphyr.

— Ouh là !

— Séraphin, qu'il était laid, ce Zéphyr ! Et si vous aviez entendu ses cris !

— Ouh là là !

— Il me coûte de vous dire, ô combien, Séraphin, que l'ange de Guillaume ici présent, au lieu de lui inspirer de rester auprès de sa femme pour combattre ce démon horriblement criard, l'ange de Guillaume, très ami avec l'ange de la Loire, préférait lui dessiner dans les imaginations de jolis coins de pêche ombragés et silencieux...

— En amour, le courage, c'est la fuite, cita Séraphin, plein d'une clémence impériale.

— Séraphin, le démon a emporté la femme de Guillaume au loin ; avec le facteur.

— Bon voyage !

— Non ! Séraphin, Guillaume a percé un petit trou tout petit dans sa voiture pour que le liquide des freins coule tout doucement, tout doucement, il a écrit une lettre à sa femme pour lui donner la voiture, et il s'est pendu.

— Aïe, aïe, aie...

— Séraphin, il n'est pas dans le pouvoir des anges de faire disparaître ce qui existe, ni pensée, ni parole, ni action humaine, fussent-elles mesquines, méchantes, meurtrières, chacune est l'expression de la liberté que le Tout-Puissant vous a donnée, et l'Infiniment Juste ne reprend pas ce qu'Il donne.

— Amen !

— Séraphin, il n'est pas dans le pouvoir des anges d'effacer les crimes ni de colmater les fuites dans les réservoirs de liquide à freins, oh non !

— Oh non !

— Mais Séraphin, ce crime-là, je pouvais le rendre moins odieux aux yeux du Créateur en le détournant de sa cible...

— Ah bon ?

— Séraphin, je me suis débrouillé pour que la voiture de Guillaume n'échût pas à sa femme en proie au démon bavard, mais à des femmes plus saintes afin que lorsque les freins lâcheraient, s'il plaisait au Seigneur de cueillir une âme pour Son jardin, Il la trouvât au moins en état de grâce, jolie fleur qui sent bon et non vilaine ortie qui pique.

— Ça, c'est très malin !

— Pas ce mot, Séraphin, pas ce mot, s'il vous plaît !

— Oh pardon ! mais comment avez-vous donc fait ?

— Séraphin, j'ai mené cette femme par le bout du nez ! J'ai coincé son démon gueulard dans le coffre de la deux-chevaux, il dégageait une telle odeur et de tels grincements qu'elle a dû mettre la voiture en vente ; sans grand succès. Zéphyr a été libéré, et la puanteur a disparu quand des religieuses ont voulu l'acheter — à un très bon prix, je dois dire...

— Hê ! vous semblez très bien acclimaté à notre planète !

— Trop, Séraphin, trop parfois hélas... Quand la voiture s'est écrasée contre la borne que vous voyez là-bas, les anges psychopompes ont cueilli une âme bien jolie, un vrai bouton de rose ; c'était très gai, on a beaucoup dansé !

— Alléluia !

Dans la nuit, deux voix inquiètes appelaient Hitlère ; elle leva en souriant son lourd derrière mité, battit de la queue et trotta vers la ferme des Toupies éclairée là-haut sur le coteau, comme un beignet aux pommes bien chaud.

— Séraphin, si Guillaume n'avait pas tant bu (ce qui éloigne les anges) ou s'il avait bu davantage (ce qui les ramène), je connais mon homme comme l'homme connaît son chien, il aurait demandé pardon, il n'a pas eu le temps !

— Misère !

— Oui, Séraphin, le temps ! Cette mesure grossière des fils d'Adam, lourde comme leur langage, bornée comme leur raison, tout cet attirail pesant et malcommode que la hiérarchie céleste ignore ! Ces grands esprits très purs ne descendent pas sur la terre, eux, comprenez-vous...

Il n'y avait ni amertume ni ironie dans la voix de Holech Al Haaretz dont le nom signifie Marche-à-terre, il parlait sur le ton de l'évidence. Il essayait d'expliquer, et expliquer, ainsi qu'il l'avait expliqué, ça n'était vraiment pas la nature d'un ange. L'abbé s'y trompa.

— Ah, les grands de ce monde ! soupira-t-il.

— Les grands de l'autre monde, Séraphin !

Le sourire de l'ange se tendit comme les cordes

d'une harpe dont les accords accompagnèrent le grand rire de Séraphin. Hitlère fit entendre un petit jappement lointain.

— Séraphin, les vapeurs du vin se sont dissipées, et l'âme de Guillaume a grand soif de pardon ; cette soif-là, vous seul, Séraphin, pouvez l'étancher. Pas moi. Nous avions grand besoin d'un prêtre et l'Éternel nous a entendus de nos profondeurs ; ce n'est pas moi qui vous ai appelé, reconnaissez-le.

— Effectivement, mais...

— Séraphin, souvenez-vous des paroles que vous a dites le Roi des Anges : "Tout ce que vous lierez sur la terre sera lié dans le ciel, et tout ce que vous délierez sur la terre sera délié dans le ciel* !"

— Sur la terre, Marche-à-Terre ! Guillaume est mort !

— Séraphin, ces choses vous dépassent, je me suis arrangé avec les psychopompes ; ils sont très serviables malgré leur humour déplorable, vous verrez...

— Je ne peux pas confesser un revenant !

— Séraphin, ce n'est pas un revenant, il n'est pas parti ! Et vous pouvez l'absoudre, si c'est son ange qui vous présente humblement sa confession ; les anges sont farceurs, mais ils ne mentent pas, venez !

— Attendez...

— Séraphin, nous avons le même Céleste Patron, et ses colères sont fameuses, dépêchez-

---

* Matthieu, XVIII, 18.

vous, allons ! tonna Marche-à-Terre en dégageant une lumière blanche d'orage.

— Une seconde ! êtes-vous bien sûr en vérité d'avoir réparé toutes les fautes de Guillaume ici-bas ?

— Toutes, Séraphin, sauf une.

L'ange avait baissé soudain le voltage, il se fit tout petit, tout doux, tout miel doré avant de poursuivre.

— Séraphin, le mal a aussi des fruits tardifs, on ne l'arrache pas si facilement, et cette faute-là n'est pas vraiment celle de Guillaume...

— Tiens donc !

— Voyez-vous, Séraphin, dans la voiture accidentée, il n'y avait pas une religieuse, mais deux, et la seconde n'est pas morte, ça non !

— Oh non !

— Séraphin, ce criminel accident a jeté en elle une petite graine maléfique, qui a germé et poussé sous la forme d'une idée proprement diabolique, et le démon qui la hante est redoutable, Séraphin, du très gros gibier !

— Nous y voilà ! souffla Adélaïde, cherchant son trousseau, en haut des marches, à sa ceinture. L'ascension de l'escalier à vis, étroit comme celui d'un donjon, avait été pénible. Une main agrippée à la rampe, l'autre dans son omoplate, Belphégor avait houspillé Stella, les talons suspendus dans le vide obscur, l'épaule à moitié démanchée, pour qu'elle éclairât de sa loupiote l'ombre des toiles d'araignées qui osaient menacer de leurs dentelles sales son auguste voile. Dieu merci, à mi-parcours, elle avait consacré le reste de son souffle à l'effort, et ce n'était pas encore la saison des chauves-souris... Stella, pétrie, moulue, rageait pas à pas ; elle en avait marre, marre, mais marre !

— Éclairez-moi cette serrure, enfin ! on se demande vraiment où vous avez l'idée, ma pauvre fille !

Et voilà, ça recommençait.

La bibliothèque échappait ostensiblement à la manie esthétique lino et formica des bonnes sœurs ; tout en bois sous la charpente biscornue, une pauvre ampoule pendue par un fil au plafond au-dessus d'une chaise unique, elle était tapissée de livres reliés, enfermés derrière des vitres dont la poussière criait l'abandon. Les professeurs ne devaient pas lire beaucoup ; en tout cas plus depuis longtemps.

Stella entendit soudain un tonnerre de roulement à billes. En refermant la porte, Belphégor s'était coincé le rosaire dans la béquille, parce qu'il avait fallu la traîner, celle-là aussi dans l'escalade, et tous les grains de chapelet roulaient par dizaines sur le plancher...

— Bougez pas, ma Mère ! dit Stella en se mettant à quatre pattes.

Encore une phrase en l'air ; il ne semblait pas qu'il eût jamais été dans les intentions d'Adélaïde de se baisser. Sans se retourner, elle donna à la porte un double tour de clef, comme si on allait s'envoler ! et cahota lentement jusqu'à la fenêtre qu'elle ouvrit en grand sur la nuit noire percée de lumières de la ville. Son pied plâtré sur le rebord, qui était très bas, comme une marche, le front contre le linteau, elle sembla un moment absorbée par la vue.

Stella, la main gauche pleine de grains, finissait par croire qu'elle ne s'était même pas aperçue de l'incident quand Belphégor tourna brusquement le voile, et cingla vers la chaise vide en lui jetant au passage un grand mouchoir rouge.

— Mettez-les là-dedans ! Ce que vous pouvez être maladroite, mon petit !

Stella s'éloigna sur les genoux chercher des grains coincés entre les lattes, près de la porte ; loin de la chaise. De la fenêtre montaient des ronflements de moteur, samedi soir, les gens normaux sortaient du cinéma, ils avaient mangé un chocolat glacé à la coque craquante, ou un cornet géant peut-être, et maintenant ils allaient se blottir au creux de grands oreillers profonds, dans leurs maisons bien closes, bien chaudes, bien tranquilles, et sûrement même que leur chien sauterait sur l'édredon pour se coucher tout en rond sur leurs pieds. Stella pensait à la ferme, à Hitlère, aux Toupies, à leur odeur d'eau de Cologne et d'eau dentifrice mêlées, le soir, quand elles montaient l'embrasser en lui caressant les cheveux de leurs doigts rugueux, faites de beaux rêves surtout, demain c'est dimanche avec sa robe blanche, après la messe de monsieur le curé on ira chercher un gâteau, un rose ou un praliné, c'est vous qui choisirez, mais pas le grand-marnier comme l'autre fois chez Yvonne... Elle avait une boule dans la gorge, et l'intuition poignante qu'elle ne les reverrait plus jamais. Ah non, elle n'allait pas repleurer !

— Du bon châtaignier, pas de toiles d'araignées ! De sa chaise, Belphégor avait parlé ; l'embout de sa béquille s'envola de la poutre maîtresse en grands moulinets vers les murs de reliures.

— Adieu, pauvres livres ! moi et ceux de ma génération pouvons encore vous lire, mais votre heure est proche ! dans vingt ans votre agonie sera finie, vous serez muets comme des tombes ! Morts ! Les Barbares aux tignasses rouges sont aux portes de Rome, et elle leur ouvre ses cuisses grasses, la catin ! Ah ! laissez-vous pousser les cheveux, Romains, mâchez-leur la besogne, déhanchez-vous au son de leurs tambours de guerre, sacrifiez vos petits à leurs idoles sauvages, faites-en des ilotes abrutis d'Indiens de cinéma !

Voilà qu'elle parlait toute seule, maintenant, et elle déraillait ferme, en plus. Décidément ça ne s'arrangeait pas, pensait Stella à quatre pattes. Un coin du mouchoir dans lequel elle avait péniblement réuni les billes de chapelet lui échappa, et toute la cargaison ficha le camp par terre. À l'avant-garde, un grain roulait fièrement à toute vitesse vers la chaise directoriale. Zut ! qu'est-ce qu'elle allait prendre encore ! Mais Belphégor abaissa dans sa direction un regard plein d'une soudaine et étrange mansuétude.

— ... Et qu'est-ce que vous direz aux enfants de vos enfants, à ces petits Poucets qui chercheront la maison paternelle à genoux dans la forêt sauvage d'un monde sauvage, hein ? Nous avons enterré les cailloux ! Nous avons coupé avec nos dents pointues le fil qui nous reliait à deux mille ans de civilisation ! Allez, allez, petits mignons dodus, l'ogre a faim et il saura bien vous trouver, lui...

Rassurée par sa voix bizarrement radoucie, Stella risqua une question.

— Ma Mère, pourquoi vous ne voulez pas me croire ?

— Hmmm ?

— Pourquoi ne voulez-vous pas me croire quand je vous dis que sœur Anita est un assassin ?

— Parce que ce n'est pas la vérité, répondit-elle, comme réveillée, en tendant à Stella le grain de chapelet qui avait roulé au pied de sa chaise.

— Merci, ma Mère.

— Je vous en prie.

— Mais, ma Mère, récidiva Stella, comment vous pouvez en être sûre que ce n'est pas elle la criminelle ?

— Stella, mon enfant, je vous aime bien mais ce que vous pouvez être pesante et lente par moments, vraiment ! ah, vous êtes bien de ce pays ! Je suppose que je n'aurai pas la paix tant que je ne vous aurai pas expliqué... Bon, on s'assoit bien droite, et on se tait !

Stella se mit en tailleur par terre, le mouchoir de billes calé au creux de sa jupe, et Mère Adélaïde commença ainsi sa leçon.

— Sœur Anita est une nature ambitieuse ; la seule personne qu'elle aurait pu souhaiter occire ici, c'est moi !

Et bing ! un coup de béquille sur le plancher.

— Malheureusement pour elle, sœur Anita est aussi une âme faible, flagorneuse, stupide et ignorante, autant dire qu'elle n'a pas les moyens de son ambition. Il n'y a pas grand-chose à craindre d'un pareil Brutus même quand il conspire avec les parents d'élèves, au contraire ! Sœur Anita sera toujours fidèlement du côté du plus fort, et le plus fort, pour le moment, c'est moi.

Et bing ! un autre coup de béquille sur le plancher.

— Sœur Anita n'a encore tué personne à ma connaissance, la pauvre chose, parce que l'assassin, c'est moi.

Et bing ! un troisième coup de béquille sur le plancher.

Celui-là résonna vraiment très fort dans la tête de Stella. Il lui sembla qu'il ébranlait les poutres et qu'elles allaient s'écrouler par terre comme des allumettes.

— N'essayez pas de reculer subrepticement sur le postérieur, jeune personne, je vous vois ! Je vous rappelle que j'ai fermé la porte à clef, et que la clef est dans ma poche ; soyez assez aimable de ne pas me prendre pour une demeurée !

Stella était en nage, bouche bée, tous les petits cailloux dont Belphégor avait semé son discours, et qu'elle n'avait pas ramassés, trop occupée à suivre sa route, lui clignotaient maintenant, lumineux, à la mémoire ; elle allait y passer, c'était sûr.

— Vous avez voulu savoir, vous saurez. Vous souvenez-vous du jour où j'ai eu mon accident, vous étiez là, n'est-ce pas ?

— Oui ma Mère, balbutia Stella. Il ne faut jamais contrarier les fous. Qu'est-ce qu'il avait dit, l'abbé ? Hurler, mais d'ici, qui pouvait l'entendre sinon Aristide Aubert Dupetit-Thouars, parti marin sous Louis XVI, et revenu statue sur la place de la Poste, en bas ?

— Dans la descente, j'ai cru que sœur Marie-Claire avait perdu les pédales, mais non, c'étaient les freins qui avaient miraculeusement lâché, c'était le Signe... En fait, je l'ai su plus tard, elle avait son permis de conduire, elle me jouait la comédie pour me faire sa cour, la petite garce ! Une dangereuse, cette Marie-Claire, avec ses mollets ronds et ses joues roses, bardée de diplômes sous ses airs cloche ! Un cheval de Troie, oui ! une vraie bombe atomique... Mais je ne m'appelle pas Mère Marie-Hiroshima, moi !

Belphégor éclata d'un rire sinistre. Stella, tremblante, lui répondit par un petit hi-hi, surtout ne pas la contredire, la laisser parler, tant qu'il y a de la vie, il y a de l'espoir, c'était quoi déjà, la formule magique de l'abbé, "attention, Pierrot au cocorico" ? Non. Au secours, au secours, au secours.

— Elle jouait de la guitare ! Lonlère-lonla ! Ça, ça les épatait, mes admirables supérieurs ! Ils l'avaient envoyée ici pour me succéder, mais en douceur, vous connaissez les mœurs de la gent ecclésiastique...

Stella n'en avait aucune idée, mais elle fit de la tête un oui entendu de vieux chanoine. Son ventre n'était plus qu'un grand trou vibrant de vide.

— Allez ! aux cuisines, le prototype nucléaire ! ça n'a pas traîné, "les premiers seront les derniers", et toc !

Belphégor, pied fourchu doigts crochus, shoota en l'air dans un derrière imaginaire, Stella fit malgré elle un bond en arrière.

— Mes dépenses somptuaires indignaient la cour, j'avais vidé les caisses pour faire bâtir une chapelle ! A-t-on idée ? une chapelle dans un couvent, mais c'est un scandale, ça ! de la folie pure ! Ma mère, vous êtes zinzin, on vous avait donné des crédits pour un gymnase ! Et pourquoi pas un lupanar, hein ? Ça, c'est la grande école de la vie, le lupanar ! Si tu ne crains pas Dieu, au moins crains la vérole... Est-ce que je suis chargée de l'entraînement aux Jeux olympiques, moi ? Je vous en donnerais, moi, du Mens sana in corpore sano, mens insana in corpore musculoso-sot-sot, oui, zozos vous-mêmes !

Stella ne comprenait rien du tout à ce soliloque, la tête vide, elle branlait du chef sans s'arrêter, comme ces petits chiens en plastique qu'on voit à l'arrière des voitures.

— J'étais réfractaire aux réformes, paraît-il... Et comment ! Toutes les erreurs condamnées par le "Syllabus"* sont devenues par magie des vérités à croire ! Réfractaire, mais j'en suis fière ! c'est un devoir d'être réfractaire en temps de révolution ! c'est un devoir d'être résistant en temps d'occupation ! L'Église aujourd'hui est occupée par une secte étrangère, comme la France l'a été par les Allemands ! Et je n'ai jamais fait dans la collaboration, moi !

Bing ! nouveau coup de béquille, il y avait longtemps. Belphégor regarda Stella au fond des yeux jusqu'à la moelle.

— Vous savez quel est mon plus grand crime ?

---

* Document annexe à l'encyclique "Quanta cura" du Pape Pie IX publiée le 8 décembre 1864, le "Syllabus" ou "Catalogue des principales erreurs de notre temps" en dénonce quatre-vingts dont le socialisme, le communisme, le libéralisme...

Son regard brillait de l'étrange sourire de l'ivresse.

— C'est que je suis catholique, moi !

Re-coup de béquille, accompagné d'un petit air fiérot à la cantonade. Stella remarqua qu'à chaque coup, ses doigts de pieds s'écartaient, comme un chat qui sort les griffes.

— Ça, ça les embête... En vingt ans, eux, ils ont réussi là où vingt siècles d'hostilité avaient échoué ; ils ont détruit pierre à pierre de leurs mains bénies la Sainte Église sur laquelle ils avaient mission de veiller, chapeau messeigneurs ! Et je les gêne, moi, je suis leur scrupule incarné... Vous ne savez pas ce qu'est un scrupule, bien sûr !

Stella ne répondit pas ; elle prit cet air fayot bêta mi-interrogatif, mi-admiratif qui réussissait toujours très bien sur les grandes personnes.

— De scrupulus, diminutif de scrupus, deuxième déclinaison, masculin : petit caillou pointu ; je suis le petit caillou pointu dans leurs chaussures... Fini, ça, le latin, nous avions une langue universelle pour l'Église universelle, c'était trop beau ! Vive Babel ! Apparemment, il n'y a plus qu'en Afrique qu'on sache ses déclinaisons...

Stella pensa à Séraphin ; où était-il passé, celui-là, à fricoter avec Marche-à-Terre... Et elle, seule, avec une dingue criminelle, toute seule !

— Ah, leurs messes à l'envers, comme disait le poète Claudel, tournées vers les fidèles, le peuple, comme ils disent, eux, ces bons cocos ! leur manie de tutoyer le Tout-Puissant comme un camarade du Parti ! Leur rage à nous faire quitter l'habit religieux pour la mini-jupe !

Une braise de douleur, ardente et rouge, était

enfouie sous les cendres grises de sa colère sèche ; elle brillait parfois, incongrue, au détour d'une phrase.

— Sombres crétins ! Ils ont abandonné la Vérité pour embrasser leurs confrères gourous et sorciers de toutes sectes sur la bouche, et le jour n'est pas loin où le Pape marchera bras dessus, bras dessous avec le Dalaï-Lama, le jour où le Sacré Collège valsera avec les derviches tourneurs au grand bal annuel des religions réunies, vous le verrez, ce jour ! Mais vous applaudirez, malheureux, vous applaudirez !

Ces imprécations semblaient adressées à une foule invisible, mais savait-on ? Stella réussit, tout doucement, à mettre son visage hors du cercle lumineux de l'ampoule, et l'ombre la couvrait, comme un manteau.

— Oui, vous applaudirez ! parce que vous n'y comprendrez rien, on nous a empêchés de vous enseigner, débrouillez-vous avec vos crayons de couleur ! Ils n'adorent plus Dieu, ils adorent l'homme tout court, ils s'adorent, la Déclaration des droits de l'homme leur tient lieu de décalogue, et la Révolution de Révélation ! Le lit de l'Antéchrist est fait, et il a été bassiné par les évêques ! Ah, nous sommes tous frères, mais frères trois points ! Maçons, tous !

Bing ! bing ! bing ! fit la béquille en triangle. Dans la lumière, le visage parcheminé de Belphégor brillait de sueur comme celui d'un boxeur. Son regard redescendit des poutres vers Stella.

— Où en étions-nous ? À cet hiver, n'est-ce pas ? quand le nouvel ordo a été obligatoire, le Saint Sacrifice de la Messe interdit, transformé en "célébration eucharistique", en casse-croûte liturgique ! Ce n'était pas une traduction, oh non, c'était une trahison ! Luther avait gagné, les catholiques se sont réveillés protestants et ravis, les imbéciles, d'avoir enfin l'air intelligent... C'est là que l'armée des ombres s'est levée, et que de saints prêtres se sont mis en cachette à célébrer dans des granges, comme sous la Terreur... Moi j'entends la messe dans un garage, figurez-vous !

— Non, c'est vrai ? murmura Stella très tasse de thé ; enfin une chose claire dans les divagations directoriales : elle réalisait, elle y avait mis le temps, que le garagiste truqueur était un complice, et non un suspect...

— Depuis que les églises sont devenues le théâtre aux armées, que voulez-vous... J'essayais de maintenir la maison dans la bonne doctrine, mais avec cette ridicule baderne moderniste d'archiprêtre (plus ça devient vieux plus ça devient bête !), et le sourire de sœur Marie-Claire au milieu des casseroles ! enfin... C'est là que j'ai eu mon accident. C'était le mercredi des Cendres...

— Je m'en rappelle !

— Non !

— Mais si, je...

— Vous êtes fatigante ! Il faut dire : je me le rappelle ou je m'en souviens, que je n'aie pas à vous le redire !

— Oui, ma Mère.

— Souviens-toi que tu es poussière et que tu retourneras à la poussière, et toc ! sœur Marie-Claire est retournée à la poussière ! Moi, j'ai été épargnée. C'était un signe, un parachutage du

Ciel, le feu vert de Londres pour le sabotage, en avant pour la lutte armée !

La Grande Vadrouille, maintenant, se dit Stella dont les nerfs étaient si tendus qu'elle eut du mal à ne pas rire.

— Ce benêt d'archiprêtre est venu me raconter à l'hôpital son futur sacrilège, une messe invalide où il consacrerait du riz. Eh quoi ! S'il avait été à Francfort, il aurait consacré de la bière et des saucisses, peut-être ! J'ai légèrement fait empoisonner le riz en transvasant l'eau toxique du muguet, que m'avait porté Hélène mon helléniste, dans le bidon d'eau de Lourdes de cette malheureuse Catherine... Et je lui ai dit d'asperger le riz d'eau miraculeuse pour le purifier !

Belphégor ne put retenir un rire grinçant qui fit frissonner Stella jusqu'aux os.

— Tout le monde a été malade, mais personne n'a compris l'avertissement. Surtout pas ce mollasson d'archiprêtre qui est venu me le raconter en m'inondant de sa bêtise à l'hôpital. Comme il était indécrottable et diabétique, j'ai emprunté un peu d'insuline aux armoires de l'Assistance publique. Le Vendredi Saint, quand j'ai vu la mascarade sacrilège qui commençait sous nos yeux dans l'église, je l'ai appelé, et je l'ai piqué au travers de la manche.

— Et il est mort...

— Il avait été prévenu ! Je lui avais laissé sa chance ! et c'est moi qui vous ai envoyée quérir le médecin !

— Mais Catherine Garraude, ce n'est pas vous quand même ! vous l'aimiez bien, elle...

— Catherine... Catherine c'était... Adélaïde

soupira et quelque chose lui serra fort la gorge. L'innocence, la pureté... Et ils avaient réussi à la faire interner, les lâches, Dieu sait ce qu'on allait lui faire, ou lui faire faire là-bas... J'ai coupé le disjoncteur et je lui ai indiqué où était la cloche. Elle m'obéissait les yeux fermés. Après tout, il n'était pas dit que la cloche allait la tuer, mais si Dieu le voulait...

— La pauvre...

— Pas d'attendrissement ! Là où elle est maintenant, elle n'est plus à plaindre ; elle est enfin comme les autres...

Dans la lumière, des larmes roulaient sur les joues de Belphégor comme l'eau suinte sur un mur, pas comme si c'était vraiment elle qui pleurait. Faisant glisser les billes directement dans sa jupe, et sans se lever, Stella, qui n'osait pas trop s'en approcher, lui tendit à bout de bras son mouchoir rouge. Elle y pinça sèchement ses minces narines, le fourra dans sa poche, prit une brève respiration et soupira :

— À nous, maintenant ! Fin du nettoyage de printemps !

— Moi ? mais qu'est-ce que je vous ai fait, moi ?

— Vous existez.

Les poutres craquaient, l'intérieur de la tête de Stella était un grand silence tout cotonneux de neige blanche, elle n'entendait pas sa propre voix, le son lui en parvenait de très loin...

— Et vous allez me tuer, alors ? gémit Stella.

— Oh non ! pas moi... Vous, quand vous saurez... Les germes de la destruction sont déjà en vous, vous êtes un fruit de la décadence moderne !

vous ne le savez pas encore, mais tout en vous aspire à la mort... Ça ne vous intéresse donc plus de connaître l'histoire du commandant Mader, votre père ?

Ce nom atteint Stella comme un direct à l'estomac, elle ne pouvait plus respirer ; pour ne pas s'évanouir, pour se raccrocher à quelque chose, elle prit dans sa jupe à pleines mains des grains de chapelet qu'elle serra fort, fort.

— Mader, c'est le nom qu'il a pris dans la Résistance, à dix-sept ans. Je pourrais vous raconter ses hauts faits, mais le temps presse et ils sont innombrables. Après la guerre, Saint-Cyr. Brillant sujet, premier de sa promotion, on lui a remis la Légion d'honneur en Indochine, il n'avait pas trente ans. Quand de Gaulle a trahi, il était en Algérie, et votre mère, une évaporée de bonne famille, s'est retrouvée enceinte au moment du putsch. Elle ne lui a rien dit ; d'après votre grand-père, qui me l'a raconté quand il vous a inscrite ici, elle ne voulait pas de l'enfant d'un fasciste ! Lui, fasciste ! Pourquoi pas nazi, tant qu'on y est ! Passons. Vous n'avez échappé aux faiseuses d'anges que par la promesse de votre grand-père à votre mère qu'il vous ferait élever au large de ses jupes.

Stella sentait brûler ses joues, et serrait de toutes ses forces les grains de chapelet dans ses mains trempées ; c'était vraiment son histoire qui défilait à toute allure ?

— Peu de temps après votre naissance, pour avoir défendu un département français contre les Infidèles, votre père a été condamné à mort. Par contumace, Dieu merci, car il s'était réfugié à l'étranger. De toute façon, pour votre mère qui ne l'avait jamais revu et qui vivait de ses charmes étalés sur grand écran, il était déjà mort depuis longtemps. Là-bas, en Suisse, il a écrit des livres, il était déjà célèbre ; il est devenu un symbole.

— Un symbole, répéta bêtement Stella. Son père, ce héros, dessiné par les mots d'Adélaïde, ressemblait à une image en noir et blanc, sans odeur, sans goût, on ne parle pas des gens comme ça ; mais comment Belphégor aurait-elle su le râpeux de ses joues, elle que personne n'embrassait jamais... Au moins Stella connaissait-elle le parfum de sa mère, la douceur de son cou au creux de l'épaule, et ce geste qu'elle avait pour écarter ses cheveux quand elle mettait une boucle d'oreille.

— Oui, le symbole de la France éternelle, celle qui ne se couche pas. Et la grâce l'a touché. Dans quelques jours, il va prononcer ses vœux, et rejoindre les rangs des vrais catholiques ; c'est une recrue d'un grand poids, on l'écoutera.

Stella ne verrait jamais ses yeux, ses mains, son sourire, alors ? Ils allaient vivre entre héros dans leur monde héroïque, sans elle, sans air ; tout tournait, tournait, elle allait avoir mal au cœur !

— Lui peut contribuer à sauver l'Église ; et vous, votre devoir est clair, c'est le martyre. La situation est grave, et il faut avoir le sens des proportions.

— J'y comprends rien, murmura Stella tout bas.

— C'est pourtant simple ! Si votre père apprend votre existence maintenant, il ne pourra plus prononcer ses vœux ; ce sera son devoir d'état que de vous élever jusqu'à votre majorité ; s'il l'apprend plus tard, cela causera un scandale qui ternira son honneur et frappera de nullité tout ce qu'il aura pu dire ou faire. "Malheur à celui par qui le scandale arrive !" Vous devez donc vous sacrifier, disparaître.

— Ah, fit Stella, groggy.

— Réfléchissez, mon petit, à côté de la sienne, à quoi rime votre vie ? Votre naissance a été une erreur, ni votre père ni votre mère ne l'ont souhaitée, l'un ignore votre existence et l'autre ne s'y intéresse pas, vous êtes l'enfant du péché, un fardeau de honte dans la vie de votre malheureux grand-père et un poids pour deux femmes vieillissantes qui seraient bien plus heureuses d'avoir un chien, croyez-moi.

Stella sentit les larmes monter ; elle ne tenta rien contre, au contraire, elle les laissa déborder, ces larmes de lave brûlante venaient comme un grand courant, sans hoquets, du tréfond d'elle-même, de l'âme sans doute ; ce que lui disait Belphégor, elle se l'était déjà dit bien des fois tout bas ; et c'était sûrement la vérité.

— Vous êtes un problème pour tout le monde ! Et vous n'avez aucun talent particulier qui justifierait d'une quelconque façon l'absolue nécessité de votre présence en ce monde, aucun ! Vous êtes moyenne en tout, médiocre.

Elle avait raison, ça aussi, c'était vrai, Stella ne savait rien faire, et elle ne servait à rien du tout sur la terre ; personne ne l'aimait, et personne ne l'aimerait jamais.

— Levez-vous, allons, croyez-moi, c'est plus facile et bien plus beau de quitter la vie à votre âge, quand on n'y est pas encore bien accroché ! Un peu de courage, allons !

Les Toupies, pensa Stella, quand elle serait grande, elle pourrait être infirmière pour soigner les Toupies, ça serait utile, ça, elle y avait déjà pensé, mais elle était trop malhabile pour devenir une bonne infirmière, elle leur ferait mal, sûrement, ça serait encore pire...

— Allons, debout ! La fenêtre n'est pas difficile à enjamber ; d'ici, vous êtes à cinq mètres de la rue, ça ne sera pas long, le sol est dur, mais peut-être des anges viendront-ils vous sauver, qui sait ?

Malgré le ricanement dur de Belphégor, ou était-ce à cause de lui, la fenêtre ouverte sur la nuit attirait Stella comme un aimant de fraîcheur ; se noyer dans le noir, dormir, dormir, comme avant de naître. C'était tellement simple, et puis ça arrangerait tout le monde.

La place n'était pas bien éclairée, près de la statue, une forme blanche s'avançait ; était-elle déjà morte qu'elle voyait un fantôme ?

Pour une fois, elle allait faire quelque chose d'utile ; au moins sa mort servirait à quelque chose, elle serait un héros, elle aussi.

— Allons-y, mon enfant ! Plus vous tarderez et plus ça sera difficile...

Stella, brave, obéit ; elle se leva.

Et patatras ! pour la troisième fois, les grains de chapelet, qui étaient dans sa jupe, roulèrent par terre avec un grondement de tonnerre.

Ça la dessoûla un peu, quand même.

L'autre vieille folle, toute jaune sous sa lampe, était en train de l'assassiner du fond de sa chaise. Fuir, mais par où ? La porte était fermée, les clefs étaient dans la poche de cette momie, et l'idée même de la toucher révulsait Stella, comme de toucher un cadavre ; instinctivement, elle recula, et se retrouva près de la fenêtre béante.

Ce n'était pas un fantôme, les fantômes, ça vole, et celui-là marchait ; sa silhouette grandissait en s'approchant, mais on ne lui voyait pas la tête.

— Bien, avancez, maintenant, pressons !

Elle le fit ; le pouvoir de la voix d'Adélaïde était irrésistible, et la nuit fraîche comme un oreiller.

— Avant de sauter, n'oubliez pas de dire une prière !

— Ô Marie conçue sans péché, priez pour nous qui avons recours-z-à vous ! sortit Stella, surprise ; c'était la formule, elle lui était revenue d'un coup en reconnaissant l'abbé en bas ! S'il pouvait la voir, mon Dieu... Ou l'entendre ?

— Parfait ! en avant, maintenant, sautez !

— Ô Marie conçue sans péché, priez pour nous qui avons recours-z-à vous ! cria Stella très fort ; elle se souvenait, il avait dit trois fois.

— Ça suffit, la Sainte Vierge n'est pas sourde, allez !

— O Marie conçue sans péché, priez pour nous qui avons recours-z-à vous ! gueula-t-elle comme un âne.

Adélaïde surgit hors de sa chaise derrière elle en brandissant sa béquille.

— Qui espérez-vous ameuter comme ça ? Obéissez et sautez maintenant !

Dans le silence, une voix d'airain monta du petit escalier.

— Dictum est non temptabis Dominum Deum

tuum* ! Séraphin n'avait pas eu besoin de crier pour se faire entendre. Adélaïde branla un peu sur ses trois pattes, et s'écroula sur la chaise.

L'abbé surgit dans la bibliothèque en faisant exploser la porte d'un grand coup d'épaule. Il posa une main puissante sur la tête de Stella, et se tourna vers Mère Adélaïde ; on aurait dit un vieux ballon flétri en train de se dégonfler lentement.

Les yeux fermés, elle essayait de parler, mais n'y arrivait pas ; elle faisait des petits couic-couic de souris dans un piège.

— Le démon a dû emporter sa langue ! constata Séraphin, posant une paume rose sur le front parcheminé de Belphégor. Complètement cinoque...

— On s'en va ? demanda Stella.

— Il faudrait d'abord ramasser le collier de la Sainte Vierge ! répondit l'abbé en regardant les grains du rosaire épars à leurs pieds.

Il s'agenouilla pour dégager le petit crucifix coincé entre deux lames du parquet, tout près du plâtre fourchu de Belphégor, et lui colla un gros baiser sonore.

---

* "Il est dit : tu ne tenteras pas le Seigneur ton Dieu" (Luc, IV, 12), réponse de Jésus à Satan qui veut le faire sauter du pinacle du temple de Jérusalem.

Épilogue

AMEN !

Galiléens, pourquoi restez-vous là à regarder le ciel ?
(Les Actes des Apôtres I, II.)

Le sermon que prononça Séraphin le jeudi de l'Ascension en l'église abbatiale de Cunault fit sensation ; il y avait parlé de choses du Ciel avec une si grande familiarité qu'au sortir de la messe, en regardant la Loire qui commençait avec une coquetterie surannée à cacher ses bras pâles sous les sables, beaucoup se surprirent à l'essayage imaginaire de leurs futurs corps glorieux ; ça discutait ferme sur la place, technique, aisance, maniabilité, on aurait dit une foire d'aéronautique céleste.

L'abbé avait reçu le courrier qu'il attendait d'un prieuré en Suisse, et l'avait montré à Stella. Dans une courte lettre, le Supérieur expliquait que Mader était un nom alsacien fréquemment adopté par ceux qui s'engageaient dans la Légion étrangère, d'où la confusion intervenue entre le sergent Mader, rescapé de Diên Biên Phû, ancien du 2[e]

BEP, en religion frère François-Marie des Anges, et son illustre homonyme, le commandant Mader, inconnu au bataillon monastique — hélas, ajoutait-il.

Stella en fut soulagée, et ne parla plus jamais de lui, même avec Anne-la-Vache. Quand elle eut dix-huit ans, son grand-père estima que le temps des révélations était venu. Elle les écouta sans rien dire ; seule la fin la surprit : le commandant Mader était mort d'un cancer, six mois auparavant, à Lausanne. Pour de vrai, cette fois...

Marche-à-Terre s'était définitivement envolé de l'arbre de Guillaume la nuit de la bibliothèque. "Vous ai-je dit qu'il m'avait chargé de vous transmettre ses sentiments distingués ?" demanda bien des fois Séraphin à Stella avant de retourner en Afrique, au début de l'été.

Hélène, elle, était partie à la rentrée suivante ; son père avait été muté. Sa joie à se trouver loin de ce qu'elle appelait "ce trou paumé" était trop violente, Stella arrêta très vite de lui écrire.

Elles ne se revirent que vingt ans plus tard, ou presque, à Djibouti. C'était juste avant la guerre du Golfe, il faisait une chaleur écrasante et les uniformes s'écroulaient en terrasse. Hélène en portait un, tout blanc, dont le chapeau était un peu ridicule ; elle était médecin-capitaine à bord du *Clemenceau*, elle disait "le Clem'", l'une des deux seules femmes embarquées à bord ; entourée d'une nouvelle muraille de garçons à cheveux courts, elle avait toujours une fossette à la joue droite et le même franc sourire, que Stella s'étonna de voir débarrassé des ferrailles de son appareil dentaire. "Et toi, tu fais quoi ? Tu prends un pot avec nous ? Tu te souviens de cette bonne sœur, comment l'appelait-on déjà, Belphégor, non ?" Stella dit qu'elle ne savait plus, non, bafouilla un prétexte et s'enfuit pour aller dévorer avec ses doigts le poisson à chair blanche que le Yéménite sortait dans la nuit de son four brûlant sur du papier journal ; Hélène avait rejoint le monde lisse des héros.

Les Toupies, entre arthrite, arthrose, rhumatismes, la vue qui baisse, les pieds qui gonflent et les mains qui se déforment, vont bien ; rien que les misères de l'âge.

Henri, le neveu de Jeanne, a enterré Hitlère sous le grand châtaignier.

Le collège, devenu mixte, est aux mains des laïcs sous la haute surveillance des parents d'élèves qui y assurent "l'éveil de la foi" avec force crayons de couleur ; un étage a été construit à mi-hauteur dans l'ex-chapelle qui contient désormais six classes ; sœur Anita et sœur Couture ont pris une chambre en ville et se font faire des mises en plis, un œil sur les magazines féminins, l'autre sur les boucles d'Azor, leur caniche nain ; seule Trottinette porte encore l'habit religieux, les autres ont disparu.

Le fils du pasteur a été ordonné prêtre à Écône, et ça n'a fait plaisir à personne.

Au Bénin, ni l'avènement d'une république populaire, ni son récent écroulement n'ont privé Mgr Séraphin N'Dongondo de sa servante muette.

Tout le monde, dans le village de Grand Popo, connaît sa démarche claudiquante de reine de Saba, son teint cireux, ses pieds nus, et sa longue robe noire ravaudée de larges pièces ; elle n'en a jamais voulu d'autre. Il y a deux ans, pendant la grande saison des pluies, elle a sauvé la vie du fils de Hyacinthe en lui ordonnant de ne plus bouger comme il était sur le point de fouler un serpent. On s'est aperçu alors qu'elle pouvait parler, et même la langue fon.

Seulement depuis, elle n'a plus jamais rien dit.

Les jours où Monseigneur reste à l'évêché et qu'elle n'a ni cuisine, ni lessive, ni repassage, ni ménage, ni vaisselle à faire, elle s'assied au bord du fleuve, le derrière dans l'herbe, les pieds dans la boue de latérite rouge, et tend entre ses doigts et ses dents des tours Eiffel en ficelle qui font rêver les petits enfants.

Prologue. *Ne varietur*	11
I. *Et in pulverem reverteris...*	15
II. *Asinus asinum fricat*	31
III. *Lacrymarum valle*	55
IV. *Panem et circences*	81
V. *Solve et coagula*	109
VI. *Ecce homo*	135
VII. *Secundum scripturas*	165
VIII. *Scripta manent*	195
IX. *Stabat mater dolorosa*	223
X. *Dies irae*	253
XI. *Et expecto resurrectionem mortuorum*	283
XII. *Sursum corda*	317
Épilogue. *Amen !*	349

DU MÊME AUTEUR

Aux Éditions Gallimard

Dans la collection Série Noire

L'ANGE ET LE RÉSERVOIR DE LIQUIDE À FREINS, *n° 2342*.

PARUTIONS FOLIO POLICIER

1. Maurice G. Dantec — *La sirène rouge*
2. Thierry Jonquet — *Les orpailleurs*
3. Tonino Benacquista — *La maldonne des sleepings*
4. Jean-Patrick Manchette — *La position du tireur couché*
5. Jean-Bernard Pouy — *RN 86*
6. Alix de Saint-André — *L'ange et le réservoir de liquide à freins*
7. Stephen Humphrey Bogart — *Play it again*
8. William Coughlin — *Vices de forme*
9. Björn Larsson — *Le Cercle celtique*
10. John Sandford — *Froid dans le dos*
11. Marc Behm — *Mortelle randonnée*
12. Tonino Benacquista — *La commedia des ratés*
13. Raymond Chandler — *Le grand sommeil*
14. Jerome Charyn — *Marilyn la dingue*
15. Didier Daeninckx — *Meurtres pour mémoire*
16. David Goodis — *La pêche aux avaros*
17. Dashiell Hammett — *La clé de verre*
18. Tony Hillerman — *Le peuple de l'ombre*
19. Chester Himes — *Imbroglio negro*
20. Sébastien Japrisot — *L'été meurtrier*
21. Sébastien Japrisot — *Le passager de la pluie*
22. Pierre Magnan — *Le commissaire dans la truffière*
23. Jean-Patrick Manchette — *Le petit bleu de la côte Ouest*
24. Horace McCoy — *Un linceul n'a pas de poches*
25. Jean-Bernard Pouy — *L'homme à l'oreille croquée*
26. Jim Thompson — *1 275 âmes*
27. Don Tracy — *La bête qui sommeille*
28. Jean Vautrin — *Billy-ze-Kick*
29. Donald E. Westlake — *L'assassin de papa*
30. Charles Williams — *Vivement dimanche!*

À paraître

31. Stephen Dobyns — *Un chien dans la soupe*
32. Donald Goines — *Ne mourez jamais seul*
33. Frédéric H. Fajardie — *Sous le regard des élégantes*
34. Didier Daeninckx — *Mort au premier tour*

COLLECTION FOLIO

Dernières parutions

2847. Jean-Marie Laclavetine — *Le Rouge et le Blanc.*
2848. D. H. Lawrence — *Kangourou.*
2849. Francine Prose — *Les petits miracles.*
2850. Jean-Jacques Sempé — *Insondables mystères.*
2851. Béatrix Beck — *Accommodements avec le ciel.*
2852. Herman Melville — *Moby Dick.*
2853. Jean-Claude Brisville — *Beaumarchais, l'insolent.*
2854. James Baldwin — *Face à l'homme blanc.*
2855. James Baldwin — *La prochaine fois, le feu.*
2856. W. R. Burnett — *Rien dans les manches.*
2857. Michel Déon — *Un déjeuner de soleil.*
2858. Michel Déon — *Le jeune homme vert.*
2859. Philippe Le Guillou — *Le passage de l'Aulne.*
2860. Claude Brami — *Mon amie d'enfance.*
2861. Serge Brussolo — *La moisson d'hiver.*
2862. René de Ceccatty — *L'accompagnement.*
2863. Jerome Charyn — *Les filles de Maria.*
2864. Paule Constant — *La fille du Gobernator.*
2865. Didier Daeninckx — *Un château en Bohême.*
2866. Christian Giudicelli — *Quartiers d'Italie.*
2867. Isabelle Jarry — *L'archange perdu.*
2868. Marie Nimier — *La caresse.*
2869. Arto Paasilinna — *La forêt des renards pendus.*
2870. Jorge Semprun — *L'écriture ou la vie.*
2871. Tito Topin — *Piano barjo.*
2872. Michel Del Castillo — *Tanguy.*
2873. Huysmans — *En route.*
2874. James M. Cain — *Le bluffeur*
2875. Réjean Ducharme — *Va savoir.*
2876. Matthieu Lindon — *Champion du monde.*
2877. Robert Littell — *Le sphinx de Sibérie.*
2878. Claude Roy — *Les rencontres des jours 1992-1993.*
2879. Danièle Sallenave — *Les trois minutes du diable.*
2880. Philippe Sollers — *La Guerre du Goût.*
2881. Michel Tournier — *Le pied de la lettre.*

2882.	Michel Tournier	*Le miroir des idées.*
2883.	Andreï Makine	*La confession d'un porte-drapeau déchu.*
2884.	Andreï Makine	*La fille d'un héros de l'Union Soviétique*
2885.	Andreï Makine	*Au temps du fleuve Amour.*
2886.	John Updike	*La Parfaite Épouse.*
2887.	Defoe	*Robinson Crusoé.*
2888.	Philippe Beaussant	*L'archéologue.*
2889.	Pierre Bergounioux	*Miette.*
2890.	Pierrette Fleutiaux	*Allons-nous être heureux ?*
2891.	Remo Forlani	*La déglingue*
2892.	Joe Gores	*Inconnue au bataillon*
2893.	Félicien Marceau	*Les ingénus*
2894.	Ian McEwan	*Les chiens noirs*
2895.	Pierre Michon	*Vies minuscules*
2896.	Susan Minot	*La vie secrète de Lilian Eliot*
2897.	Orhan Pamuk	*Le livre noir*
2898.	William Styron	*Un matin de Virginie*
2899.	Claudine Vegh	*Je ne lui ai pas dit au revoir*
2900.	Robert Walser	*Le brigand*
2901.	Grimm	*Nouveaux contes*
2902.	Chrétien de Troyes	*Lancelot ou le chevalier de la charrette*
2903.	Herman Melville	*Bartleby, le scribe*
2904.	Jerome Charyn	*Isaac le mystérieux*
2905.	Guy Debord	*Commentaires sur la société du spectacle*
2906.	Guy Debord	*Potlatch.*
2907.	Karen Blixen	*Les chevaux fantômes et autres contes.*
2908.	Emmanuel Carrère	*La classe de neige.*
2909.	James Crumley	*Un pour marquer la cadence.*
2910.	Anne Cuneo	*Le trajet d'une rivière.*
2911.	John Dos Passos	*L'initiation d'un homme.*
2912.	Alexandre Jardin	*L'île des Gauchers.*
2913.	Jean Rolin	*Zones.*
2914.	Jorge Semprun	*L'Algarabie.*
2915.	Junichirô Tanizaki	*Le chat, son maître et ses deux maîtresses.*
2916.	Bernard Tirtiaux	*Les sept couleurs du vent.*
2917.	H.G. Wells	*L'île du docteur Moreau.*
2918.	Alphonse Daudet	*Tartarin sur les Alpes.*

2919.	Albert Camus	*Discours de Suède.*
2921.	Chester Himes	*Regrets sans repentir.*
2922.	Paula Jacques	*La descente au paradis.*
2923.	Sibylle Lacan	*Un père.*
2924.	Kenzaburô Oé	*Une existence tranquille.*
2925.	Jean-Noël Pancrazi	*Madame Arnoul.*
2926.	Ernest Pépin	*L'Homme-au-Bâton.*
2927.	Antoine de St-Exupéry	*Lettres à sa mère.*
2928.	Mario Vargas Llosa	*Le poisson dans l'eau.*
2929.	Arthur de Gobineau	*Les Pléiades.*
2930.	Alex Abella	*Le massacre des saints.*
2932.	Thomas Bernhard	*Oui.*
2933.	Gérard Macé	*Le dernier des Égyptiens.*
2934.	Andreï Makine	*Le testament français.*
2935.	N. Scott Momaday	*Le chemin de la montagne de pluie.*
2936.	Maurice Rheims	*Les forêts d'argent.*
2937.	Philip Roth	*Opération Shylock.*
2938.	Philippe Sollers	*Le Cavalier du Louvre. Vivant Denon.*
2939.	Giovanni Verga	*Les Malavoglia.*
2941.	Christophe Bourdin	*Le fil.*
2942.	Guy de Maupassant	*Yvette.*
2943.	Simone de Beauvoir	*L'Amérique.*
2944.	Victor Hugo	*Choses vues I.*
2945.	Victor Hugo	*Choses vues II.*
2946.	Carlos Fuentes	*L'oranger.*
2947.	Roger Grenier	*Regardez la neige qui tombe.*
2948.	Charles Juliet	*Lambeaux.*
2949.	J.M.G. Le Clézio	*Voyage à Rodrigues.*
2950.	Pierre Magnan	*La Folie Forcalquier.*
2951.	Amos Oz	*Toucher l'eau, toucher le vent.*
2952.	Jean-Marie Rouart	*Morny, un voluptueux au pouvoir.*
2953.	Pierre Salinger	*De mémoire.*
2954.	Shi Nai-an	*Au bord de l'eau I.*
2955.	Shi Nai-an	*Au bord de l'eau II.*
2956.	Marivaux	*La Vie de Marianne.*
2957.	Kent Anderson	*Sympathy for the Devil.*
2958.	André Malraux	*Espoir – Sierra de Teruel.*
2959.	Christian Bobin	*La folle allure.*
2960.	Nicolas Bréhal	*Le parfait amour.*

2961.	Serge Brussolo	*Hurlemort.*
2962.	Hervé Guibert	*La piqûre d'amour* et autres textes.
2963.	Ernest Hemingway	*Le chaud et le froid.*
2964.	James Joyce	*Finnegans Wake.*
2965.	Gilbert Sinoué	*Le Livre de saphir.*
2966.	Junichirô Tanizaki	*Quatre sœurs.*
2967.	Jeroen Brouwers	*Rouge décanté.*
2968.	Forrest Carter	*Pleure, Géronimo.*
2971.	Didier Daeninckx	*Métropolice.*
2972.	Franz-Olivier Giesbert	*Le vieil homme et la mort.*
2973.	Jean-Marie Laclavetine	*Demain la veille.*
2974.	J.M.G. Le Clézio	*La quarantaine.*
2975.	Régine Pernoud	*Jeanne d'Arc.*
2976.	Pascal Quignard	*Petits traités I.*
2977.	Pascal Quignard	*Petits traités II.*
2978.	Geneviève Brisac	*Les filles.*
2979.	Stendhal	*Promenades dans Rome.*
2980.	Virgile	*Bucoliques. Géorgiques.*
2981.	Milan Kundera	*La lenteur.*
2982.	Odon Vallet	*L'affaire Oscar Wilde.*
2983.	Marguerite Yourcenar	*Lettres à ses amis et quelques autres.*
2984.	Vassili Axionov	*Une saga moscovite I.*
2985.	Vassili Axionov	*Une saga moscovite II.*
2986.	Jean-Philippe Arrou-Vignod	*Le conseil d'indiscipline.*
2987.	Julian Barnes	*Metroland.*
2988.	Daniel Boulanger	*Caporal supérieur.*
2989.	Pierre Bourgeade	*Éros mécanique.*
2990.	Louis Calaferte	*Satori.*
2991.	Michel Del Castillo	*Mon frère L'Idiot.*
2992.	Jonathan Coe	*Testament à l'anglaise.*
2993.	Marguerite Duras	*Des journées entières dans les arbres.*
2994.	Nathalie Sarraute	*Ici.*
2995.	Isaac Bashevis Singer	*Meshugah.*
2996.	William Faulkner	*Parabole.*
2997.	André Malraux	*Les noyers de l'Altenburg.*
2998.	Collectif	*Théologiens et mystiques au Moyen-Age.*
2999.	Jean-Jacques Rousseau	*Les Confessions (Livres I à IV).*

3000.	Daniel Pennac	*Monsieur Malaussène.*
3001.	Louis Aragon	*Le menteur-vrai.*
3002.	Boileau-Narcejac	*Schuss.*
3003.	LeRoi Jones	*Le peuple du blues.*
3004.	Joseph Kessel	*Vent de sable.*
3005.	Patrick Modiano	*Du plus loin de l'oubli.*
3006.	Daniel Prévost	*Le pont de la Révolte.*
3007.	Pascal Quignard	*Rhétorique spéculative.*
3008.	Pascal Quignard	*La haine de la musique.*
3009.	Laurent de Wilde	*Monk.*
3010.	Paul Clément	*Exit.*
3011.	Léon Tolstoï	*La Mort d'Ivan Ilitch.*
3012.	Pierre Bergounioux	*La mort de Brune.*
3013.	Jean-Denis Bredin	*Encore un peu de temps.*
3014.	Régis Debray	*Contre Venise.*
3015.	Romain Gary	*Charge d'âme.*
3016.	Sylvie Germain	*Éclats de sel.*
3017.	Jean Lacouture	*Une adolescence du siècle : Jacques Rivière et la NRF.*
3018.	Richard Millet	*La gloire des Pythre.*
3019.	Raymond Queneau	*Les derniers jours.*
3020.	Mario Vargas Llosa	*Lituma dans les Andes.*
3021.	Pierre Gascar	*Les femmes.*
3022.	Penelope Lively	*La sœur de Cléopâtre.*
3023.	Alexandre Dumas	*Le Vicomte de Bragelonne I.*
3024.	Alexandre Dumas	*Le Vicomte de Bragelonne II.*
3025.	Alexandre Dumas	*Le Vicomte de Bragelonne III.*
3026.	Claude Lanzmann	*Shoah.*
3027.	Julian Barnes	*Lettres de Londres.*
3028.	Thomas Bernhard	*Des arbres à abattre.*
3029.	Hervé Jaouen	*L'allumeuse d'étoiles.*
3030.	Jean d'Ormesson	*Presque rien sur presque tout.*
3031.	Pierre Pelot	*Sous le vent du monde.*
3032.	Hugo Pratt	*Corto Maltese.*
3033.	Jacques Prévert	*Le crime de Monsieur Lange. Les portes de la nuit*
3034.	René Reouven	*Souvenez-vous de Monte-Cristo.*
3035.	Mary Shelley	*Le dernier homme.*
3036.	Anne Wiazemsky	*Hymnes à l'amour.*
3037.	Rabelais	*Quart livre.*
3038.	François Bon	*L'enterrement.*

3039.	Albert Cohen	*Belle du Seigneur.*
3040.	James Crumley	*Le canard siffleur mexicain.*
3041.	Philippe Delerm	*Sundborn ou les jours de lumière.*
3042.	Shûzaku Endô	*La fille que j'ai abandonnée.*
3043.	Albert French	*Billy.*
3044.	Virgil Gheorghiu	*Les Immortels d'Agapia.*
3045.	Jean Giono	*Manosque-des-Plateaux* suivi de *Poème de l'olive.*
3046.	Philippe Labro	*La traversée.*
3047.	Bernard Pingaud	*Adieu Kafka ou l'imitation.*
3048.	Walter Scott	*Le Cœur du Mid-Lothian.*
3049.	Boileau-Narcejac	*Champ clos.*
3050.	Serge Brussolo	*La maison de l'aigle.*
3052.	Jean-François Deniau	*L'Atlantique est mon désert.*
3053.	Mavis Gallant	*Ciel vert, ciel d'eau.*
3054.	Mavis Gallant	*Poisson d'avril.*
3056.	Peter Handke	*Bienvenue au conseil d'administration.*
3057.	Anonyme	*Josefine Mutzenbacher : Histoire d'une fille de Vienne racontée par elle-même.*
3059.	Jacques Sternberg	*188 contes à régler.*
3060.	Gérard de Nerval	*Voyage en Orient.*
3061.	René de Ceccatty	*Aimer.*
3062.	Joseph Kessel	*Le tour du malheur I : La fontaine Médicis. L'affaire Bernan.*
3063.	Joseph Kessel	*Le tour du malheur II : Les lauriers roses. L'homme de plâtre.*
3064.	Pierre Assouline	*Hergé.*
3065.	Marie Darrieussecq	*Truismes.*
3066.	Henri Godard	*Céline scandale.*
3067.	Chester Himes	*Mamie Mason.*
3068.	Jack-Alain Léger	*L'autre Falstaff.*
3070.	Rachid O.	*Plusieurs vies.*
3070.	Ludmila Oulitskaïa	*Sonietchka.*
3072.	Philip Roth	*Le Théâtre de Sabbath.*
3073.	John Steinbeck	*La Coupe d'Or.*
3074.	Michel Tournier	*Éléazar ou la Source et le Buisson.*

3075.	Marguerite Yourcenar	*Un homme obscur – Une belle matinée.*
3076.	Loti	*Mon frère Yves.*
3078.	Jerome Charyn	*La belle ténébreuse de Biélorussie.*
3079.	Harry Crews	*Body.*
3080.	Michel Déon	*Pages grecques.*
3081.	René Depestre	*Le mât de cocagne.*
3082.	Anita Desai	*Où irons-nous cet été ?*
3083.	Jean-Paul Kauffmann	*La chambre noire de Longwood.*
3084.	Arto Paasilinna	*Prisonniers du paradis.*
3086.	Alain Veinstein	*L'accordeur.*
3087.	Jean Maillart	*Le Roman du comte d'Anjou.*
3088.	Jorge Amado	*Navigation de cabotage. Notes pour des mémoires que je n'écrirai jamais.*
3089.	Alphonse Boudard	*Madame... de Saint-Sulpice.*
3090.	Pline	*Histoire naturelle (choix).*
3091.	William Faulkner	*Idylle au désert et autres nouvelles.*
3092.	Gilles Leroy	*Les maîtres du monde.*
3093.	Yukio Mishima	*Pèlerinage aux trois Montagnes.*
3094.	Charles Dickens	*Les Grandes Espérances.*
3095.	Reiser	*La vie au grand air 3.*
3096.	Reiser	*Les oreilles rouges.*
3097.	Boris Schreiber	*Un silence d'environ une demi-heure I.*
3098.	Boris Schreiber	*Un silence d'environ une demi-heur II.*
3099.	Aragon	*La semaine sainte.*
3100.	Michel Mohrt	*La guerre civile.*
3101.	Anonyme	*Don Juan (scénario de Jacques Weber).*
3102.	Maupassant	*Clair de lune et autres nouvelles.*
3103.	Ferdinando Camon	*Jamais vu soleil ni lune.*
3104.	Laurence Cossé	*Le coin du voile.*
3105.	Michel del Castillo	*Le sortilège espagnol.*
3106.	Michel Déon	*La cour des grands.*
3107.	Régine Detambel	*La verrière.*

Composition Jouve.
Impression Société Nouvelle Firmin-Didot.
à Mesnil-sur-l'Estrée, le 2 octobre 1998.
Dépôt légal : octobre 1998.
Numéro d'imprimeur : 44212.

ISBN 2-07-040643-1/Imprimé en France.

88113